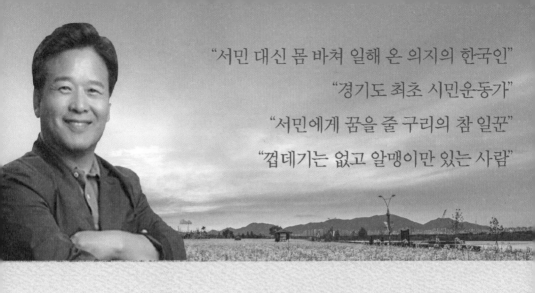

"서민 대신 몸 바쳐 일해 온 의지의 한국인"

"경기도 최초 시민운동가"

"서민에게 꿈을 줄 구리의 참 일꾼"

"껍데기는 없고 알맹이만 있는 사람"

구리 시민의 힘

박수천의
도전

| 박수천 지음 |

시민운동가 박수천의
"세상을 바꾸는 한 걸음"

도서
출판 행복에너지

구리시민의 힘
박수천의 도전

초판 1쇄 발행 2022년 3월 1일

지 은 이 박수천
발 행 인 권선복
편　　집 한영미
디 자 인 오지영
발 행 처 행복에너지
출판등록 제315-2011-000035호
주　　소 (07679) 서울특별시 강서구 화곡로 232
전　　화 010-3267-6277
팩　　스 0303-0799-1560
홈페이지 www.happybook.or.kr
이 메 일 ksbdata@daum.net

값 20,000원
ISBN 979-11-5602-974-8 03810

Copyright ⓒ 박수천, 2022

도서출판 행복에너지는 독자 여러분의 아이디어와 원고 투고를 기다립니다. 책으로 만들기를 원하는 콘텐츠가 있으신 분은 이메일이나 홈페이지를 통해 간단한 기획서와 기획의도, 연락처 등을 보내주십시오. 행복에너지의 문은 언제나 활짝 열려 있습니다.

구리시민의 힘

박수천의 도전

박수천 지음

도서
출판 행복에너지

서민 대신 몸 바쳐 일해 온
의지의 한국인

장기표(신문명정책연구원 원장)

일반적으로 공부는 머리로 하는 것으로 생각하기 쉽다. 그러나 머리로 하는 공부보다 몸으로 하는 공부가 훨씬 더 진실하고 감동적이다.

역사상의 성현들도 그러했거니와, 특히 한국 현대사에 가장 큰 영향을 미친 인물로 평가될 전태일 또한 머리가 아니라 몸으로 공부한 사람이라 할 수 있다. 그는 초등학교도 제대로 졸업하지 못했음에도, 스물두 살의 젊은 나이에 생을 달리했음에도 불구하고, 그 어떤 학자도 갖기 어려운 지혜를 가졌으니 말이다.

이 책의 박수천 저자 역시 머리가 아닌 몸으로 공부한 사람의 전형이다.

1990년 필자가 민중당을 창당했을 무렵 서울시와 경기도의 시내버스 '시계구간요금'이 문제가 되었다. 그때 그가 '시계구간요금 폐지의 당위성'을 밝힌 문건을 작성해 왔는데, 그 내용이 매우 출중했다. 법률적인 문제까지 꼼꼼히 따지고 있어서 당연히 변호사에게 의뢰해 작성한 문건이라고 생각했다. 그런데 알고 보니 그가 직접 작성한 것이었다.

그때부터 필자는 그를 주목해서 보게 됐는데 보통 탁월한 사람이 아니었다. 엘리트만 최고로 생각하는 사회에서는 고정관념을 깨야 할 사람이 꼭 필요하다. 머리가 아닌 몸으로 세상과 부딪쳐 싸워나가는 의지의 한국인 박수천이야말로 바로 그 적임자였다.

그 후 그는 구리지역에서 서민을 대신하여 온몸으로 투쟁하여 눈부신 성과를 이루어냄과 동시에 '주민 숙원사업의 해결사'로 등극했다. 산적한 민생 현안에 대한 정책 대안을 밝히고, 확실한 기획·조사와 끈질긴 발의가 있었기에 가능한 일들이었다.

버스 시계 외 구간요금 폐지, 동현 임대아파트 조기 분양, 인창동 택지개발지구 세입자 보호대책, 특고압선 철탑 시 외곽 이설합의, 원진레이온 직업병 보상문제, 마을버스 7개 동 신설 운행, 녹색병원 건립 추진, 구리−동서울터미널 버스노선 신설, 구리월드디자인시티 그린벨트 52만 평 해제물량 건의 등등이 그것이다. 특히 박수천과 그의 형제들인 박무영, 박채영은 '원진레이온사건'이 민중운동의 빛나는 승리로 장식되게 하는 데 크나큰 역할을 했다.

　　이제 또 한 번 그가 값진 한 걸음을 내디디며, 구리시 발전 저해 원흉들과의 싸움을 전개한 삶의 역정을, 한 권의 책으로 냈다고 하니 기쁘기 그지없다. 그의 책 『구리시민의 힘 박수천의 도전』은 미래에 더 큰 일을 하기 위한 결의의 표명이라고 보아야 할 것이다.

　　그동안 갈고 닦은 지혜와 경륜으로 그가 구리시의 발전은 물론 더 나아가 대한민국의 발전에 이바지하게 되기를 기대한다.

경기도 최초 시민운동가, 박수천

김문수(전 경기도지사)

박수천 동지,
그는 70년대 후반부터 노동운동을 했던 동지다.

그는 청계천에서 야학을 하면서 몸으로 학문과 지혜를 터득하며 노동운동을 한 사람이고 나와는 80년대 후반에 민중당을 함께 창당한 주역이기도 하다.

박수천의 형제는 특별하다. 모두가 노동운동 출신이다.

아래동생 무영이는 가톨릭노동사목에서 활동하다 구리노동

상담소를 개소한 후 원진레이온 직업병 은폐투쟁을 하며 빛나는 승리를 쟁취했고, 그 밑 동생 채영이는 전태일 열사 모친인 이소선 어머니를 모시고 10년 이상 전국 현장을 누비고 활동하며 다녔다.

특히, 박수천 동지는 전국택시노동자들을 독립조직으로 엮기 위하여 전국의 택시조직 1,400개를 조직한 사람이다.

그러나 전국택시노동조합연맹 창립을 앞두고 상급단체로부터 도둑을 맞은 후, 현재 거주하고 있는 구리시에 자리 잡고 시민운동을 하면서 많은 업적을 이루어 낸 사람이다.

그는 자신이 거주하고 있는 구리시에 대한 애정이 남달랐다.

내가 경기도지사를 하던 시절 그가 구리시에 대해 도움을 요청하면 될 수 있는 한 도와주었다.

구리시 토평벌판에 세계적인 디자인센터를 개발해야 하는데 市에서 개발제한구역 해제물량이 없으니, 경기도에서 도와주어야 한다 해서 해제물량을 협조해 주었고 당시 도의회 양태흥 의장님과 함께 뉴타운사업이 성공하려면 서울에서 가장 가까운 구리지역이 성공할 수 있다고 해서 경기도 제1호 뉴타운 사

업지구로 고시를 해주었다.

중국의 동북공정에 대비하는 차원에서 구리시에 고구려박물 관 설립이 필요하다고 건의하여 이를 검토하고 도비를 지원하 여 현재 '대장간 마을'이라는 박물관이 개설되었다.

이외에도 삼육대학교 후문도로는 남양주시 소재인데 예산이 없어 수년씩 공사를 못하고 있어 남양주시장님과 협의하여 도 와달라고 해서 도비로 지원해주어 공사를 마무리 하였다.

내가 그를 좋아하고 그의 부탁을 거절하지 못한 것은 그가 서민대중의 아픔에 깊이 동조하며 자기 몸을 사리지 않고 도와 주는 그 따뜻한 열정 때문이었다.

그런데 박수천 동지가 이번에 2번째 책『구리시민의 힘 박수 천의 도전』을 낸다니 반가웠다.

오직 몸으로 공부하고 몸으로 실천하며 얻은 지혜를 책으로 만들어 낸 만큼, 많은 이들과 젊은 청년들에게 도움이 되기를 기원하며 기원한다.

박수천 동지가 더 좋은 일, 더 많은 일을 계속하기 바란다.

서민에게 꿈을 줄
구리의 참 일꾼

주광덕(국민의 힘 남양주시(병) 당협위원장, 전 국회의원)

저는 저자와 2000년 초부터 오랜 기간 격의 없는 소통을 해 온 정치인이자 법조인입니다.

박수천 형님은 이 지역에서 일찍부터 시민운동과 노동운동을 해오신 분이고 구리·남양주의 정치권과 유관기관에서 해결하기 힘든 민생문제들을 직접 챙겨 오신 분입니다.

즉 서울~구리 간 시내버스 구간요금 폐지, 강변역 시내버스 노선 신설, 교문·수택지구로 통과하는 154,000V 특고압선 이설, 지역의 숙원사업이었던 원진레이온 직업병공장 폐쇄 등 구리·남양주 지역에 산적한 민생 현안을 해결할 정책 대안을 제시하고, 정부의 무관심과 단편적인 행정 전개로 주민생활

에 막대한 불편함을 주는 크고 작은 문제들을 앞장서서 해결해 오셨습니다.

그를 처음 볼 때는 자칫 거침없는 화법 때문에 가까이하기 쉽지 않은 사람처럼 보이지만, 곁에서 쭉 지켜본 사람이라면 누구나 그가 강자보다는 약자를 보듬는 사람이라는 것을 잘 알고 있을 것입니다. 그러므로 강자에게 강하고 약자에게 약한 '강강약약'이란 말은 박수천 형님을 위해 존재하는 말이나 다름없습니다.

또한 그는 한번 손댄 일은 반드시 끝장을 보는 사람입니다. 어떠한 위협과 강압에도 굴복하지 않고 서민과 약자의 대변자가 되어, 목에 칼이 들어와도 틀린 것은 끝까지 틀리다고 말할 줄 아는 존경할 만한 용기가 있는 사람입니다.

특히, 박수천 형님은 정규 코스 대신 독학으로 공부하셨음에도 불구하고 어떤 명문대 출신보다도 노동운동과 시민운동의 최전선에서 몸으로 터득한 지혜를 발휘하여 사회적 약자를 위하여 열심히 살아오셨습니다.

지금도 어떻게 자신의 안위 따위는 아랑곳하지 않고 한결같이 약자의 편에 설 수 있는지, 박수천 형님이야말로 정말 연구 대상이며 존경해야 마땅한 분이라 생각합니다.

일반적으로 학부모님들은 성공을 학력과 학벌로 재단하지만, 박수천 형님을 보면 성공의 열쇠가 반드시 학력과 학벌만이 아님을 깨닫게 됩니다.

그는 말합니다. "신은 사람마다 한 가지씩 선물을 주었기 때문에 신이 그 사람에게 과연 어떤 선물을 주었는가를 찾아서 그 분야에서 성공할 수 있도록 돕는 것이 바로 성공의 열쇠다."

이렇듯 교육에 대한 신념이 확고한 것 또한 본받을 점 중 하나입니다. 그래서인지 박수천 형님은 자녀교육에도 대단히 성공했습니다. 아들은 구리·남양주 지역에서 초중교육을 받고 대학교는 미국 조지워싱턴 대학교 경영학부를 그것도 3년 만에 조기졸업을 하고 우리나라 최고의 증권회사에서 근무하고 있습니다.

독학으로 배운 열정으로 지역사회 발전에 최선을 다하신 박수천 형님. 서민에게 꿈을 줄 지역사회의 참일꾼으로서 형님의 활약상이 페이지마다 담겨 있는 책 『구리시민의 힘 박수천의 도전』의 출간을 축하드리며, 이 책이 지역사회의 교과서가 되어 발전에 발전을 거듭하기를 기원 드립니다.

껍데기는 없고
알맹이만 있는 사람

이동섭(국기원 원장)

박수천은 나의 30년 지기 친구다.

그는 누구를 만나든 어느 계층 사람이든 항상 같은 표정으로 맞이한다. 오직 가슴과 가슴으로 만날 뿐, 외형적인 무게는 전혀 의식하지 않기 때문이다.

그래서인지 택시 기사에서부터 주부, 정치인, 공무원, 사업가, 군인 등등 많은 사람들이 의리가 있는 그를 친구처럼 좋아한다.

서론 없이 본론만 얘기하는 사람.

상황설명을 듣기보다 현장을 방문하여 직접 살피는 사람.

박수천은 내가 아는 사람 중 결심과 행동의 간격이 가장 짧은 사람이다.

그래서 간혹 투박하다 못해 거칠어 보일 때도 있다. 말과 행동을 미화시키는 법이 없기 때문이다.

그런데도 어떤 문제에 봉착하면 누구보다 가장 먼저 핵심에 도달한다.

사물의 본질을 꿰뚫어 보는 직관력이 탁월한 것이다.

나는 그를 만난 것을 행운이라고 생각한다.

장기표 선생님 소개로 만나 함께 일도 했었는데 그의 추진력과 봉사정신은 정말 혀를 내두를 정도로 훌륭하였다.

어려운 고비를 넘나들며 그가 마음먹은 일들을 거침없이 쟁취해 낼 때마다 감탄사가 절로 나왔다.

그의 생각과 행동력, 그 방향과 깊이는 보통 사람과 크게 달랐다.

언제나 당연하다는 듯 자신의 가족보다는 공적(公的)인 것에 더 무게를 두었고, 일을 처리하는 스케일이 일개 범부(凡夫)로서는 상상조차 할 수 없었다.

워낙 지역발전과 소외된 이웃을 위한 일이라면 물불을 가리지 않는 성격 탓에 그의 가족 또한 많은 희생을 감수해야 했다.

그런데 이제는 그를 따라 지역사회 봉사에 앞장서고 있다 하

니 이 또한 훌륭하다 할 수밖에.

그의 부인은 독실한 기독교 신자이자 미술학도로서 항상 기도하면서 인재 배출에 힘 쏟고 있다. 몇 년 전 언론보도에 나왔듯이, 54세 고령의 제자를 실력으로 대학(미술)에 입학시키는 저력 있는 선생님이자 실력자로서 지역사회를 위해 뛰고 있는 것이다.

나는 그가 구리시에서 이루어 낸 업적들을 보면 국회의원도 시장도 반성해야 한다고 생각한다. 더욱이 구리시를 위해 몸 사리지 않고 투쟁한 기록들을 한 권의 책으로 엮어 출간한다고 하니 내가 더 기쁘고 자랑스럽다.

부디 이 책 『구리시민의 힘 박수천의 도전』을 통하여 구리시민뿐 아니라 더 많은 이들에게 박수천의 진면목이 널리 알려져, 그가 진정한 정치인으로 거듭나기를 바란다.

세상을 바꾸는
한 걸음

전순옥(전태일 열사 여동생, 노동사회학 박사)

세상은 많이 변해 있습니다.

우리 사회가 민주화는 되었다고 하더라도 아직은 약자 편과는 거리가 있어 보입니다.

박수천 동지 역시 어려운 시련을 겪으며 살아왔기에 가난한 오인(吾人)들 편에 선 사람입니다.

청계천 야학을 다니던 작은 소년이 이제 이순을 넘어가는 나이가 되었습니다.

그는 평생을 노동운동과 시민운동을 하면서 억압받는 노동자들의 권익을 위해 노력해 왔고, 세입자 같은 사회적 약자들

을 위해 기득권층과 싸우는 데 젊음과 열정을 바쳐왔습니다.

사리사욕 채우는 사람들이 난무한 세상이기에 그의 올곧은 행보가 더 빛이 납니다.

평생 노동자와 서민의 편에 서서 궂은일을 도맡아 하고, 말보다 실천이 앞서며, 그늘진 곳에 마음을 기울이는 박수천 동지.

그의 뚝심이 배어 있는 삶의 발자취와 구리지역에서의 활약상이 오롯이 담겨 있는 책 『구리시민의 힘 박수천의 도전』을 세상에 내놓게 되었다니 진심으로 축하합니다.

그의 꾹꾹 눌러 밟는 한 걸음 한 걸음이 세상을 바꾸는 단초가 되어줄 것이라 믿습니다.

아무도 알아주지 않는 승리라 하여도 진심을 담고 신념을 담으면, 얼마든지 '값진 승리'가 될 수 있다고 생각합니다.

많은 분들이 이 책을 통하여 오늘날 우리가 누리고 있는 자유와 권리가 얼마나 소중한 것인지를 한 번 더 깨달았으면 합니다.

앞으로도 박수천 동지에게 힘찬 응원의 박수를 보냅니다.

人一能之己百之(인일능지기백지)
人十能之己千之(인십능지기천지)

남이 한 번 하면 나는 백 번 한다.
남이 열 번 하면 나는 천 번 한다.

　　나의 인생철학과 맥을 같이하는 공자의 말이다. 나는 평생
실패를 두려워하지 않고 살았다. 비록 실패해도 '될 때까지' 계
속 도전하였다. 아흔아홉 번 실패해도 백 번째 성공하면 된다
는 신념으로 어떤 것도 포기하지 않았고, 그래서 내 사전에 실
패란 없다.

　　원진레이온 직업병 문제처리(공장폐쇄), 시계 외 구간요금 폐
지, 무료법률/상담교실 운영, 구리시내 통과 특고압선(154,000V)
철탑 이설투쟁, 인창고등학교야구단 후원회 설립, 구리시 뉴타
운 경기도 최초(1차) 추진, 구리시 고구려 대장간 마을(박물관) 추
진, 토평지구 구리월드(GWDC) 부지 52만 평 개발제한구역 해제

물량 확보, 구리월드디자인시티(GWDC) 실체규명, 토평동 한강변 개발문제 대안제시….

20대 초반부터 지금까지 40여 년을 '박수천'이란 이름 석 자 내걸고, 민주화와 노동자를 위하여! 지역발전과 주민을 위하여! 직접 현장에서 몸으로 부딪치며 끊임없이 도전하여 이루어 낸 성과였다.

내가 이렇게까지 세속의 잣대로는 무모하다고 욕먹는 일에도 개의치 않고 맞설 수 있었던 것은, 단 한 가지 신념 덕분이었다. 바로 '서민들이 살맛 나는 세상'을 만들기 위해서였다. 그러기 위해 늘 소외된 사람들의 편에 서서 그들의 목소리에 귀를 기울였고, 누군가 할 일이라면 내가 먼저 한다는 일념으로 궂은일을 도맡아 왔다.

나는 지금도 도전을 멈추지 않는다.
이 땅의 힘없는 사람들을 위하여 지금까지 그러했듯 앞으로도 불의에는 절대 침묵하지 않으며 백 번이고 천 번이고 맞설 것이고, 정치라면 혀를 내두르는 사람들에게도 즐거운 정치 참여하는 정치의 시대가 될 수 있도록 이 한 몸 불살라 노력할 것이다.

바라건대 내 삶과 내 행동을 가감 없이 기록해 놓은 이 책 『구리시민의 힘, 박수천의 도전』을 통하여, 이 어려운 시국에도 꿈을 잃지 않고 행복한 미래를 꿈꾸는 사람들에게 작은 위안이 되기를 소망한다.

나 역시 우리나라가 행복한 나라가 되는 그날까지, 온 마음과 온 힘을 다하여 주민과 시민을 응원하고 미력하나마 그들의 든든한 조력자가 되기 위해 노력하고 또 노력할 것이다.

– 2022년 2월 새봄을 기다리며

••• 세상을 바꾸는 첫걸음, 신념 •••

박수천

저 거친 세상을 향해
걸음을 옮기려면
무턱대고 앞만 보지 말고
옆도 뒤도 꼼꼼하게
살펴보아야 한다.

진심을 실어
꾹꾹 눌러 밟는 걸음걸음으로
새로운 길을 만들려면
더디더라도 기다릴 줄 알고
울퉁불퉁하더라도 불평하지 말아야 한다.

그렇게 굳은 심지로
새로 난 길들이 차곡차곡 쌓이면
꿈쩍도 않을 것 같던
세상을 바꾸는 소중한 첫걸음이 된다.
신념이란 그런 것이다.

contents

Part 1

도전 Challenge

투쟁 Fight

동행 Accompany

상생Win-Win

Part 1

도전
Challenge

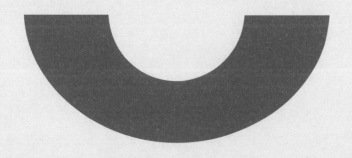

절대로 고개를 떨구지 말라.
고개를 쳐들고 세상을 똑바로 바라보라.
- 헬렌 켈러 -

남이 한 번 하면
나는 백 번 한다.
남이 열 번 하면
나는 천 번 한다.
- 공자 -

한 사람이 먼저 가고
걸어가는 사람이 많아지면
그것이 곧 길이 되는 것이다
- 루쉰 -

어린 시절

교육받을 권리

얼마 전, 나를 아끼는 교육계에 계시는 분이 정보자료 문서 하나를 팩스로 보내주었다.

"교과과정은 마쳤어도 수업료를 내지 못해 학교를 졸업하지 못하고 제적당하신 분들께 늦게라도 수업료를 내면 졸업장을 드린다."라는 내용이었다. 교육부에서 제 딴에는 학교를 졸업하지 못한 사람들의 한을 풀어주기 위해 짜낸 아이디어인지는 모르겠지만, 나만 해도 이미 지천명을 넘긴 나이에 중학교 졸업장이 무슨 필요가 있겠는가.

오히려 그런 비인간적인 교육을 자행한 중학교 졸업장 따위는 안 받는 것이 더 떳떳하다는 생각이 든다. 물론 졸업을 못했으니 친구들의 얼굴을 볼 수 있는 동문회에 나가서도 마음 한구석이 편하지 않을 수 있다. 그러나 그것이 어디 내 잘못인

가. 가난한 환경에서 태어난 것이 내 죄란 말인가. 돈이 없다는 이유로 정해진 교과과정을 모두 이수했어도 졸업장을 주지 않는 비교육적인 처사가 어디 내 잘못인가 말이다.

아무 잘못도 없는 내가 졸업장을 손에 쥐지 않았다고 마음 한구석이 켕겨야 할 아무런 이유가 없다. 돈이 없어 수업료를 내지 않았다는 이유로 졸업장을 주지 않고 제적시켜 어린 학생에게 평생 씻을 수 없는 상처를 준 학교에서 무엇을 배울 수 있을까 싶기도 하다.

학교는 학생을 가르치는 곳이다. 나는 교육이란, 인간이 어떻게 살아야 하는지를 올바르게 가르치는 것이라고 생각한다. 교육은 인간으로 태어난 이상 누구나 받을 권리, 즉 기본권이다. 돈이 있다고 교육을 받고 돈이 없다고 교육받지 못하는 일이 생겨서는 안 된다. 적어도 사회구성원으로 차별받지 않고 살기 위한 최소한의 교육은 누구나 받을 수 있게 해야 한다. 프랑스, 독일 등 유럽의 많은 선진 국가들이 대학 등록금 없이 학생들을 받는 이유가 무엇이겠는가. 국민이면 누구나 교육받을 권리가 있다고 생각하기 때문에 반값 등록금도 아닌 무료 등록금으로 지원하는 것이며 일부 사립대학만 우리보다 훨씬 저렴한 등록금을 받고 학교를 운영하고 있다고 한다.

그러나 지금까지 우리는 그런 기본권조차도 지켜지지 않는 교육현장에서 교육을 받아왔다. 나 역시 그런 부조리한 교육환경 속에서 학교를 다녔다.

합격하고도 등록금이 없어서

사실 우리 집이 처음부터 가난한 것은 아니었다. 내가 태어나서 자란 곳은 전라북도 정읍군에 있는 신태인이다. 신태인은 호남선이 지나는 정읍역과 김제역 중간 위치에 있고, 동학혁명 발생 원인이 된 탐관오리 조병갑이 물세를 받기 위해 설치했다는 만석보에서 가까운 곳에 있다. 또 신태인에서 5km 정도 떨어진 곳에는 전봉준 생가가 있다. 한마디로 혁명적 분위기가 농후한 그런 곳이다. 내가 태어나고 자란 집과 가까운 곳에 신태인역이 있다.

당시 역이 있다는 것은 그곳이 교통의 요충지임을 의미했다. 신태인은 읍소재지였지만, 인구 3만 명의 중·소도시 정도의 규모를 가지고 있었다. 내가 다닌 초등학교만 해도 그랬다. 한 학급에 60명의 아이들이 있었고, 한 학년은 10반까지 있는 큰 학교였다. 베이비붐 시대라 갑자기 학교를 늘릴 수 없었던 시절, 궁여지책으로 저학년은 오전반과 오후반으로 나눠 수업을 받도록 했다. 도시보다 인구밀도가 낮은 촌이 이 정도였으니 당시 전라북도에서 인구 3만 명이 살던 신태인은 이만하면 꽤 큰 도시로 알려진 셈이다.

나는 조부모님과 부모님, 그리고 4남 2녀의 형제들과 함께 살았다. 당시 우리 집은 제법 널따란 기와집 앞에 약 5백여 평의 텃밭이 있었다. 따로 10여 마지기 논이 있던 터라 이 정도면 여느 집 부럽지 않은 중농 정도의 행세를 하며 살 수 있었다.

아버지는 농사일을 하는 틈틈이 장사를 하셨다. 딱히 대대로 물려받은 가업이라고 할 만한 것은 없었지만 연탄이나 간장 등을 받아다 도·소매를 하는 정도로 이것저것 꽤 다양한 시도를 하신 모양이었다. 이렇게 평온한 어린 시절은 내가 열 살이 되면서 조금씩 틀어지기 시작했다. 나중에야 알게 된 사실이지만 아버지가 전 재산을 담보로 친척 빚보증을 서주는 바람에 순식간에 그 재산이 몽땅 넘어가고 빈껍데기만 남은 것이다.

이 사건으로 인해 아버지는 몹시 실의에 빠졌다. 그렇게까지 집안이 어려워질 거라는 생각은 아무도 하지 못한 상황이었다. 그러나 마냥 실의에 빠져 살 수는 없었다. 처자식을 먹여 살릴 사람은 아버지뿐이었다. 이제까지 농사를 짓거나 눈에 차지 않는 장사밖에 한 게 없던 아버지였지만, 이제부터는 가족들이 살 방도를 마련해야 했다. 아버지 딴에는 고민이 많았을 것이다. 과연 당신이 새로운 일을 할 수 있을까 하는 두려움도 있었을 것이다. 어쨌든 이곳 신태인에서는 선택할 수 있는 일이 없었다. 아버지는 서울로 올라가 일자리를 알아볼 마음에 여장을 꾸렸다.

나는 그때까지만 해도 아버지와 이별의 시간이 그렇게 길 것이라는 생각은 못 했다. 어머니도 아버지가 서울에서 금방 일

자리를 잡고 우리를 부를 거라고 했다. 나와 어머니, 동생들은 아버지가 어서 우리를 데리러 집에 오실 그날만 눈이 빠지도록 기다리고 있었다. 하루가 지나고 이틀이 지나고, 한 달이 지나고 두 달이 지났다. 그리고 1년이 지나고 2년이 지났다.

어느새 나는 초등학교를 졸업하고 중학교에 갈 나이가 되었다. 그 시절의 중학교 입학은 대학에 들어가는 것만큼이나 쉽지 않은 일이었다. 좋은 중학교에 가기 위해 온 가족이 매달리던 때였다. 이런 중대사를 결정하는 일에 아버지는 꼭 계셔야 했지만 좀처럼 우릴 데리러 오지 않았다. 아버지가 오시길 기다리는 동안 중학교 입학 시험일은 다가왔다. 결국 중학교 시험을 보고 합격통지를 받아들자 가슴에서 뿌듯한 소리가 나는 것만 같았다. 나는 어서 중학교에 갈 날만 손꼽아 기다렸다.

그런데 중학교 등록 마감일이 다가오면서 집안 분위기가 이상해졌다. 아버지에게 인편으로 연락을 했으나 답이 없었다. 아버지도 입학금 4천7백 원이 없었던 것이다. 당시 정부미 한 말이 3백 원 하던 시절이었으니 4천7백 원이면 쌀 한 가마가 넘는 금액이었다. 어머니는 안절부절못하면서 아버지에게 계속 연락을 했지만 아버지 역시 별 뾰족한 수는 없었던 것 같다.

단지 돈이 없기 때문에

결국 나는 중학교 입학을 포기했다. 단지 4천7백 원이 없어서. 그때만 해도 돈이 없어서 배우지 못한다는 게 잘못된 제도에서 비롯된 것임을 알지 못했다. 가난은 죄가 아니어도 등록금을 내지 못해서 죄인처럼 지내야 했던 시절이다. 나는 중학교를 가지 않고 집에서 지냈다. 친척 집에 농사일이 있으면 일을 거들고 고구마나 보리쌀을 얻어오기도 했다. 친구들이 중학교 교복을 입고 학교에 가는 모습을 그저 바라보기만 했다. 속으로 부러웠지만 내색하진 않았다. 요즘 유행하는 말로 부러우면 지는 거다.

어머니는 한창 공부해야 할 내가 집에서 시간을 보내고 있으니 안타까웠을 것이다. 그러던 차에 큰집 형님이 군대에서 제대하고 이런 사실을 알게 되었다. 큰집 형님은 내 문제를 놓고 집안 식구들의 의견을 모았다.

"수천이 저대로 두면 안 될 것 같아요. 그렇다고 수천이 아빠만 마냥 기다릴 수 있는 처지도 아니고. 일단 가까운 중학교라도 보내야 할 것 같아요."

나는 큰집의 도움으로 그 다음 해에 신태인중학교에 들어갈 수 있었다. 어머니는 어딘가에서 교복을 얻어와 정성껏 빨고 내 몸에 맞도록 수선을 하고 다림질을 하셨다.

그러나 기쁨도 잠시뿐, 중학교 입학금조차 없는 가난한 집의 수업료가 밀릴 것이라는 건 예견된 일이었다. 나는 수업료를 독촉하는 담임선생님의 말은 한 귀로 듣고 한 귀로 흘렸다. 수업료 때문에 학교에 가지 않아 수업을 받지 못한 날도 부지기수였다. 그렇게 내 중학교 3년이 지나갔다. 그동안 아버지에게선 연락이 없었다. 식구들이 머무를 방 한 칸만 마련하면 데리러 온다던 아버지는 그때까지도 제 몸 하나 의탁할 곳조차 마련하지 못한 것임에 틀림없었다. 중학교 졸업식을 3일 남겨 둔 어느 날, 지금도 나는 그 날짜를 잊어버리지 않는다.

1970년 2월 18일, 담임선생님께서 말씀하셨다.

"수업료 1천5백 원 가져오지 못할 것 같으면 졸업식에 오지 마."

그것은 최후통첩이었다. 내게는 중학교 졸업장이 나오지 않을 것이라는 깊은 뜻을 이해하는 데 한참의 시간이 필요했다. 그때 나는 가난이 죄가 아니라는 것을 몰랐다. 그저 등록금 안 낸 죄인인 양 고개를 푹 숙이고 마지막으로 담임선생님께 인사를 하고 신태인중학교를 나왔다.

그렇게 나는 졸업을 딱 3일 앞두고 제적되었다. 졸업식에도 참석 못 했다. 이렇게 해서 나의 최종학력은 중학교 중퇴가 되었다. 수업료 1천5백 원이 없어 중학교 졸업장을 받지 못했다. 단지 돈이 없어서 말이다. 어린 나이였고 사춘기였기에 나는 마음고생이 심했다. 내가 커서 돈을 벌면 가난한 사람을 꼭 돕겠다는 결심을 했다. 지금 내가 장학재단을 만들기 위해 열심히 노력하고 있는 것도 그때의 나와 한 약속을 지키기 위해서다.

지금의 나는 '수업료를 내면 졸업장을 드리겠다.'라는 문서를 본다. 어떻게 할까? 지금이라도 수업료를 내고 졸업장을 타러 갈까? 아니, 지금에 와서 졸업장을 탄들 그게 무슨 소용이 있겠는가. 대학 졸업장도 아니고 중학교 졸업장을⋯.

　졸업장이 필요했으면 검정고시라도 쳤을 것이다. 그러나 학력이나 학벌과는 무관하게 살아온 내가 지금에 와서 그런 걸 취득하는 것도 참 웃기다. 이제까지 잊고 살아왔는데 그 문서 하나가 묻어 두었던 괜한 기억들을 건드렸다. 결코 즐겁지 않은 기억들 말이다.

　중학교 졸업도 못 한 내게 남은 선택은 돈을 버는 것이었다. 취직을 하든 장사를 하든 어서 빨리 돈을 벌어 기반을 잡아야 했다. 그런 생각을 하던 즈음 아버지가 집에 오셨다. 가족들을 데리러 오신 것이다.

　지금까지와는 전혀 다른 새로운 생활이 우리 가족을 기다리고 있었다. 어차피 집안 형편 때문에 고등학교 진학은 꿈도 못 꾸고 있던 내게, 서울 생활은 벅찬 기대와 출발이었다. 내 나이 열일곱 살 때였다.

서울살이

5만 원의 상처

중학교 졸업장도 받지 못해 고등학교 진학도 포기한 나는 친척 집에 가서 일해 주고 고구마를 얻어와 가족들과 함께 끼니를 이어가는 어려운 생활을 하였다.

베이비붐 시대답게 부모님은 자식을 많이 낳았다. 내 밑으로 남동생이 셋, 여동생이 둘이다. 없는 살림에 먹여야 할 입이 이토록 많으니 지금 생각해 보면 참 대책 없이 많이도 낳았다는 생각이 든다. 그 많은 식구들이 먹을 양식을 구하는 것조차 쉽지 않았다. 막막하기만 하던 시기였다. 이제는 아버지를 기다리는 일도 포기해야 하나 하는 생각이 들 때쯤 드디어 기다리고 기다리던 아버지가 오셨다. 그 기쁨을 어떻게 글로 다 쓸 수 있을까. 우리 가족 모두 너무도 기뻤다. 가족들의 모든 눈과 귀는 기다리던 한마디를 보고 듣기 위해 아버지의 입에 집중했다.

"서울로 가자."

나에게 서울은 꿈의 도시, 기회의 도시였다. '서울'이라는 단어만 들어도 가슴이 두근거리고 장밋빛 꿈에 부풀었다. 서울에서 취직해 기술을 익히며 열심히 일하면 고향에서 농사지으며 사는 것보다 훨씬 나을 것이라 생각했다. 내 동생들, 우리 가족 모두 그렇게 생각했다. 더구나 이제는 아버지가 계시니 고생 끝, 행복 시작이다.

그러나 서울로 가자던 아버지가 정작 가족들을 데리고 간 곳은 경기도 구리면에 있는 딸기원이었다. 서울이 아니라 경기도 양주군 구리면이다. 그렇다고 가족 중 누구 하나 아버지에게 왜 서울이 아니냐고 묻는 사람은 없었다. 서울은 아니지만 딸기원은 서울과 구리시의 경계인 망우리고개에 있었으니 서울이나 마찬가지다. 고개만 넘으면 서울이니 누구든 하루에도 수백 번 서울 땅을 밟을 수 있었다.

아버지가 짐을 푼 곳은 구리면 딸기원에 있는 아주 작은 블록 슬레이트 집이었다. 고향에서는 제법 널찍한 기와집에서 태어나 자란 형제들에게 블록 슬레이트 집에다 그것도 단칸방이라니, 너무도 낯설었다. 뒤늦게 알게 된 사실이지만 그것도 친척 집에서 세 들어 사는 집이었다. 서울에는 아무도 아는 사람이 없는 줄 알았는데, 그나마 친척이 사는 집에서 더부살이를 한다니 생판 모르는 남의 집에서 사는 것보다는 나을 듯싶었다.

그때까지도 변변찮은 일자리조차 없던 아버지는 당장 무슨 일이든 해야 했다. 열일곱 살이면 어른 몫을 할 만한 나이였기에 나 또한 가장 노릇을 하기 위해 일자리를 찾아다녔다. 이렇게 절박한 우리의 사정을 알고 있던 친척은 아버지의 취직자리를 알아봐 주겠다고 나섰다. 아무 연고도 없는 줄 알았던 우리에게 그 친척은 마치 생명의 동아줄처럼 여겨졌다. 아버지의 취직을 알선해 주겠다던 친척이 어느 날 돈이 필요하다고 했다. 알선하는 데에 적지 않은 비용이 든다는 것이다.

당시 우리에게는 고향을 떠나면서 어머니 친척이 빌려준 10만 원이 있었다. 우리 가족의 목숨 줄과도 같은 돈이었다. 아버지는 생명줄을 잡는다는 심정으로 절반을 뚝 잘라 5만 원을 친척에게 건넸다.

친척은 냉큼 그 돈을 받아갔고 우리 가족은 분홍빛 꿈을 꾸었다. 아버지가 취직만 하면 우리 형제들은 학교에 다니게 될 테고, 아버지가 벌어오는 돈으로 양식도 사고 옷도 사고 신발도 사고. 그러면 이 단칸방을 뜨는 것은 시간문제였다.
그날부터 우리 가족의 기다림은 또 계속되었다. 그러나 아무리 기다려도 친척으로부터 출근하라는 소식은 오지 않았다. 기다리다 못한 아버지가 친척에게 물어보러 가셨다. 우리는 아버지가 좋은 소식을 갖고 돌아오기를 기다렸다. 그런데 이게 웬일인가. '친척이 사기를 당했다는 것'이다. 결국 돈 5만 원, 아니 우리 가족의 목숨 값을 날리고 말았다.

그 돈이 어떤 돈인데. 중학교 등록금이 4천7백 원, 신태인중학교 마지막 수업료 1천5백 원이 없어서 졸업도 하지 못하고 제적당하고 만 그 시절에 5만 원이 어떤 돈이겠는가. 그 5만 원 때문에 우리 가족이 받은 상처는 크고도 깊었다.

마음의 상처는 사람의 성정을 거칠게 만든다. 두 번 다시 속지 않겠다는 마음이 들자 사람에 대한 믿음이 사라져 몹시 경계하게 되었다. 그렇다고 해서 실의에 빠져 있을 수만은 없었다. 나와 아버지는 다시 매일 일자리를 알아보러 다녀야 했다. 어쨌든 가족들 입에 풀칠이라도 해야 했으니 말이다.

그런데 그때는 전라도 사람이라고 하면 어디를 가나 천대를 받았다. 사람은 보지도 않고 전라도 출신이라면 아예 일을 주지도 않았다.

아, 전태일

그럼에도 불구하고 열심히 발품을 팔며 돌아다닌 덕에 아버지와 나는 딸기원 언덕 공사장에 블록 올리는 일을 맡게 되었다. 새벽부터 해가 질 때까지 일하면 우리 여덟 식구가 입에 풀칠할 수 있을 만큼의 일당을 챙길 수 있었다. 그렇게 몇 개월 동안 일을 하다가 고향 사람을 만났다. 워낙 차별받고 천대받는 전라도 사람들이다 보니, 고향 사람을 만나면 일단 반가웠다. 그분은 당시 지하철 1호선 동대문 공사장에서 토목공사 일을 하는 십장(什長)이었다. 아버지는 그분의 도움을 받아 매일 동대문 현장에서 토목공사 일을 하게 되었다. 장밋빛 꿈에 한 발짝 다가서게 된 것이다.

아버지와 나는 매일 아침 다섯 시에 집을 나섰다. 버스가 다녔지만 버스비를 아끼기 위해 딸기원에서 동대문까지 걸어 다녔다. 아버지는 땅 파는 일을 했고, 몸집이 작은 나는 어리다는 이유로 현장소장의 심부름을 도맡아 했다. 소장이 필요한 물품을 쪽지에 적어 주면 방산시장에 가서 공사장에 필요한 자재부품 일부를 사오는 일이었다.

당시 동대문 공사현장에서 방산시장까지 가려면 평화시장을 지나야 했다. 점심시간이면 내 또래 여공들이 골목길에 길게 줄을 서서 국수나 빵을 사 먹는 모습을 볼 수 있었다. 한창 인생을 꽃피울 아리따운 나이의 그녀들은 밤낮으로 다락방에서 일만 죽어라 하니 제대로 성장을 하기도 전에 시든 꽃 같았다.

나는 내 운명을 바꾸어놓는 일이 그렇게 갑자기 올 줄은 몰랐다. 그날은 바로 1970년 11월 13일이다.

여느 날처럼 그날도 현장소장의 심부름으로 점심을 먹고 방산시장에 물건을 사러 가던 길이었다. 그런데 분위기가 다른 때와 달랐다. 여기저기서 웅성거리며 사람들이 모여 있었다. 나는 무슨 일인가 싶어 주변을 두리번거렸다.

한 청년이 온몸에 불을 붙이고 소리를 지르고 있었다. 분신이었다. 그는 불길에 휩싸인 채 격한 목소리로 무언가를 외치다 쓰러졌다. 다들 너무 놀라 어찌할 바를 몰라 했고 남자가 쓰러지자 다들 우르르 몰려가 남자의 몸에 붙은 불을 끄느라 난리였다. 나중에 알고 보니 그는 나와 나이 차도 많이 나지 않는 20대 초반이었다. 그 나이에 그는 열사의 반열에 올랐다. 그때까지만 해도 노동운동에 대한 의식이 전혀 없던 나에게 그의 그런 행동은 매우 기이하게만 보였다. 연필을 깎다 손가락이 조금만 베여도 피가 나서 아픈데, 어떻게 남을 위해 저런 행동을 할 수 있을까. 당시로서는 참 이해하기 어려웠다.

전태일의 죽음으로 많은 변화가 일어났다. 그때까지도 이 땅의 노동자들은 일요일에도 나와 일하는 것이 근로기준법에 위배된다는 사실을 모르고 있었다. 아니, 대부분의 노동자들은 근로기준법이라는 게 있는 줄도 몰랐다.

법은 최소한의 상식이라 할 수 있다. 전태일이 외친 것은 최소한의 상식, 법을 지키라는 것이었다. 그런데 어떻게 법을 지키라는 말을 하기 위해 제 한 몸을 불사를 수 있는지…. 무리한 요구를 하기 위해 몸을 불사른 것도 아니고 누구나 지켜야 할 상식과 법을 위해 제 몸을 불사를 수밖에 없었던, 그것이 그 당시의 현실이었다. 그때는 특히, 더 그랬다. 근로기준법이라는 것을 만들어만 놨을 뿐 아무도 그 법을 지키려 하지 않았다. 노동청도 있고 근로감독관도 있었으나 사업주들이 당연하다는 듯이 저지르는 불법 고용과 장시간 노동에 대해서는 그 어떤 법적 제재도 없었다. 한 사람의 노동자가 변화시키기에 우리 정부와 사회는 거대한 바위와 같았다.

"계란으로 바위 치기"라는 말이 왜 나왔겠는가. 인생에서 가장 행복하게 꽃피어야 할 나이의 여공들이 다락방에서 폐병에 걸려 더 이상 자라지 않는 꽃이 되는 현실을, 어느 누구도 나서기 꺼려 하던 그 현실을 전태일은 제 한 몸 불사르며 바꾸려 했다. 그 역사적인 장면을 볼 수 있었다는 건 참 기이한 경험이었다. 그 짧은 시간 동안에 일어난 사건이 어쩌면 내가 노동운동가가 되고, 세상을 더 나은 곳으로 변화시키려는 지역운동가가 되기로 마음먹게 된 인생의 진로를 결정짓는 중요한 순간이었는지도 모른다.

야학

통금 공화국

전태일의 죽음 이후 당시 서울대학교가 있던 동숭동과 청계천 지역에서는 대학생들의 집회가 자주 열렸다. 서울대 학생이던 장기표는 전태일 어머니 이소선 여사를 찾아가 전태일 장례를 학생장으로 하면 어떻겠냐는 의견을 냈다. 그러나 박정희 정권은 학생장을 허락하지 않았다. 결국 전태일은 남양주 마석 모란공원에 묻혔다.

전태일이 묻힌 공원은 대한민국의 민주화 성지가 되었다. 전태일처럼 좀 더 좋은 세상을 만들기 위해 민주화 운동과 노동 운동을 하다 죽게 된 수많은 노동자들이 전태일 옆에 묻혔다. 전태일 분신 이후 학생들의 집회가 많이 열렸다. 그중에서도 눈에 띄는 가장 큰 변화는 청계천 근처에 야학이 많이 생겼다는 것이다. 중학교까지 다니다 고교 진학을 포기한 나 역시 야학에 관심이 많았다.

나는 고등학교에 다녀야 할 나이였지만 가난 때문에 배움을 중도에서 포기할 수밖에 없었다. 가난은 죄가 아니지만 가난했기 때문에 상급 학교에 진학하지 못한 것을 당연한 것으로 알았다. 학교는 당연히 돈을 내야 다닐 수 있는 곳이라고 생각했으니 말이다.

어떤 사회든 돈이 있든 없든 배워야 할 뜻이 있으면 공부를 할 수 있게 돕는 것이 국가가 마땅히 해야 할 일이다. 왜 많은 뜻있는 사람들이 무상교육을 외치는지 그때는 몰랐다. 그 시절에 나는 수많은 부조리들을 몸소 겪으면서도 이러한 부조리들이 왜 일어나는가에 대한 문제의식은 없었다. 그러나 야학을 통해서 배움에 대한 목마름과 노동자로서 살아가는 데 필요한 지혜를 얻을 수 있었다.

야학이 말 그대로 밤에 가르치는 학교다 보니 수업은 항상 통금시간이 다 되어서야 끝이 났다. 통금은 통행금지의 약자로 당시에는 자정부터 새벽 4시까지 집 밖에 나가면 처벌을 받았다. 지금 생각하면 이해되지 않는 일이 그 당시로는 당연시되었다. 조선 시대와 일제 강점기에 치안을 위해 만들어진 법이 광복된 후에도 여전히 적용됐던 것이다. 시골에서는 통금 같은 것도 모르고 살았는데 서울에 오니까 통금이 엄격하게 지켜지고 있었다. 워낙 인구가 많다 보니 치안유지를 위해서는 어쩔 수 없나 보다 했다.

일단 통금시간에 걸리게 되면 호환·마마보다 무섭다는 방범대원들에게 통금법 위반으로 끌려가 파출소에서 밤을 새우고 아침에 직결 재판소에 가서 판결로 구류 또는 벌금형을 받는다. 벌금이 없으면 벌금만큼 구류를 살아야 했다.

조선 시대나 일제 강점기로 치면 야경꾼이라 할 수 있는 방범대원들이 불어대는 호각 소리는 내게 공포 그 자체였다. 그때는 그랬다. 완장만 차도 공포에 떨었던 시절이 아닌가. 겁많은 소년이었기에 늘 통금이 시작되기 전에 집에 들어가야 했다. 버스비가 없어 동대문에서 서울 망우동 고개 넘어 구리면 딸기원에 있는 집까지 걸어 다니던 시절에는 그보다 훨씬 일찍 나서야 했다.

1970년대 초 야학은 청계천을 중심으로 다양한 색깔을 띠면서 운영되었다. 주로 대학생과 지식인들의 자원봉사로 운영되었는데 검정고시를 통해 학력을 업그레이드시키는, 요즘 말로 스펙을 쌓기 위한 야학도 있고 노동자로 살기 위해 반드시 알아야 할 내용들을 가르치는 노동야학도 있었다. 노동야학의 성격을 강하게 띤 야학이라도 검정고시 과정은 운영했다.

가장 활발하게 운영되던 야학은 종교계에서 운영한 학교였다. 지금은 뉴라이트의 대표적 인물이 된 두레교회 김진홍 목사는 청계천에 활빈교회를 세워 빈민운동을 했는데, 빈민운동의 대부인 제정구 선생과 배달학당이라는 야학을 빈민운동 사무소 블록 슬레이트 집에 열었다. 김진홍 목사는 스스로 넝

마주이 일을 해서 학생들에게 식사를 제공하는 등 당시에는 세인들의 존경을 한 몸에 받았다.

그 밖에 도시산업선교회 멤버인 인명진, 박형규 목사도 노동자들을 위한 야학을 운영했고 천주교 신부들도 야학 운영에 발벗고 나섰다. 인권변호사의 상징이 된 조영래를 비롯해 장기표와 이재오, 현 경기도지사 김문수도 다른 서울대학교 학생들과 함께 야학 운영에 참여했다.

근로기준법 공부가 빨갱이 수업이라고?

청계피복노조에서도 노동야학을 운영했는데, 이곳에서는 평화시장 2만여 명의 노동자들을 대상으로 검정고시보다는 노동자 권리찾기를 위한 교육이 이뤄졌다. 그런데 공안당국은 이를 의식화 교육이라고 몰아붙이면서 빨갱이 물들이는 교육이라며 매도하는 등 많은 오해를 빚었다. 하지만 교육내용을 들여다보면 요즘 사회시간에 배우는 근로기준법 등 국민으로서 알아야 할 내용들이 수업의 대부분을 차지했다. 국가에서 제정한 근로기준법을 알아야 노동자로서 권리를 주장할 수 있기 때문에 배우는 것이었다. 수업시간에 근로기준법을 공부한 학생들은 이런 법이 있었다는 것을 믿을 수 없어 했다. 왜 지금껏 바보같이 살았는지 한탄스러워했다.

야학은 등록금도 없이 무료로 운영되기 때문에 누구나 배우고자 하는 의지만 있으면 들어갈 수 있었다. 배움에 목마른 수

많은 젊은 남녀들이 야학을 통해 배움의 갈증을 해소할 수 있었다. 그러나 현실적으로 야학에 나오기 위해서는 아주 독한 마음을 먹지 않으면 안 되었다. 야학에 나오는 데 가장 큰 장애가 되는 것은 야근, 철야, 특근 등 장시간 연장근무를 당연시하는 사회적인 분위기였다.

청계천 주변의 공장들은 막차시간이 다 되어서야 퇴근을 시켰다. 특히 야학에 나간다고 하면 노골적으로 싫어했기 때문에 야학은 그야말로 '직장상사 모르게' 다녀야 했다. 그러니 매일 야학에 나간다는 것은 꿈도 꿀 수 없었다. 더욱이 성수기 때에는 밥 먹듯 철야를 했기 때문에 야학에 나가 공부한다는 것은 엄두도 내지 못했다.

이런 상황이다 보니 야학에 나오는 젊은이들은 직장을 잠시 쉬는 중이거나 새로운 직장을 알아보는 이들, 혹은 좋은 사장을 만나 양해를 얻은 소수의 젊은이들이었다. 어쨌거나 지금보다 더 나은 현실을 꿈꾸는 이들에게 야학의 문은 열려 있었던 셈이다. 시간이 있어도 야학을 나가지 않는 사람들도 많았다. 배움에 대한 분명한 목표의식이 있고 지적 호기심이 왕성한 이들이 모인 곳이 야학이다.

그때 나는 지하철 공사장에서 일하고 있었다. 물론 이곳에서도 철야를 했지만 나는 해가 지면 더 이상 할 수 있는 일이 없었기에 철야를 밥 먹듯 하는 다른 노동자들에 비해 야학 다니는 데 걸림돌은 없었다.

내가 재미있게 다니던 곳은 박형규 목사가 운영하던 제일교회 야학이다. 오장동 제일교회 야학은 노동야학 성격이 강했다. 그곳에서는 현재 변호사로 활동하는 안중민 선생이 본격적으로 노동관계법을 수업했다. 물론 노동야학이라고 해서 검정고시 수업을 하지 않은 것은 아니다. 다만, 이곳에 노동법 강좌가 있어 노동자들이 알아야 할 내용을 수업을 통해 배울 수 있어 좋았다. 당시에 나는 두어 군데 야학을 다니며 스펀지처럼 지식을 빨아들였다.

야학 수업의 가장 큰 매력은 토론식 수업을 통해 모두가 참여하는 수업을 경험할 수 있다는 점이다. 자유로운 분위기에서 펼쳐지는 야학 수업은 이제까지 내가 받아 온 학교 수업과는 차원이 달랐다. 교사는 말하고 학생은 듣기만 하는 학교 수업과 달리, 야학은 교사와 학생이 비교적 평등한 가운데 수업이 이뤄졌다. 야학 교사는 학교 교사처럼 권위를 내세우지 않았고 인품 그 자체로 학생들로부터 존경을 받았다.

또 수업내용도 학생들의 민생고와 연관되는 것들이라 귀에 쏙쏙 들어왔다. 특히 노동법 시간이 그랬다. 지극히 현실적인 문제를 푸는 방식으로 진행되어 학생들로부터 많은 호응을 받았다. 이를테면 사장으로부터 월급을 올려 받기 위해 각자의 비법을 공개하는 식으로 말이다. 그런 식으로 정보도 공유하고 법과 상식을 알아가면서 나는 점차 노동법에 흥미를 가지게 되었다. 그 무렵 나는 세상을 변화시키는 건 노동자여야 한다고 생각했다.

열심히 일하는 사람이 행복한 사회가 좋은 사회다. 그런 세상을 만들기 위해 내 평생을 바치는 일은 가치 있는 일이라고 생각한다. 이러한 꿈과 목표의식이 뚜렷해졌으니 수업이 재미있고 학습효과 또한 높았다. 인생의 목표가 정해지자 나는 검정고시 야학보다는 노동야학에 더 관심이 갔다. 박형규 목사가 운영하는 노동야학에 열심히 나간 것도 그러한 이유였다.

당시 박형규 목사는 학생운동을 하는 학생들에게 직접 노동현장에 나가 노동자들을 조직하라고 독려한 장본인이다. 노동현장에 위장취업을 해서 노동조합이 있는지도 모르는 노동자들을 조직해 단합된 힘으로 노동관계법에 명시된 노동자의 권리를 찾도록 도와야 한다고 했다. 대학생들이 노동현장에 뛰어들어야 한다는 박 목사의 말에는 힘이 있었다. 그의 말에 많은 대학생들이 노동현장으로 뛰어들었다. 이러한 활약은 민주노조가 탄생하는 기반이 되었다.

그전까지 이 땅의 노동조합들은 많은 수가 어용(御用)이었다. 상급 노조단체들도 마찬가지였다. 조합 간부들은 무늬만 노동자였지, 귀족처럼 생활했다. 노동자를 위한 노동조합이 아닌, 제 배를 불리기 위해 또는 사업주에게 봉사하기 위한 노동조합이었다. 그런 노동조합을 노동자에게 돌려줘야 한다고 생각한이가 바로 박형규 목사다.

앞에서 말한 활빈교회 김진홍 목사 역시 노동자와 빈민들을 위해 직접 넝마주이를 하며 벌어들인 돈을 야학에 필요한 경비로 대고 빈민들에게 식사를 제공했다.

이처럼 이 나라의 많은 지성과 양심 들은 야학을 통해 학생들이 세상을 보는 눈을 뜨도록 도왔다. 나 역시 이분들의 특혜를 받았다. 그러나 시간이 지나면서 그러한 순수함이 많이 퇴색했다. 많은 사람들이 시간이 지나면서 일부는 부패했고 일부는 부도덕한 제도권과 손잡았다. 그때까지 쌓아온 신망을 무너뜨리기도 했다.

가끔 청계천을 거닐 때마다 그 시절의 영상이 눈앞에 펼쳐진다. 천막과 블록 슬레이트 집 야학에서 졸린 눈을 비비며 수업에 임하던 젊은 노동자들과 야학 교사들. 젊은 시절의 꿈은 시간이 지나면서 색이 바래고 억압에 뒤틀리면서 그렇게 뒷걸음질 치며 사라졌다. 누가 그랬던가. 살아있는 자는 박해받고 죽은 자는 이용당한다고. 이용당하지 않기 위해 박해받는 젊은 청춘. 그 힘든 시기를 이겨내기란 결코 쉽지 않았다.

택시 정비 보조원

정보기관에 끌려간 소년

나는 빈민운동가 제정구 선생이 운영하던 야학 배달학당에
도 나갔다. 시간이 날 때마다 야학을 찾아가 선생들에게 좋은
말씀을 많이 듣고자 노력했다. 제 선생은 내게 순대국밥도 사
주고 잘해 주어서 가깝게 지냈다. 그는 내게 검정고시를 준비
하라고 했다. 그러나 당시 나는 상급학교 진학은 포기한 상태
였다. 집안 형편상 학교에 다닐 만한 여유가 없었다. 그래서 검
정고시 야학보다는 노동자로서 알아야 할 지식을 얻기 위해 노
동야학에 갔다.

남들이 검정고시를 준비하는 시간에 나는 노동법을 더 공부
해 노동자들의 권리를 위해 일하고 싶었다. 제 선생은 이런 나
를 많이 격려해 주었다. 한번은 제 선생이 야학 수업이 다 끝나
서 집에 가려던 나를 불러 세우고 또다시 검정고시 준비를 다

시 한번 생각해 보라고 했다. 검정고시를 보게 하여 대학공부를 시키려는 선생님께 내가 "그놈의 돈 때문에 결국 학업을 포기한 것 아니냐"고 말씀드렸더니 선생은 내게 이런 말씀을 해주었다.

"수천아! 대학생들이 학교를 졸업할 때까지 책을 5백 권 이상 읽지 않는다. 그러니 네가 책을 5백 권만 읽어도 어디 가서 무식하단 소리는 듣지 않고 남들에게 배척당하지도 않을 테니 책을 많이 읽거라."

이렇게 나를 생각해 주는 선생님께 나는 항상 고마움을 느끼며 따랐다. 그런 제 선생이 어느 날 빈민운동과 반정부시위로 인해 수배되었다. 만나면 늘 따뜻하게 맞아주고 큰형님처럼 밥도 사주고 좋은 말씀을 해주는 그가 없자 나는 풀이 죽어 있었다. 경찰에 쫓겨 자취를 감춘 그를 만날 길은 없었다.

그러던 어느 날, 내 앞에 웬 낯선 사내들이 나타나 제정구 선생님을 만나게 해줄 테니 같이 가자고 했다. 철없던 나는 제정구 선생이 보낸 사람이라는 그들의 말만 믿고 따라갔다. 그런데 이게 웬일? 그들은 나를 차에 태우고 어두침침한 공간으로 데려가 다짜고짜 의자에 앉혀 놓고는 구둣발로 차고 두들겨 패는 것이 아닌가.

"제정구 어디 있어?"

정말 제 선생이 어디 있는지 모르는 나는 솔직하게 모른다고 말했다.

"이 새끼도 빨갱이 염색이 되었구먼. 매 좀 맞아야 정신 차리 겠어."

그제야 나는 그들이 정보기관 사람들이라는 것을 알아차 렸다. 꼬박 이틀 동안 취조당한 나는 두려움에 덜덜 떨었다.

당시만 해도 나는 겁이 많았다. 앞에서도 말했듯 방범대원 완장만 봐도, 호각 소리를 듣기만 해도 두려움에 떨 정도였으 니 말이다. 세상에 가장 무서운 사람이 방범대원이라고 생각 했다. 그런 내가 정보기관에 끌려가 죽도록 맞았으니 얼마나 큰 충격을 받았겠는가. 그저 먹고살기 위해 공사장을 다닌 나. 가난해서 고등학교도 못 가고 차비가 없어 구리에서 동대문까 지 걸어 다니는 생활을 하면서 좀 더 배우기 위해 야학에 나간 것이었는데 그들은 내가 제정구 선생의 사주를 받고 심부름한 걸로 몰아붙이며 마구 때렸다.

그런 얼치기 수사를 해도 되는, 인권이라는 개념조차 없던 시절이었다. 죽도록 맞았어도 겁이 나서 맞았다는 말도 못 하 던 시절에 나는 이틀 동안 맞으며 취조당했으나 그들은 내게서 원하는 정보를 얻어내지 못했다. 아는 게 있어야 말을 하지.

나를 그렇게 때려 놓고서도 그들은 조금의 미안함이 없었다. 나를 풀어주면서 그들은 잡혀 와서 매 맞은 이야기를 하면 다 음번에는 죽여 버리겠다고 엄포를 놓았다.

택시 정비 보조공

나는 세상이 무섭다는 것을 실감하게 되었다. 이제 야학도 무서워서 더는 못 나갈 것 같았다. 야학에 나가서 공부해야 하나 말아야 하나 고민이 됐다.

평소 친하던 야학 교사에게 비밀을 지켜달라는 확답을 받은 다음에야 나는 이틀간 겪은 고초를 전부 이야기했다. 그러고는 더 이상 야학에 못 나가겠다고 말했다. 내 얘기를 들은 그는 나를 진심으로 걱정해 주었다.

나는 대학은 꿈도 꾸지 못했다. 바로 밑 동생 무영이는 중학교도 못 가고 가구공장에 다니고 있고, 그 아래 동생인 채영이 역시 중학교 진학은 꿈도 못 꾸고 복서가 되고자 했다. 게다가 중학교 등록금을 내지 못해 제적을 당한 트라우마도 있던 상태여서 제도권 교육환경은 내게 큰 상처로 남아 있었다.

그 후 야학 교사는 나를 위해 직장을 알아봐 주었다. 그의 소개로 1972년 나는 택시회사에 정비 보조직으로 취직했다. 열일곱 살인 1970년에 상경하여 2년 만에 드디어 내게도 반듯한 직장이 생긴 것이다.

첫 직장을 잡자 가족들은 모두 기뻐했다. 이제 사회에서 자리 잡고 한 사람의 몫을 할 수 있는 기회가 부여된 셈이었다.

내가 일하게 된 택시회사는 지금의 태릉 쪽에 있던 한국택시였다. 택시 회사에는 숙소와 식당이 있어 먹고 자는 문제가 해결되었다. 집에는 한 달에 두어 번 갔을 뿐 대부분의 시간을 회사에서 먹고 자고 했다.

그때는 통금이 있어서 택시 정비는 자정부터 차들이 모두 빠져나가는 아침 여섯 시 사이에 이뤄졌다. 자정 무렵부터 업무가 시작돼 아침에 차가 나가기 전까지 모든 정비를 마치기 때문에 정비직은 개인 시간이 많은 편이었다.

나는 정비사가 뜯어 놓은 시커먼 부품들을 경유로 깨끗이 닦아 냈다. 큰 기술이 필요 없는 여러 잡일을 했다. 그리고 아침 여섯 시가 지나면 식사를 하고 점심시간인 오후 한 시나 두 시까지 숙소에서 잤다. 남들이 출근 준비를 하는 시간에 나는 잠자리에 들었고, 택시들이 들어오기 시작하는 자정까지 내 시간을 가질 수 있었다. 남는 시간에는 야학에 나갔다. 야학에서 공부하다 자정이 다 되어서야 회사로 들어와 밤샘 근무를 하는 나날이 반복되었다. 시간이 지날수록 매 맞은 충격에서도 점차 벗어날 수 있었다. 나는 아주 천천히 회복되고 있었다. 그리고 노동법에 대해서도 더욱 깊이 있게 이해할 수 있었다.

그렇게 2년여 동안 택시 정비와 야학 공부를 병행하면서 내게는 뚜렷한 목표가 생겼다. 택시기사들과 친해지면서 이들이 보다 나은 환경에서 일할 수 있도록 돕고 싶었다. 그러기 위해서는 택시기사가 되어야 했다. 나는 운전면허학원에 등록해 낮에는 운전을 배웠고 곧 면허증을 손에 쥘 수 있었다. 1975년 나는 택시기사가 되기 위해 그동안 일해 온 한국택시를 그만뒀다.

단위노조 분회장

교통사고를 내다

한국택시를 그만둔 나는 서울 중화동에 있는 영광교통에 입사해 택시기사가 되었다. 그러나 택시기사에 취직한 지 몇 개월 만에 교통사고를 냈다. 피해자는 3주 진단이 나왔다. 당시만 해도 지금처럼 공제조합이나 종합보험제도가 되어 있는 게 아니어서 택시기사들은 2주 이상의 진단이 나와 합의가 안 되면 무조건 구속되었다.

나는 피해자와 합의가 되지 않아 구속되었다. 약 45일간 구속된 다음에야 아버지께서 돈을 마련해 와 석방될 수 있었다. 감옥에 갇혀 있는 동안 많은 생각을 하게 되었다. 어린 나이에 별의별 경험을 다 하다 보니 택시기사의 근로조건부터 바꿔야겠다는 생각이 들었다. 사고를 내면 택시기사가 금전적인 문제를 전부 부담해야 하는 문제를 직접 경험한 시간이었다.

이 사건이 일어난 후 병무청에서 영장이 나와 신체검사를 받았다. 그때에는 시국사범이나 일반 범죄자로 구속된 경력이 있으면 무조건 신검에서 소집면제를 시켰다. 이로 인해 나는 군 소집면제를 받고 제2보충역이 되었다.

나는 출소한 뒤 택시기사들의 열악한 근무환경을 바꾸기 위해서 노조에 가입해 조합활동을 하기 시작했다. 당시 나는 20대 초반 나이였고 택시 근로조건은 격일제 운전을 했기 때문에 틈틈이 쉬는 날 선배들과 함께 노동운동 현장을 따라다니며 노조활동을 배웠다.

또한 다른 조합원들은 노조활동을 소극적으로 참여한 데 비해 나는 적극적으로 노조활동에 참여했다. 먹고사는 문제보다 노조활동을 통해 더 나은 노동환경을 만드는 일이 더욱 의미 있다고 생각했기 때문이다. 그러다 보니 상급 단체 대의원 대회에 따라가게 됐고, 상급 단체 선배들과 만나 노동운동에 대한 시야를 넓혀 나갈 수 있었다.

그렇게 약 2년간 일반 조합원으로서 조합활동을 하자 선배들은 나의 열정과 능력을 인정해 내게 중책을 맡기는 일이 많아지게 되었다. 내가 다른 선배들에 비해 상대적으로 어린 나이임에도 회사 측과 협상하는 자리에까지 참여해 목소리를 내다 보니 내 존재가 부각되었다.

분회장 선거에 출마

일반 조합원과 조합 간부로 2년간 활동하면서 나는 단위 노동조합 대표인 분회장 선거에 출마하기로 마음먹었다. 나를 아끼는 선배 조합원들의 독려에 용기를 얻은 탓도 있지만, 2년간 열과 성을 다해 노조활동을 하면서 내가 어떤 역할을 할 수 있고 또 무엇을 바꿀 것인가가 눈에 보였기 때문이다. 선배들이 내게 바라는 기대치도 적지 않았다. 나는 노조 선배들의 격려 속에 20대 중반의 어린 나이에 영광교통 단위사업장 분회장 선거에 출마했다.

내가 20대의 나이에 형님뻘 되는 선배들과 나란히 분회장 선거후보로 나설 수 있었던 것은 야학을 통해 노동법과 근로기준법을 외우다시피 공부했기 때문이다. 나는 근로기준법에 대해서는 누구와 이야기해도 지지 않을 자신이 있었다. 사업주와의 싸움에서 이러한 법 지식은 매우 좋은 무기로 작용했다. 특히 나는 사업주들과 협약할 때는 법조문을 조목조목 들이대며 따졌다. 선배들은 이런 내게 분회장 선거 출마를 권했다.

선거를 준비하는 내내 나는 조합원들의 피부에 와닿는 가장 심각한 문제가 무엇인지 진지하게 고민했다. 마침내 분회장 선거일이 다가왔다. 큰 형님뻘 되는 조합원과 함께 분회장 자리를 놓고 조합원들 앞에서 정견 발표를 하는 자리가 마련됐다. 당시 분회장으로 내건 공약사항은 노동환경 개선에 대한 것들이었다.

"우리는 어렵게 회사와 협약을 했지만, 회사는 협약을 안 지키고 있습니다. 그러므로 여기에 대한 단호한 대처가 필요합니다. 또 우리의 노동환경부터 쾌적하게 바뀌도록 노조를 이끌어 가야 합니다. 새벽에 운행을 시작하는 택시기사들은 이불 한 번 안 빨아주는 데서 잠들어야 합니다. 더러운 이불을 덮고 자고 나서도 씻을 곳조차 없습니다. 지금 우리는 개·돼지 사육장 같은 곳에서 일하고 있습니다. 이러한 환경을 개선하는 방향으로 노조가 나아가야 합니다. 우리는 종일 일하고 회사에 들어와도 통금 때문에 집에 가지 못한 채 숙소에서 자야 하는데 숙소는 너무 더럽고 냄새가 많이 나서 잠을 자지 못합니다. 그래서 여러분은 밤새도록 숙소에서 무엇을 하십니까? 종일 번 돈으로 밤새도록 노름을 하고 계시지 않습니까? 물론 따신 분은 기분이 좋겠지만 돈을 잃은 분은 가족들이 어떻게 생활해야 합니까?

제가 분회장이 되면 기숙사 환경부터 쾌적하게 개선할 것입니다. 앞으로 여러분은 노름 같은 것으로 시간 때우는 일은 절대 하지 마시길 바랍니다. 나 자신보다 여러분을 믿고 사는 가족을 위해 생활을 바꾸어야 비전이 있습니다."

말 그대로 당시 숙소는 온갖 냄새가 진동했다. 동료들은 자정까지 일하여 피곤한 몸을 이끌고 그대로 숙소에서 잠이 들어버리는 바람에 숙소는 정말 돼지우리 같았다. 그러나 누구도 이런 문제를 회사에 얘기하지 못했다. 쾌적한 환경에서 일하면 서비스가 좋아지고 능률도 오를 텐데 말이다. 이런 일을 나서서 해결하기 위해 노조가 있는 것이다.

무조건 열심히 하겠다는 말이 아니라 이처럼 실제 필요한 개선 상황을 정확하게 제시한 것이 조합원들의 마음을 움직인 모양이었다. 나는 조합원들의 전폭적인 지지를 얻어 20대 중반의 나이에 분회장으로 당선되었다. 당시 분회장들은 대부분 30~40대였는데, 새파랗게 젊은 내가, 열 살 이상 차이 나는 큰형님들과 함께 활동하게 된 것이다.

노름과 전쟁

당시 택시노조 조합원들은 노동운동에 필요한 교육을 받을 기회가 없었기 때문에 회사 측과 협상을 벌일 때 논리적으로 반박하는 게 쉽지 않았다. 그러나 내가 분회장이 되면서 애초에 동료들에게 약속한 공약사항을 하나씩 이루게 되었다.

택시기사들이 덮고 자는 이불은 늘 깨끗한 상태를 유지하게 했고 몸을 씻을 수 있는 공간을 마련하고 위생적으로 청결하게 유지해 편안히 쉴 수 있도록 했다.

그러나 제 버릇 개 못 준다고, 기숙사를 깨끗하게 개선했어도 기사들은 여전히 노름을 계속했다. 노름하지 말라고 하소연도 하고 부탁하고 말려도 보았으나 기숙사 내에서의 노름은 근절되지 않았다. 나는 말로는 도저히 안 되겠다고 판단하고 노름하는 방의 형광등을 쇠 파이프로 부숴 버리기도 하고 또다시 노름하면 경찰에 신고하겠다고 엄포를 놓기도 했지만 모두 속수무책이었다. 끝내 경찰에 신고하는 일이 벌어졌다.

경찰에게 잡혀가 즉결 심판을 받고 온 택시기사들은 내가 나타나면 또 신고할까 봐 노름하다가도 화투판을 얼른 덮어 버리고 내 앞에서는 노름하지 않은 척했다. 나는 포기하지 않고 분회장으로서 노름과의 전쟁을 선포하고 적극적으로 대응했다. 그러자 택시기사의 가족들까지 내게 고맙다면서 지지해 주었다.

한편 나는 회사 측과 노사협상을 할 때 정확한 법률조항과 판례를 인용하여 협상에 유리한 고지를 점령할 수 있었다. 때문에 협상은 자신이 있었다. 택시기사들의 근로조건을 조금씩 개선할 수 있을 것이라는 자신감이 붙으면서 분회장 선거 때 조합원들에게 약속한 공약들을 모두 실현해 내었다.

취업 카드, 현대판 노비문서

분회장은 단위 사업장에서 유일한 노조 전임자다. 즉, 택시 운전을 하지 않고 노동조합 일만 해도 월급이 나오는 자리다. 당연히 사업주로부터 회유가 많이 들어온다. 사업주들이야 자기 말을 잘 듣는 사람이 분회장이 되기를 바랐다. 그래서 자기 말을 잘 듣는 사람이 분회장 선거에서 당선되도록 지원을 아끼지 않았다. 그런데 나 같은 꼴통이 분회장이 되었으니 참 답답했을 것이다.

영광교통에서 근무하는 동안 나는 열여섯 번이나 해고를 당했다. 그러나 해고통보를 받아도 별로 두렵지 않았다. 해고당하면 부당해고로 진정을 하거나 파업에 들어가는 등 실력행사를 했기 때문이다. 결국 불리한 상황에 처한 회사는 해고했다가도 철회하기를 반복했다.

당시 택시회사 근로자들에게는 취업카드라는 것이 있었다. 이 카드는 직장을 옮길 때마다 따라다니는, 이른바 현대판 노비문서다.

교통부는 운전자의 자질을 관리한다는 미명 아래 교통사고 등을 예방하기 위해 취업카드 제도를 실시했다. 그러나 사업주들은 노조 활동을 하거나 회사에 불만을 품은 택시기사들을 징계하거나 해고하는 데에 이 카드를 악용하였다. 이로 인해 택시회사 근로자들은 사업주가 시키는 대로 할 수밖에 없게 되고, 해고당한 노동자들에게는 끝까지 취업 카드가 따라다녀서 동종업계에 취업하기가 힘들어져 현대판 노비문서로 불렸다. 이렇듯 노동자들에게 불리한 이런 제도가 통할 수 있었던 것은 산업 제일을 외치는 군사독재 정권이 받쳐 주었기 때문이다.

부패한 한국 노동계

박정희 정부는 성장 일변도의 정책을 펼쳤다. 기업은 일하는 사람을 먹여 살리는 존재이므로 환경을 오염시켜도 봐주고 노동자를 탄압해도 봐줬다. 이러한 분위기였으니 사업주에게 대항하는 노동자는 정권으로부터 빨갱이로 몰려 비인권적인 탄압을 받아야 했다. 체포영장도 없이 어딘가로 끌려가 흠씬 얻어맞고는 바보가 되어서야 풀려났다. 경찰서 정보과와 중앙정보부는 앞장서서 노동운동가들을 탄압했고 어용노조 간부들은 측면에서 지원했다.

한국노총을 비롯한 상급 단체에 있는 노조 간부들은 이런 정권의 하수인이 되어 노동자의 권익을 보호하기보다는 사업주의 하수인이 되어 노동자들을 탄압했다. 물론 선배 노조 간부들이 모두 그랬다는 것은 아니다. 그중에는 양심적인 간부들도 있었다. 그러나 노조 사무실도 직장이다. 직장인들이 양심보다는 조직의 논리대로 움직여야 하는 곳이란 뜻이다.

당시 상급 노조 단체에도 정치권으로 치면 야당과 여당이 있었다. 정기적으로 조합원 투표를 통해 위원장이 바뀔 때마다 임원들과 간부들의 자리가 바뀌었다. 그러니 위원장 선거에 따라 야당이 여당이 되기도 하고 여당이 야당으로 되기도 했다.

내가 처음 노동계에 투신할 때만 해도 이런 것을 알 리가 없었다. 당시의 나에게 노동계 선배들은 무조건 옳고, 그 권위는 하나님과 동기동창 수준이었다. 어린 내 눈에 노동계에 오래 몸담은 선배들은 정말 대단한 존재였다.

노동운동계에 오랫동안 활동한 선배들끼리 하는 말이 있다. 누구는 노동운동을 하느라 집을 한 채 팔았고, 누구는 두 채를 팔았다고 말이다. 이 말을 들은 나는 그런 선배들을 정말 존경할 수밖에 없었다. 그리고 혼자 괴로워했다.

'나 같으면 노동운동을 위해 집을 팔 수 있을까? 정말 나처럼 이기적인 사람이 노동운동을 해도 될까?' 하는 식으로 말이다.

그러나 시간이 지나면서 조금씩 진실을 알게 되었다. 선배들이 집을 판 이유는 노동자들을 위한 노동운동을 위해서가 아니라 자신의 영달을 위하여, 선거에서 이기기 위해서였다. 당선되기 위해서 집을 팔았고, 위원장에 당선되면 판 집을 다시 사는 일이 반복되었다. 진실을 알게 되자 회의감이 들었다.

나는 선배들과 함께한 술자리에서 정말 제대로 된 노동운동을 해보고 싶다고 말했다. 다행히 노동운동계에는 아직도 양심적인 선배들이 적지 않았다. 그중 한 선배가 김말룡 선생에게 나를 소개했다.

어용노조가 판치던 그때, 김말룡 선생은 누구와도 타협하지 않고 노동자들의 권익을 위해 평생을 살아온 분이다. 그러니 정권 입장에서는 눈엣가시와 같은 존재였다. 언제 실종되어도 이상하지 않을 정도로 목숨이 경각에 달려 있던 판국에도 끊임없는 협박과 회유가 들어왔으나 눈도 깜짝하지 않고 저 갈 길을 간 분이 바로 김말룡 선생이다.

이처럼 목숨이 위태로운 김말룡 선생을 가장 앞장서서 보호해 주신 분이 바로 김수환 추기경이다. 김 추기경은 김 선생을 지척에서 보호하고자 자신의 영향권 내에 있는 명동성당 뒤편에 있던 가톨릭노동상담소 사무실을 내주었다. 상황이 이렇게 되니 정권에서도 차마 김 선생을 어쩌지 못했다.

김말룡 선생의 시험

나는 선배들 덕분에 김말룡 선생을 만날 수 있었다. 그 자리에서 나는 김 선생에게 어용노조와 싸워 노동조합을 바로 세우고 싶다는 뜻을 밝혔다. 선생은 젊은 객기로 한번 해본 말이라고 생각한 모양인지, 노동운동에 투신하고 싶다는 내 말에 고개를 저었다.

"나이도 젊은 사람이 뭐 하러 힘든 노동운동을 하려 하는가? 그냥 기술을 배우거나 현장 노동자로 사는 게 가장 좋다네."

지금 생각해 보면 내 의지를 시험하신 것 같다. 나는 선생을 자주 찾아뵈었고 선생은 그때마다 내 의지를 시험했지만 나 역시 제대로 된 노동운동을 하겠다는 뜻을 굽히지 않았다.

"이 길을 걷기 위해서는 세상의 단맛과는 담을 쌓아야 하네. 일신상의 행복을 포기해야 하네. 정말 그럴 결심이 되어 있는가."

선생의 물음은 마치 하나님 앞에서 혼인 서약식이라도 하는 듯이 엄숙하게 들렸다. 나는 새신랑처럼 경건하게 "네"라고 답했다. 진심이었다. 어떤 고초가 와도 검은 머리가 파뿌리 될 때까지 노동운동을 위해 내가 가진 모든 것을 바치겠다고 맹세했다. 그 후 김 선생은 나의 스승이자 멘토가 되어주었다. 찾아가면 항상 밥을 사주고 적절한 조언도 해주었다.

주·월차 수당 착취하는 만근수당

만근수당은 불법

근로기준법을 달달 외우는 내가 분회장으로 있는 동안 조합원들의 월급봉투를 보면서 억울하다는 생각이 들었다. 하루 일하고 하루 쉬는 택시기사들이 한 달간 한 번도 빠지지 않고 일하면 만근수당이라는 것을 받는데, 이것은 월급쟁이들에게 월차수당과 같은 개념이다. 지금 돈으로 몇만 원 정도 되는 금액이다.

문제는 이 만근수당이 근로기준법에 위배되는 불법이라는 점이다. 근로기준법 제45조에는 분명히 「사용자는 근로자에 대하여 일주일에 평균 1회 이상의 유급휴일을 주어야 한다.」라고 명시되어 있고, 동법 시행령 제29조에는 「법 제45조에 규정된 일주일 평균 1회 이상의 '유급휴일'이라 함은 소정의 근로일수를 개근한 자에 대하여 주는 유급휴일을 말한다.」라고 명시되어 있다. 또 주휴수당이란 일주일간 근무를 하면 하루치 임금(일당)을 유급으로 지급하는 제도다. 주휴수당을 적용하게 되면 택시기사가 몸이 아파 하루 결근했을 때 이번 주 주휴수당은 받지 못하지만, 다음 주에는 하루도 결근하지 않고 일했다면 그 주에는 주휴수당을 받을 수 있다. 그러나 만근수당제로 계산하면 한 달을 온전히 채워야 하루치를 더 받을 수 있었다.

만근수당은 당시는 노조의 형태가 산별노조다 보니 상급 단체에서 단체협약에 의해 만들어진 것이다. 때문에 택시기사들 대부분이 법적으로 규정된 주휴수당이나 월차수당 대신 만근수당을 받았다.

이런 부당함에 화가 치민 나는 사장과 다투고 노동청에 찾아가서 만근수당을 없애고 주휴수당과 월차수당을 받도록 해달라고 주장했으나 쉽지 않았다.

이런 때 내게 적절한 조언을 해준 분이 바로 김말룡 선생이다. 나는 선생에게 만근수당의 부당성을 이야기했다. 그리고 판례에도 나와 있듯 단체협약이란 근로조건을 향상시키기 위하여 교섭을 통해 올릴 수 있지만, 그 협약이 근로기준법보다 미달했을 경우에는 근로기준법에 따라야 하는 것인지 물었다. 선생은 잠시 생각에 잠겼다가 노동청에는 가봤느냐고 물었다.

"노동청에서는 우리가 단체협약을 만들어 놓고서 왜 이제 와 자기네한테 따지냐고 그러죠."

"근로기준법에 명시된 것보다 나은 조건을 만들기 위해서 노동조합을 만들고 단체협약을 만드는 게 아닌가. 아니면 뭐 하러 노동조합을 만들어 단체협약을 해? 그냥 근로기준법만 있으면 되지. 단체협약이 법에 미달된 것은 무효라고 강하게 밀어붙여야지."

김말룡 선생의 말이 맞긴 했어도 당시의 나는 그렇게 간이 크지 않았다.

"어떻게 아버지뻘 되는 근로감독관에게 그렇게 대들 수가 있어요?"

"나이 먹은 사람한테 할 말 못 하면 노동운동을 어떻게 하겠나. 나는 열아홉 살 때 법무부장관 귀싸대기를 때려 버렸어. 수천이는 못 하겠어? 그 녀석들에겐 침이라도 뱉고 얘기해야 해. 그 자식들은 타성에 젖어 내가 '네네' 하면 '아니요', '없어요', '몰라요'만 하는 놈들이니까."

경찰도 무섭지 않다

김말룡 선생의 말에 용기를 얻은 나는 다시 관할 노동사무소에 찾아갔다. 그러자 담당 공무원인 근로감독관은 단체협약 문서를 내게 들이밀었다. 상급 단체에 가서 이의를 제기하라는 것이다. 예상대로였다.

나는 노동법 판례를 들어 노사가 함께 합의한 단체협약이라도 근로기준법에 미치지 못할 때는 근로기준법에 따라야 하고, 근로기준법에 따라 만근수당 대신 주휴수당으로 전환할 것을 요구했다. 근로감독관은 시큰둥한 표정이었다. 이러다간 서로 공방만 오가다 흐지부지될 것 같아 나는 다른 방도를 취했다. 잘못된 단체협약으로 만들어진 만근수당제로 인해 택시기사들이 근로기준법에 명시된 권리를 누리지 못하고 있으니 노동청에서 조사해 처리해 달라는 내용의 진정(陳情)을 냈다.

노동청은 아무리 기다려도 답변을 해주지 않았다. 기다리다 지친 나는 다시 노동청에 찾아가 담당 근로감독관에게 따졌다.

"아니, 민원이 들어 왔으면 정해진 기일 안에 처리해 줘야지, 처리도 하지 않는 건 직무유기 아니오? 당신이랑은 더 할 말이 없으니 소장 나오라 하시오. 소장에게 직접 말해야겠소."

내가 벌겋게 상기된 얼굴로 소리를 지르니 근로감독관은 기가 찬다는 투로 말했다.

"여기가 어딘 줄 알고 어린 게 행패야. 당신, 업무방해죄로 콩밥 좀 먹어야겠어."

그러고는 전화기를 들어 경찰에 신고했다.

법이 정하는 노동자의 권리를 보호하기 위해 존재하며 월급을 받는 공무원이 이 모양이니, 대한민국의 행정이 얼마나 엉망인지 비로소 실감이 났다.

나는 공중전화로 달려가 김 선생에게 자초지종을 전부 이야기했다. 그러자 선생은 내게 경찰관이 오면 신고한 감독관이 근로기준법 제103조 5항을 위반했으니 그놈을 잡아가라고 이야기하라는 것이다. 근로기준법 제103조 5항은 「근로감독관은 이 법 기타 근로관계법을 위반한 죄에 관하여 사법경찰관의 직무를 수행해야 한다.」이다.

진짜 경찰이 왔다. 담당 근로감독관은 나를 잡아가라고 했고, 나는 경찰에게 민원접수증을 보여주고 감독관을 잡아가라고 이야기했다. 그러자 민원접수증을 본 경찰이 감독관을 나무랐다.

"왜 바쁜 경찰을 부릅니까? 정당한 요구를 한 민원인에게 답변했으면 이런 일이 없을 것 아닙니까?"

박수천, 많이 용감해졌다. 방범대원만 보면 간이 오그라들던 시절을 생각하니 격세지감이다. 내가 이처럼 용감해질 수 있는 것은 언제나 내 뒤에서 든든한 버팀목이 돼 준 김말룡 선생과 노동계 선배들 덕분이다. 어려운 일이 생길 때마다 방법을 모르겠다 싶으면 나는 지체 없이 김말룡 선생이나 노동계 선배들께 자문을 구했다. 김말룡 선생과 가깝게 지내는 한 노동계 선배는 나와 함께 기꺼이 노동청으로 동행해 같이 싸워주기도 했다. 이러니 내 간덩이가 얼마나 커졌겠는가. 이제는 경찰이나 공무원들이 하나도 무섭지 않았다.

해고를 당하다

당시 택시노조의 상급 단체는 전국자동차노동조합이었다. 전국자동차노동조합은 버스, 택시, 관광버스, 화물차 노조로 구성되었는데 대표적인 어용노조 단체로 알려져 있었다. 노동자의 이익보다는 정권과 사업주 측의 이익을 위한 방패막이로 활용되었다.

그런 의미에서 김말룡 선생과 가까운 선배들은 거대한 풍차를 향해 뛰어드는 노동계의 돈키호테였고 진정한 투사였다. 그들은 나에게 문제해결을 위한 조언을 아끼지 않았을 뿐만 아니라 노동법을 공부하는 내게 기꺼이 가정교사가 되어주었다. 한자투성이인 법조문을 이해한다는 것은 쉽지 않았지만, 여러 선배들의 도움으로 나는 근로기준법을 비롯한 노동관계법을 잘 이해할 수 있었고 달달 외울 정도로 공부했다. 사실 20대의 나이에 단위노조 분회장이 될 수 있었던 것도 시간이 날 때마다 노동법 판례를 들여다보며 공부한 것이 많이 도움이 되었다.

어쨌든 나는 그 뒤 6개월 이상 만근수당 폐지 문제로 회사에 출퇴근도 못 하고 아침에 눈 뜨기 바쁘게 노동청과 상급 단체 사람들과 싸움을 벌여야 했다.

그러던 어느 날, 회사로부터 해고통지를 받았다. 회사는 상급 단체인 자동차노조에서 미운 오리새끼인 나를 해고시키라고 지시한 것이다. 젊은 녀석이 어른한테 함부로 덤빈다고. 상급 단체와 회사가 서로 의기투합해 단위노조 분회장을 해고시키다니!

상급 노조단체가 과연 노동자를 위해 존재한 것인지 명백히 밝혀야 할 사례였다. 단위분회로부터 협상권을 위임받아 근로기준법보다도 못한 단체협약에 대해 근로기준법에 따를 것을 요구하는 후배의 밥줄을 잘라 버리는 것이 당시 한국노동계의 실상이었다.

어쨌든 해고를 당했어도 나는 매일같이 노동청과 자동차노조를 출퇴근하면서 끈질기게 싸웠다. 그들은 내가 해고노동자라는 것을 빌미로 사사건건 방해했다. 도대체 누구를 위한 노조이고 누구를 위한 상급 단체인지 모르겠다. 나는 하도 답답한 나머지 자동차노조 선배들에게 이렇게 말했다.

"인간이라면 밥그릇에 밥을 담아 먹어야지. 요강에 밥을 담아 먹어서야 쓰겠소?"

그들은 노동자의 권익을 위해 싸우는 것이 아니라 자본의 이익, 개인의 이익, 계파 이익을 위해 존재했다. 상급 단체 간부들에 대한 실망으로 그들과 나는 점점 더 멀어졌지만, 나는 믿는 바가 있었다. 결국에는 진실이 승리한다는 사실이다.

외로운 싸움에서 승리

하루는 관할 노동사무소인 서울북부노동사무소 소장이 식사나 하자며 연락을 해와 만났다. 내심 중요한 내용을 전할 것 같은 예감이 들었다. 그는 자신을 체신노조 출신이라고 소개했다.

"요즘 박 선생 때문에 제가 이 자리에 앉아 있는 것이 지옥 같습니다. 박 선생에게 자문하시는 분들은 워낙 훌륭한 분들이 많아 우리에게 계속 압력 넣고 있지, 운송업체 사장들은 사장들대로 박 선생 말 듣지 말라고 압력 넣지, 상급 노조 단체는 상급 단체대로 압력을 넣고 있습니다. 공무원으로서 결단을 내려야 할 위치에 있는 저로선 한계를 느낄 수밖에 없습니다."

그러나 결국 끈질긴 싸움 끝에 노동청이 두 손을 들었다. 드디어 나는 외로운 싸움에서 이긴 것이다. 1979년 전국 택시 근로자들을 착취하는 수단인 만근수당을 폐지했고, 근로기준법 제45조와 제47조에 명시된 대로 주·월차 수당을 지급하도록 했다. 또 그동안 만근수당을 빙자하고 지급하지 않은 최근 3년 간의 주·월차 수당은 근로기준법 제41조(임금의 시효)에 의거하여 임금의 채권은 3년간 행사하지 않을 때는 시효로 인하여 소멸한다고 명시되었기 때문에 이에 대한 3년분 체불임금 모두를 지급받을 수 있도록 했다. 이렇게 노동청의 결정이 나자 전국의 택시노조들은 3년간 받지 못한 주·월차 수당을 신청했다. 전국의 택시 노동자들의 3년치 수당은 한두 푼이 아니었다. 그러니 택시회사 사장들은 나를 얼마나 미워했겠는가.

내가 혼자 외롭게 투쟁할 때는 신경도 안 쓰더니 밥상 차려주니까 다들 참 잘도 챙겨 먹었다. 그러나 이것은 포기하지 않고 끝까지 물고 늘어진 끈기의 승리다. 달걀로 바위 치기라는 심정으로 시작했지만 싸움을 하다 보니 상대는 법리적 논리적으로 허점을 드러냈고, 그 약점을 끈질기게 물고 늘어져 마침내 전국의 택시기사들에게 근로기준법에 명시된 권리를 되찾아 줄 수 있었다.

전국 택시노조
1천4백 개 조직

서울택시협의회 조직부 간사

만근수당을 없애면서 나는 단위조합 분회장으로서는 드물게 전국적인 유명인사가 되었다. 그동안 회사에서 해고당하기를 열여섯 번, 택시업계 블랙리스트 제1호인 나는 1981년부터 전국 자동차노조 연맹 산하 서울택시협의회 조직부 간사로 일하게 되었다. 그 기간 동안 나는 노동자로서 더 많은 경험을 하게 되었다.

자리가 사람을 만든다고 서울택시협의회 조직부 간사는 택시노조 설립과 노사문제 해결을 지원하는 자리다. 나는 만 2년 간 이 자리에 있으면서 노동운동에서 경험할 수 있는 거의 모든 일을 겪었다.

노조 설립을 방해하는 파렴치한 선배들도 보았고 회사의 방해공작과 복수노조 설립으로 어용노조와 싸우기도 했다. 그리고 설립 후 병아리 수준의 노동조합이 제자리에 설 수 있도록 모든 지원을 아끼지 않았다. 억울한 일로 재판해야 하는 동지들의 재판비용 마련을 위해 동분서주했으며, 노사분규가 일어나면 파업의 현장으로 뛰어들어 파업 노동자들을 지원했다.

그 와중에 해고노동자가 생기면 그들에게 밥이라도 사줄 수 있게 노력했다.

다각도로 이뤄진 내 노력들이 결실을 얻었는지 처음 시작할 때는 70여 개에 불과하던 서울지역 택시노조가 1983년에는 2백 16개가 설립되었다. 전두환의 신군부가 들어서고 기존의 노조 간부들이 8·21조치(1980년 8월 21일 행한 조치)로 숙청되는 살벌한 상황에서도 노동조합 수를 만 2년 동안 무려 1백 40개를 더 늘렸다. 그러다 보니 많은 동지들과 끈끈한 유대관계를 맺을 수 있었다. 이처럼 적지 않은 성과를 낼 수 있었던 여러 가지 이유 중에 내가 20대라는 적은 나이도 한몫했다.

노조 간부로서 나는 보기 드물게 젊은 나이였기에 나이 든 선배 노조원에게 접근하기가 비교적 쉬웠다. 나보다 나이가 많은 현장 조합원들을 형님이라 부르며 다가간 것이 여러 노조 간부들의 호감을 샀다.

인간은 공적인 관계보다 사적으로 맺어진 관계에서 끈끈한 동지애가 생기는 것 같다. 조합원들 입장에서는 상급 단체 간부라면 왠지 껄끄러운 존재였는데, 나는 처음부터 나이가 많은 분들에게 형님이라 부르며 친근하게 다가가고, 조합원의 일을 내 일처럼 지원을 아끼지 않자 많은 조합원들이 나를 믿고 따라주어 좋은 성과를 거둘 수 있었다.

또 서울택시 노동자의 권익을 위해서도 적지 않은 노력을 기울였다. 택시 근로자들은 다른 근로자들과는 달리 국경일이나 공휴일에도 근무해야 하는 만큼 정부에 택시 근로자들의 복지혜택을 공익사업에 준하는 만큼 해달라고 요구했다. 우리는 정부에 수납하는 LPG 가스 부가가치세를 면제하여 근로자들의 복지혜택으로 증여해 달라는 운동도 시작했다. 그러나 택시노조의 가장 큰 문제는 민주화된 택시노조 상급 단체가 없다는 것이다. 그 무렵 나는 언젠가 독립 노조를 설립해야겠다는 야심 찬 생각을 하고 있었다.

자동차노조연맹 조직 관리위원

그 와중에 1983년 전국 자동차노조 연맹에서 위원장 선거가 실시되었는데 내가 소속되어 있는 계파에서 지지한 후보가 당선되어 나는 상급 단체인 전국 자동차노조 연맹 택시조직 관리위원으로 일하게 되었다. 산별노조의 최상급 단체 자리는 위원장 선거에서 승리하게 될 경우 그 계파에서 상근 근무자가 배정되었다. 서울택시협의회 조직 간사로 일하면서 두 배 이상의 노조를 만든 성과를 인정받은 나는 전국의 택시조직을 관리하는 관리위원으로 일하게 되었다.

서울택시협의회 조직부 간사가 서울지역 택시노조를 중심

으로 인맥을 쌓는다면, 택시조직 관리위원은 말 그대로 전국을 무대로 택시노조 문제를 해결하기 위해 일하게 되는 직책이었다.

나는 동에 번쩍 서에 번쩍이었다. 전국에서 택시노조와 관련된 분규나 사건이 터지면 만사를 제쳐놓고 달려갔다. 지방일수록 상급 단체에서 사람이 왔다고 하면 사업주들과도 이야기하기가 쉬웠다. 자리가 사람을 만든다고 이때부터 나는 갈등 당사자들에 대한 조정능력을 키울 수 있었다. 웬만한 사고나 분규는 내가 나서면 거의 다 해결되었다. 그러다 보니 요령과 노하우가 생겼다.

노조와 사업주 간의 문제도 처음부터 이들이 서로 지지 않으려고 강하게 나가다 보면 어느 순간 자존심 때문에라도 더 이상 물러설 수 없는 상황에 직면하게 된다. 사실 사업주 입장에서도 파업이 장기화되면 손해고, 노조 역시 파업이 길어지면 이익이 될 수 없다. 무엇보다 그들은 지치게 된다. 그렇지만 대책 없이 싸우다가 감정이 격해지고 감정이 오기로 발전하면 나중에는 서로가 지쳐서 양보하고 싶어도 양보할 수 없는 상황에 처하게 되니 이른바 치킨게임이 되어 버리는 것이다. 치킨게임으로 치닫게 되면 더 이상 물러설 수 없는 상황이 되고 만다. 이럴 때는 중재자가 필요하다. 그런 상황에서 기술적으로 쌍방의 자존심을 건드리지 않고 중재를 하면 사업주도 노조도 서로 양보할 수 있게 된다. 물론 그러기 위해서는 양측에 양보할 만한 충분한 명분을 만들어 줘야 한다. 이것이 분규를 해결할 수 있는 핵심 기술이다.

택시의 경우 지역마다 사업주들이 모인 사업조합이 있고, 그 아래에는 단위 사업장들이 있다. 단위 사업장에서 분규가 일어나 더 이상 물러설 수 없는 사태가 되면 일단 사업주 단체장을 만나 협조를 구할 필요가 있다. 사업주 단체들도 더 이상 분규가 확대되길 원하지 않기 때문에 기꺼이 중재에 나선다. 이런 식으로 사업주와 노조에게 양보할 수 있는 적당한 명분을 쥐어 주는 중재자가 나서면 분규는 어느 순간 해결된다. 나는 이런 방식으로 노사문제를 해결하였다. 몇 년간 그렇게 전국을 뛰어다니며 문제를 해결하다 보니 웬만한 노사문제는 어렵지 않게 처리할 수 있었다.

인간이란 게 참 재미있다. 적당한 명분만 주어지면 충분히 해결할 수 있는 문제들인데 그놈의 명분 때문에 사태가 장기화되고 만다. 이처럼 나는 전국을 다니며 산재한 노조 문제를 해결하면서 많은 동지들과 인연을 맺었다. 그리고 많은 동지들에게 전국 자동차노조 연맹에 대한 불만과 문제의식이 쌓여 있다는 사실도 알게 되었다.

택시노조를 위한 상급 단체 설립

전국적인 운수노조라 할 수 있는 전국 자동차노조 연맹은 버스노조, 택시노조, 관광버스 노조, 화물노조 등이 모여서 만든

노조 단체다. 이 연맹은 운수업체 최고상급 노조 단체지만 규모가 큰 버스노조가 주로 중요한 사안을 결정해 왔다. 때문에 상대적으로 대의원 수가 적은 택시노조는 소외되어 있었다. 더욱이 버스노조의 어용성은 택시노조 조합원들의 권익을 지키는 데 별 도움이 되지 않았다.

앞에서 말한 것처럼 택시기사들의 LPG 가스 세금 면제, 복지 문제 등의 요구가 받아들여지지 않은 것은 이 문제에 대항하기 위해 정부 측과 일전을 치러야 하는 보다 힘 있는 상급 단체 노조 간부들이 택시기사들의 권익에 자기 일처럼 나서지 않기 때문이었다. 이로 인해 일선 노동현장에서는 독자적인 택시노조 상급 단체에 대한 필요성이 제기되었다. 택시 노동자 중심의 환경으로 바뀌기 위해서는 상급 단체인 전국자동차노조연맹에서 탈퇴하고 택시기사들의 권익을 위한 상급 단체를 따로 독립시켜야 했다. 이는 앞으로 내가 이뤄야 할 새로운 과제였다.

내가 이 문제에 총대를 메게 된 것은 전국을 다니며 노사 간에 일어나는 많은 문제들을 해결하면서 쌓은 인맥과 함께 노조와 관련한 나만의 정보가 있었기 때문이다. 그리고 그들의 긴밀한 협조를 얻으면 충분히 해낼 수 있으리라는 자신감도 있었다. 여기에 동지들의 끈끈한 연대감과 신망까지 더해졌다.

나는 특히 돈 문제에 대해서는 깨끗했다. 전국의 노조 간부들이 이른바 경비로 사용하라며 돈 봉투를 주었다. 충청 지역에서 문제를 해결하고 나면 경비로 사용하라며 그 지역의 동지들에게서 돈 봉투를 받게 되고, 전라지역에 가면 또 돈 봉투를 받게 된다. 나는 그렇게 받은 돈 봉투들을 고스란히 봉투째 경상도 파업현장에 내놓았다. 파업현장에는 돈이 많이 필요했는데 당시 동지들의 물질적인 도움은 큰 힘이 되었다.

파업이 끝나고 나서 노조 간부들은, 내게 돈 봉투를 건넨 지역에 직접 전화해 감사의 뜻을 전했다. 전국의 지역 노조들이 내게 준 돈 봉투들이 모두 파업현장에 전달된 사실을 알게 되면서 나에 대한 신망이 더욱 두터워지게 되었다. 그렇게 맺어진 인연으로 전국을 돌면 동지들이 참 반갑게 맞아 주었다. 내 인생의 정점은 이때라 해도 좋을 만큼 정말 든든하고 좋은 동지들이 많았다.

결국, 나는 전국 택시노조를 규합하였다. 서울 지역에는 문병원 동지를 책임자로 세우고, 대전·충청에는 정진석 동지, 광주·전남에는 강성열 동지, 부산·경남에는 오성근 동지, 대구·경북에는 김창희 동지를 지부장으로 선임하고 전국 택시노동조합 연맹 위원장에는 조응태 동지를 피선시켰다. 택시 업계에서 나는 블랙리스트에 이름이 올라 있고 소속 회사가 없어 조합원 자격이 없기 때문에 임원도 맡을 수 없는 지경에 이르렀지만, 전국 택시노동조합 연맹 설립 추진위원회의 조직위원장을 맡아 조직에 박차를 가했다.

개인택시에 날아간 택시노조연맹의 꿈

그동안 맺어진 끈끈한 동지애 덕분에 경상도와 전라도, 강원도, 충청도를 돌면서 전국 곳곳의 택시노조 조합원들의 협조를 얻을 수 있었다. 무려 1천 4백 개 노조들이 전국 택시노조 연맹 설립 준비 모임에 참여하였다. 우리는 마침내 1987년 전국 택시노조 연맹 설립신고서를 노동부에 신청·접수했다.

그런데 설립신고서에 상급 단체를 써넣어야 하는 게 문제였다. 당시 상급 단체로는 한국노총밖에 없어서 하는 수 없이 한국노총을 기입하고 가입원서를 제출했다.

나는 솔직히 한국노총이 노동자를 위한 단체라고 생각하지 않는다. 당시 한국노총 박 모 위원장은 안기부와 노동부, 그리고 전국 자동차노조 연맹 위원장의 눈치를 보며 우리를 피해 도망 다니기 바빴다. 게다가 정권과 노동부, 상급 단체인 한국노총까지 혼연일체가 되어 택시노조원을 위한 민주노조 설립을 방해했다. 어쩌면 우리의 실패는 미리 예견되어 있었는지도 모른다.

마침내 어용노조 단체와 노동부, 정부, 안기부 등은 뜻을 모아 부랴부랴 전국의 60개 노조를 급조하여 또 다른 전국 택시노조 연맹을 만들어냈다. 그들은 한국노총과 야합해 설립신고서를 우리와 똑같이 신고하도록 했다. 노동부는 기다렸다는 듯이 1천 4백 개의 노조 단체를 외면하고 60개 단체로 급조한 상급 단체에 설립허가증을 내주었다. 그들은 곧장 다음 행동에 착수했다. 단위 사업장 조합장들의 대대적인 투쟁을 막기 위하여 개인택시 자격을 대폭 완화시켜 '택시회사 3년 경력에, 시·도지사 표창만 있으면 개인택시 자격을 준다.'라는 골자로 서둘러 발표를 했다. 그 뒤 조직적으로 투쟁에 참여할 조합장들에게는 시·도지사 표창도 만들어 주기에 이른다. 한마디로 시·도지사 표창만 있으면 개인택시는 따 놓은 당상이었다.

이러한 정부의 반칙으로 1천4백 개의 우리 조직은 급격하게 허물어져 버렸다. 많은 노조, 조합장들이 그들의 평생소원인 개인택시의 유혹을 뿌리치지 못했던 탓이다.

정부는 왜 그런 무리수를 둔 것일까? 우리 택시노조의 특성 때문이다. 여타 사업장들과 다르게 노조원 모두 택시를 갖고 나와 대로를 막고 시위를 했다. 강성 노조에서 시위를 이렇게 집행하면, 정부로서는 다른 대책이 없었을 것이다.

당시에는 회사택시와 개인택시의 비율이 80 대 20 정도였다. 그러므로 정부 측은 개인택시 면허를 대폭 발급하여 회사택시와 개인택시 비율을 50 대 50으로 맞추면 회사택시의 시위로 인한 교통대란을 막을 수 있다고 판단한 것이다.

정부가 개인택시 정책을 발표하자 나와 함께해 온 동지들 사이에도 갈등이 일어났다. 사태는 정부가 원하는 방향으로 흘러갔다. 나 역시 어쩔 수 없는 선택이라고 생각한다. 조합원 대부분의 평생소원이 개인택시를 발급받는 것이었기에 이해하기로 했다. 민주적인 택시노조 상급 단체 설립에 모든 열정과 노력을 다 바친 나의 시도는 그렇게 무너져 버렸다.

나는 노동자의 권익을 위해 봉사해야 할 노동부의 가증스러움이 꼴 보기 싫었고, 최상급 단체인 한국노총은 더더욱 싫었다. 개인택시를 몰기 위해 노조를 떠난 동지들은 이해했지만 섭섭했다. 그토록 끈끈하던 동지애도 눈앞의 이익 앞에서는 아무것도 아니라는 것을 깨달은 시간이었다.

정말 택시기사들의 권익을 위한 멋진 상급 단체만 만들어진다면 누구보다도 멋지게 운영해 나갈 자신이 있었는데, 어용노조에 길들여진 전국 자동차노동조합 연맹의 조합원들이 부러워할 정도로 일 잘하는 노조를 꾸려 나갈 자신이 있었는데 말이다. 택시기사들이 자신의 직업에 대한 자부심을 갖고 일할수 있게 만들 자신이 있었건만, 어용 상급 단체와 정권의 짜깁기에 속절없이 무너져 내린 건 조직만이 아니었다. 30대의 젊은 내 가슴도 그렇게 무너져 내렸다.

군사정권인 노태우 정부와 어용노조 선배들은 나와 동지들의 바람을 무참히 꺾어 버렸다. 무참히 꺾고 짓밟았다.

나는 이제 노동운동이 지긋지긋했다. 내 한 몸 다 바쳐 노동운동에 투신하려는 에너지를 잃어버렸다. 거기까지가 내 한계였다. 나는 다시는 이쪽에 발을 들여놓지 않으리라 결심하고, 가족들이 있는 구리로 돌아갔다. 그리고 나는 한동안 방황했다.

Part 2

투쟁
Fight

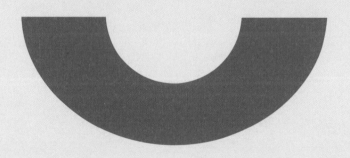

난관은 낙담이 아닌 분발을 위한 것이다.
인간의 정신은 투쟁을 통해 강해진다.
- 윌리엄 엘러리 채닝 -

확신을 가지고 "아니요"라고 말하는 편이
단순히 남을 기분 좋게 해주려고,
혹은 문제를 일으키지 않기 위해
"예"라고 말하는 것보다는 훨씬 낫다.
- 마하트마 간디 -

인생은,
영혼을 살찌울 고귀한 모험을 하고자 하는
욕구의 투쟁이어야 한다.
- 레베카 웨스트 -

원진레이온 투쟁

상담소를 찾는 직업병 노동자들

직업병과 산업재해에 대해 잘 모르던 내가 원진레이온 문제에 뛰어든 것은 동생 무영이 때문이었다. 당시 서울 운동권에서 우리 형제들은 '구리 박씨 3형제'로 통했다. 그도 그럴 것이 지역운동을 하는 나와 가톨릭 노동사목 구리노동상담소 소장인 동생 무영이, 그리고 전태일 열사의 어머니 이소선 여사 곁에서 오랜 기간 포니2를 몰며 보디가드를 겸한 채영이가 노동계에 투신하고 있었으니 그렇게 부를 만했다.

무영이는 가톨릭 신자로서 가톨릭 노동청년회 회장인 이창복(16대 국회의원) 선생과 청계피복노조 출신 정인숙, 동일 방직 이총각, 원풍모방 박순이 누님 등과 함께 활동하다가 구리노동상담소를 개소하여 운영하고 있었다. 서울에서 택시 노동운동을 하고 있던 나는 노동상담소 지도위원으로 활동하며 무영이를 도왔다.

　그러던 중 원진레이온에서 직업병으로 의심되는 환자가 계속 나오기 시작했다. 때는 88서울올림픽이 개막하기 전 1988년 7월쯤으로 기억된다. 노동상담소를 찾아온 원진레이온 퇴직 노동자들은 여러 군데의 병원에서 진찰을 받았는데 모두 원인을 알 수 없다는 말만 들었다. 그들은 돈이 없어 치료조차 못 하는 상태였다.

　원진레이온은 지금 부영아파트 단지인 경기도 남양주시 도농동 1번지에 1966년 설립한 회사로 우리나라에서는 유일하게 레이온사를 생산하는 공장으로 주목을 받았다. 그러나 유독성 액체물질인 이황화탄소(cs2)로 레이온사를 만드는 공장인 만큼 유독가스로 인한 피해가 대단했다. 공장 주변은 물론 서울에서 망우리고개를 넘어 구리시에 진입하자마자 교문사거리에서부터 도농동까지 버스를 타고 지날 때는 코를 싸쥐고 지나가야 할 정도로 냄새가 역했다. 그러니 매일 공장에서 일하는 노동자들은 오죽하겠는가.

　원진레이온이 이처럼 엄청난 공해를 유발하는데도 계속 운영된 것은 국영기업인 데다가 다른 곳보다 몇 10% 이상 높은 임금 때문이다. 그때는 원진레이온 다닌다고 하면 남의 속도 모르고 두말없이 딸을 줄 정도였으니, 몸이 아파도 꿋꿋하게 일할 수밖에 없었다.

　끝내 몸이 아파서 회사를 그만두게 되는 퇴직 노동자들은 보상을 받기 위해 산업재해를 신청한다. 그러나 신청해도 인정을 받지 못한다. 산업재해는 회사에서 인정하지 않으면 혜택을 받을 수 없기 때문이다. 산재로 인정받기 위해서는 아픈 부분이 구체적으로 적힌 진단서를 제출해야 하는데 어떤 병원에 가도 원인불명이라고 하니 화병이 도질 지경이다. 결국 답답한 나머지 마지막으로 노동상담소에 찾아와 무슨 방법이 없겠냐고 묻는 것이 당시 원진레이온 퇴직 노동자들이었다.

오랫동안 택시노조에서만 일해 온 나는 산업재해에 대해 잘 몰랐다. 택시기사들은 교통사고가 나면 보험회사나 공제조합에서 다 처리해 준다. 보험회사나 공제조합에 해당되지 않는 피해 사례만 산재로 처리했기 때문에 산재 관련 문제를 다룰 기회가 없었다. 도움을 청하는 분들께 직접적인 도움을 주지 못하니 나도 답답함은 그들 못지않았다. 그런 내가 처음으로 직업병에 관심을 가지게 된 계기가 있었다.

충남 서산 출생의 열다섯 살 문송면 군이 1987년 12월 5일 야간 고등학교 진학을 위해 영등포에 있는 저울을 제조하는 업체에 입사했다. 그러나 1988년 3월 14일 입사한 지 3개월 만에 수은중독을 진단받고 여의도 성모병원에서 입원 치료를 받다가 악화되어 사망하게 된 사건이 벌어졌다. 야간 고등학교 진학의 꿈을 안고 상경한 문 군은 결국 1988년 7월 2일에 생을 달리해 마석 모란공원에 묻혔다.

구리시 가까이에 마석 모란공원이 있어 장례식에 참석한 나는 그날, 직업병이 남의 일이 아니라는 것을 깨달았다. 열다섯 살이면 내가 서울에 처음 올라와 야학에 다니던 때보다 더 어린 나인데 만약에 내가 그때 택시회사에 취직하지 않고 문 군이 다니던 공장에 취직했다면 나 역시 수은중독으로 3개월 만에 죽었을 것이라는 생각이 들었다. 직업병 문제는 남의 이야기가 아닌 것이다.

담을 뛰어넘은 어머니들

원진레이온 직업병 환자들이 하나둘 노동상담소에 와서 하소연하고 비통해했다. 나와 무영이는 어떻게 해서든지 이 문제를 해결해야겠다고 다짐했다. 무영이는 노동상담소에 찾아오는 환자들을 규합해 원가협(원진레이온 직업병피해자 가족협의회)을 만들었다. 그 후 마석 모란공원에서 어느 노동자의 추모행사가 끝난 자리에서 이 문제가 논의되었다. 당시 유가협(전국민주화운동 유가족협의회) 회장이던 이소선 여사와 박종철 열사의 아버지 박정기 씨, 이한열 열사의 어머니인 배은심 여사 등 유가협의 여러 부모님들이 이 문제를 설명해 달라고 하였다. 나와 무영이는 원진레이온 직업병 노동자들에 대한 이야기와 주변 환경 피해 내용을 전했다.

원진레이온은 펄프와 이황화탄소(cs2)를 이용해 레이온사를 만드는 공장인데 일본에서 폐기된 기계를 갖다 놓고 월급 몇 푼 더 주며 돈으로 노동자들을 잡는 회사였다. 더욱이 주된 물질인 이황화탄소는 제2차 세계대전 때 나치가 유대인들을 목욕탕에 몰아넣고 학살할 때 사용하던 유독가스인데, 악취는 물론이고 당시 원진레이온 공장에서 나오는 폐수가 한강으로 무단 방류되고 있었다. 폐수가 지나가는 지하 수로를 덮은 맨홀이 철근 콘크리트로 만들어졌고, 그 뚜껑이 철근으로 만들어진 고리로 되어 있는데 공장에서 나오는 독가스 때문에 맨홀 뚜껑의 철근 고리 밑부분이 부식되고 녹아버려 열 수도 없는 상황이었다. 게다가 원진레이온의 노동조합은 어용노조여서 모두가 회사의 주구(走狗) 노릇이나 하고 있었다.

우리 형제의 설명을 듣는 내내 어머니들은 어이가 없어 입을 다물지 못했다. 어머니들은, 마석 모란공원에서 차로 20분 거리에 있는 원진레이온에 도착하자마자 사장 면담을 요청했으나 회사 측은 몇 시간이 지나도록 면담을 할 수 있는지 없는지조차 알려주지 않았다. 그들이 사장 면담을 요청한 것은 독가스로 더 이상 불쌍한 노동자들을 죽이지 말라는 얘기를 하기 위해서였다. 면담 요청은 거부되었지만, 어머니들은 계속 항의했고 회사 측은 모르쇠로 일관했다.

어머니들은 회사에 들어가는 개구멍이라도 있을 것 아니냐며 당장 사장실로 쳐들어가자고 했다. 결국 나와 무영이는 그들과 함께 원진레이온 옆에 있는 도농역사 담을 뛰어넘었다. 우리는 곧 원진레이온 사장실로 들어갔다. 사장실은 텅 비어 있었다. 투쟁이라는 빨간 머리띠와 근조라는 검정색 띠를 매고

쳐들어간 사장실에는 '무재해 표창장'이 떡하니 걸려 있었다.

일곱 개의 별

유가협 어머니들은 쇠 파이프로 '무재해 표창장'을 부숴 버렸다. 그리고 누군가가 사장실에서 이 회사의 산업재해 관련 서류를 발견했다. 그 서류들을 통해 비로소 원진레이온의 직업병 실체를 어느 정도 파악할 수 있었다.

나중에 검토한 바에 따르면 국영기업체인 원진레이온의 주요 임원직은 퇴직 군인들이 꿰차고 있었다. 이 회사에 몸담은 별들을 모두 합치니 7개였다. 사장이 별 2개 예비역 장성 출신이고, 전무와 상무 역시 별이 각각 2개, 총무부장이 별 1개였다.

원진레이온은 당시 화신백화점 사장 박흥식이 세운 회사다. 박정희가 일본과 수교를 맺으면서 적지 않은 차관을 들여왔는데 이때 일본에서 이타이이타이병으로 더 이상 쓸 수 없다는 판정을 받아 폐기 처분된 기계들을 한국에 가져온 것이다.

'이타이(itai)'는 우리말로 '아프다'는 뜻인데, 이타이이타이병이라고 부르는 것은 원인은 모른 채 환자들이 계속 '이타이(아파), 이타이(아파)' 한다고 해서 붙여진 이름이라고 한다.

레이온이라는 인조견사를 생산하기 위해서 노동자들은 목재 펄프에서 이황화탄소를 사용해 인견사를 뽑아내게 된다. 이과정에서 노동자들은 유독가스인 이황화탄소에 노출되어 원인을 알 수 없는 이타이이타이병을 앓게 된다는 사실을, 사장실에 있던 직업병 관련 서류들을 보고 비로소 알게 된 것이다. 원진레이온의 7개 별들은 일찌감치 이런 사실을 모두 알고 있었으면서도 숨겨 놓고 쉬쉬거리며 그 많은 직원들이 산재 신청을 해도 모르는 척해 온 것이다.

무영이는, 유가협 어머니들의 협조로 확보한 서류 보따리를 곧장 연세대 백주년 기념관으로 옮겼다. 아무도 모르게 신속히 전부 복사한 다음 복사본은 숨겨 두고 서류들은 다시 보따리에 담아 묶었다.

다시 돌려준 서류

그날 연세대 백주년 기념관에서는 원진레이온 직업병 문제에 관한 토론이 열렸다. 그런데 그 자리에서 푼 서류 보따리로 인해 운동권 지도부는 찬반으로 갈렸다.

노동운동권에는 먹물파와 현장파가 있다. 먹물파는 학생운동 출신들을 말하고, 현장파는 나처럼 현장에서 활동하는 노동자 출신들을 말한다. 먹물들과 현장 출신 노동자들 간의 난상 토론 끝에 우리가 가져온 서류 보따리는 불법적인 방법으로 가져왔으므로 운동권의 도덕성을 심각하게 훼손시켰다며 도로 회사에 반납하라고 했다. 현장파 입장으로서 나는 분통이 터졌다.

이른바 먹물들의 사고방식은 주어진 프레임 안에서 한 치 밖으로 나오지 않는다. 그들은 이황화탄소로 죽어가는 원진레이온 노동자들보다 도덕성 훼손에 대해 회의하는 데 열중하고 있지 않은가. 이런 먹물들이 과연 민중의 삶을 변화시킬 수 있을까? 늘 생각하는 것이지만 그들은 줘도 못 먹는 치들이다. 정권을 잡게 해주고 달라지리라 믿었건만 도대체 그들이 뭘 변화시켰는지 국민들은 모르겠다고 한다. 결국 국민들의 심판에 의해 그들은 다시 야당이 되었다.

서류 보따리를 누가 회사에 전해줄 것인지 회의하고 있는 저들은 마침내 이해찬, 이상수, 노무현 중 한 사람이 돌려줘야 한다고 결정한다. 당시는 여소야대 시대로 이 세 사람은 국회 노동위원회 삼두마차로 불렸다. 지루한 회의 끝에 훗날 청문회 스타 국회의원으로 주목받던 노무현 의원이 돌려주는 데 합의했다. 노무현이 서류를 돌려주러 직접 원진레이온에 방문할 것이라고 연락하자 회사 임직원들은 부랴부랴 직업병에 대한 브리핑을 위해 차트를 준비했다. 국회의원이 직접 온다니까 바짝 긴장한 눈치였다.

결국 회사 측은 직업병 환자의 존재에 대해 인정할 수밖에 없었다. 그렇게 '서류 절도사건'이 일단락되자 노동자들의 도덕성 훼손을 운운하던 운동권 먹물들은 서류를 복사하고 갖다줘야 했다며 후회했단다. 나는 노동운동을 하는 내내 먹물의 한계를 느끼긴 했지만 이 사건을 통해 이 나라의 먹물들이 얼마나 돌대가리인지 뼈저리게 알게 되었다.

성화봉송로를 차단하라

서류를 다시 회사에 갖다 바친 상황에서 먹물들에게 더 이상 어떤 기대도 할 수 없다는 결론을 내린 나와 무영이는 우리 힘으로 원진레이온 문제를 널리 알리기로 했다. 마침 올림픽이 열리는 시기와 맞물려 우리는 이를 활용할 수 있는 아이디어를 냈다.

우선 성명서 유인물을 만들어 한국외국어대학교 학생들의 도움을 받아 영어, 독일어, 일본어, 중국어 등으로 번역해 성명서 유인물을 수백 장 복사했다. 무영이는 잠실에 있는 올림픽파크 프레스센터 옥상에서 이 유인물을 몽땅 뿌렸다. 프레스센터에 있던 외신기자들은 자원봉사자들의 도움을 받아 이 유인물의 내용을 파악했다고 한다.

무영이는 곧바로 원진레이온 피해자 가족들을 이끌고 당시 구리시 교문사거리에 있던 평민당 구리시 지구당 사무실을 점거하고 농성에 들어갔다. 평민당 사무실을 점거농성 장소로 정한 이유는 올림픽 성화봉송로가 의정부에서 퇴계원을 거쳐 교문사거리를 지나 망우리고개를 넘어 서울시청에 도착한다는 보도를 접한 까닭이다.

이제 성화가 지나가는 날 봉송로를 막을 차례다. 우리는 평민당사에서 집회를 열어 성명을 발표하고 유인물을 뿌렸다. 이때 적어도 세 명은 구속되어야 작전대로 성공할 수 있겠다고 판단한 우리는 결사대를 조직했다. 88서울올림픽 성화봉송로를 막아 버린다는 우리의 성명을 들은 외신기자들은 이를 취재하기 위해 평민당사로 몰려들었다.

급기야 이 사건은 청와대 노태우 대통령에게 보고되었다. 올림픽을 성공적으로 치러야 하는 노태우 대통령은 신속한 해결을 지시하였다. 대통령의 지시로 급하게 원진레이온 회사 대표와 노동부, 원진레이온 직업병 당사자 대표로 구성된 회의가 열렸다. 국회 노동위원회도 개입해야 한다고 주장하여 국회에서는 박영숙 의원이 대표로 참석했다. 결국 회의를 통해 원진레이온 직업병을 산업재해 대상으로 인정하게 됐고, 산재등급은 1급에서 16급까지 있는데 이때 1급 민사보상은 1억 원, 16급은 1천만 원으로 보상 금액에 차등을 두어 처리하기로 했다. 대통령의 말 한마디에 원진레이온 사태는 일사천리로 해결되는 듯했다.

그러나 문제는 간단하지 않았다. 열여섯 명의 원진레이온 직업병 환자들이 산재로 인정되어 보상이 끝나자 다른 직업병 환자들마저 노동상담소에 속수무책으로 찾아오는 것이 아닌가. 무려 3백여 명의 직업병 환자들이 모여 원진레이온 직업병 피해 노동자 협의회(원노협)가 만들어졌다. 노동자들의 투쟁이 본격적으로 시작됐으나 올림픽이 끝나서인지 회사 측과 노동부는 끄떡도 하지 않았다. 날마다 집회를 했지만 누구 하나 관심을 기울이지 않았다.

그런데 분위기가 급변하는 사건이 터졌다. 이 무렵 원진레이온 직업병으로 판정받은 열여섯 명 환자 중 정근복 씨가 사망한 것이다. 장례식 날 회사 앞마당에서 장례와 노제를 거행했는데 원진레이온에 근무하는 노동자들은 직업병으로 먼저 간 동료를 그저 먼발치에서 지켜볼 뿐이었다. 그러자 장례식에 참석하여 추도사를 낭독하던 백기완 선생이 그들을 향하여 말했다.

"여러분, 동료가 죽었습니다. 그것도 직업병으로 고통받다 저세상으로 가는데 여러분은 양심도 없습니까? 마지막 가는 사람에 대한 도리는 해야 하지 않습니까? 어서 이리로 나오세요."

그렇게 장례와 노제를 치른 뒤 우리는 나머지 직업병 환자들을 위해 긴 투쟁을 했다. 회사 측은 꿈쩍도 하지 않았다. 1989년에 시작한 싸움은 해를 넘어서도 계속됐다. 경춘선 8차선 국도를 몇 번씩 막고 투쟁을 했지만 참으로 어렵고도 긴 투쟁이었다.

회사가 꿈쩍도 하지 않은 데는 이유가 있었다. 원진레이온이 국영기업체로 군인 출신들이 임원진이었던 만큼 당시 군사정권의 위정자들 역시 억화(군인) 출신이다 보니 이를 지도·감독해야 할 노동부와 경찰, 행정 관청들이 모두 이 억화(군인) 출신들에게 주야로 보고하면서 문안 인사하기 바빴던 것이다.

문민이 군인에게 고개 숙이는 치욕의 역사 속에서 우리는 살고 있었다. 그것도 세계인의 눈이 집중된 올림픽까지 치른 나라에서 말이다.

그래서 우리는 새로운 대안을 모색하기에 이른다. 투쟁을 죽기 살기로 하면 힘없는 우리만 죽는다. 투쟁이 한계에 도달하게 되면 끝장나게 되는 만큼 이 싸움을 죽기 살기로 하기보다는 소위 문화제를 여는 방식으로 집회를 열고 투쟁하기로 결정하였다.

또 하나의 죽음

그 시기에 나는 지역사회의 문제를 해결할 수 있는 단체를 조직하는 데 관심을 기울이던 차였다. 한번은 서울에서 시내버스를 타고 망우리고개를 넘으면서 버스 구간요금(시계 외 구간요금) 때문에 한 노인이 버스 운전기사에게 당하는 것을 목격한 일이 있었다. 이런 지역사회의 모순들을 바꾸려면 노동상담소 간판만으로는 힘들었다. 본격적으로 지역의 시민운동을 이끌 단체를 태동시켜야 한다고 판단한 나는, 노동문제와 원진레이온 싸움은 동생에게 맡기고 지역문제에 관심 있는 사람들을 규합하여 민실협(경기동북부 민주시민운동실천 협의회)을 만들어 당장 시급하게 해결해야 할 지역현안들을 주민들과 함께 해결해야겠다고 생각했다.

그런데 그 무렵 또 한 명의 희생자가 발생했다. 1991년 1월 5일 원진레이온 직업병 피해자인 김봉환 씨가 객사한 것이다. 여전히 회사 측은 모르쇠로 일관하려다 유족들이 장례문제를 대책위원회에 모두 위임하자 장례위원회는 이 사건에 대한 진상을 명백히 밝혀 유족들에 대한 피해 보상이 이뤄질 때까지 장례를 치르지 않기로 결정하고 장례투쟁을 전개했다.

이러한 내용이 언론에 보도되자 각계 인사들이 참여한 '원진직업병은폐규명 범국민대책위원회'가 발족됐다. 나는 집행위원장을 맡았다. 국회에서도 진상규명위원회가 만들어지고 언론에서 연일 이 문제가 다뤄지면서 결국 1백37일 장례투쟁 끝에 문제가 해결됐다.

이 투쟁을 시작하면서 우리는 결의를 다졌다. 긴 시간 투쟁해 온 우리는 이번 장례투쟁이 성공하면 가난한 노동자들과 가난한 사람들이 사용할 수 있는 영안실이 딸린 병원 하나를 꼭 만들자고 말이다. 그렇게 해서 세워진 것이 원진 녹색병원이다. 원진 녹색병원은 원진레이온 직업병 노동자들이 국가에서 받은 보상금으로 직업병 환자들의 보상과 치료를 받을 수 있게 지은 병원이다. 즉, 직업병 환자들과 가난한 노동자들이 이용할 수 있도록 만든 병원인 것이다.

그러나 병원을 운영하는 부류는 관련 전문가가 아닌 이 문제에 개입한 운동권 먹물들이다. 시일이 지나면서 병원의 장례식장을 돈의 노예들에게 임대하여 병원의 설립 취지를 무색하게 만들고 있다. 이렇게 병원을 간교하게 운영하는 먹물들은 사회적으로나 법률적으로 지탄받고 법률적으로도 책임지게 될 날이 꼭 오리라 생각한다. 또 노동부는 직무유기로 인해 아직도 직업병 판정을 못 받고 있는 수백 명의 원진 노동자들이 있다는 것을 명심해야 할 것이다.

원진레이온 직업병 문제는 우리나라 산업재해 문제에 한 획을 그은 사건이다. 지난 기간 동안 투쟁해 온 사건을 이 한 권의 책 속에 낱낱이 밝히기에는 한계가 있다. 이런 까닭에 나는 당시 함께 투쟁한 동지들과 협의하여 『원진레이온 투쟁사』를 발간하여 사건의 문제점과 한계를 하나도 빠짐없이 모두 공개할 계획이다.

『원진레이온 투쟁사』가 꼭 필요한 이유가 있다. 가령 어려운 사람들이 집을 지으려고 어렵게 공사를 시작하여 벽을 쌓고 창틀을 달고 지붕도 만들고 모두 마무리하면 결국 그 집은 집주인이 주인 노릇을 해야 하고, 개는 집을 지키는 역할을 하여야 한다. 그런데 집주인은 주인 노릇을 하지 못하고 오히려 개가 그 집의 주인 노릇을 하고 있으면 그건 주객이 전도된 것이다. 원진 녹색병원 역시 주객이 전도된 상황이라 할 수 있다. 이를 바로 세우기 위해서라도 『원진레이온 투쟁사』가 꼭 필요하다.

버스 시계 외
구간요금 폐지

버스기사에게 욕먹는 노인

서울에서 구리를 가려면 망우리고개를 넘어야 한다. 망우리 고개를 넘자마자 왼편에 딸기원이 보이고 그대로 쭉 내려가면 교문사거리가 나온다. 구리는 직경 4~8km밖에 안 되는 작은 도시지만 그래도 서울 문화권이라 도시로서 기능이 잘 갖춰져 있다. 행정구역상 경기도지만 구리시민 중 상당수는 서울로 출퇴근하는 사람들이다. 결국 가장 중요한 것이 교통이다. 지금 이야 자가용으로 출퇴근하는 사람도 있고 서울로 통하는 지하철 노선도 생겨 다양해졌으나 당시에는 서울로 가는 몇 안 되는 노선버스에 의지해야 했다. 벌써 20여 년이 지난 이야기다.

구리시는 잇단 택지개발로 하늘 높은 줄 모르고 아파트가 들어서고 있었다. 땅값 비싼 서울에서 작은 집에 사느니 비교적 저렴하고 넓은 집에 살면서 서울로 출퇴근하려고 이사 오는 집들이 많았다. 그러다 보니 교통대란이 일어났다. 그리고 더 웃긴 것은 시내버스 구간요금(시계 외 구간요금)이었다. 경기도라는 이유로 버스가 망우리고개를 넘으면 이런 방송이 나온다.

"이 버스는 서울에서 경기도까지 운행하는 차량입니다. 경기도에 들어가는 즉시 구간요금을 받고 있습니다. 돌다리까지는 20원, 왕숙교를 넘으면 50원을 준비해 주시기 바랍니다."

방송을 들은 승객들은 왜 구간요금을 내야 하는지 묻지도 따지지도 않고 돈을 낸다. 서울에서 경기도 가는 버스를 탔으니까 다들 기계적으로 구간요금을 내는 것이다.

그러던 1991년의 어느 날, 서울에서 구리로 가기 위하여 금곡행 금성교통 165번 버스를 탄 나는 여느 때와 마찬가지로 망우리고개를 넘으면서 구간요금 방송을 들으며 잔돈을 준비했다. 그런데 갑자기 운전석 쪽에서 큰소리가 났다. 웬 노인 한 분이 구간요금을 낼 돈이 없어 그냥 내리려니 버스기사가 욕을 하면서 돈을 낼 때까지 멈춰 서 있는 것이 아닌가.

보다 못한 내가 버스기사에게 다가갔다. 대신 돈을 낼 테니 그만 가자고 하며 노인의 구간요금을 내려는 순간, 버스기사가 내 손을 탁 쳤다. 반드시 노인에게 차비를 받아야겠다는 거였다. 운전기사의 행동에 부아가 치밀었다. 나는 노인분에게 버스회사에 가서 같이 따지고 오자고 했다. 그분도 기꺼이 동행하겠다고 했다. 이를 보고 있던 버스기사가 그제야 그냥 내리라고 했다. 나는 끝까지 내리지 않고 회사에 가서 따져봐야겠다고 우겼다. 버스는 출발했고 종점인 버스회사에 도착해 나와 노인은 사무실로 갔다. 사장은 자리에 없고 상무만 있었다.

"직원교육을 어떻게 시키는 거요? 내가 대신 내드린다는데도 안하무인 격으로 나이 먹은 어르신한테 이렇게 막 해도 되는 거요? 회사는 승객한테 이래도 된다고 교육한단 말이오?"

내가 항의하자 상무는 곧바로 사과했다. 그러면서 드는 한 가지 의문. 도대체 시계 외 구간요금이라는 게 어떤 근거로 생긴 것이기에 이처럼 당당하게 돈을 받아낼 수 있는지가 궁금했다. 그 후 근거가 될 만한 문건을 찾아보니 이건 뭔가 잘못되었다는 것을 알 수 있었다.

시계 외 구간요금의 근거

시계 외 구간요금을 받을 수 있는 근거는 교통부 지침에서 찾아볼 수 있다. 지침에는 「시계 외를 운행하는 노선이라도 시계 외에 도시가 형성되어 교통량(승객)이 많은 경우는 시계 외 운임을 적용하지 아니할 수 있다.」라고 되어 있다. 여기서 문제가 생기는 것은 애매한 문장 때문이다. '운임을 적용하지 않는다'라고 명시했으면 문제가 없는데, 왜 꼭 지침 말미에 '아니할 수 있다'라고 써서 해석의 여지를 남기는지 알 수가 없다.

결국 버스회사들은 이 조항을 근거로 운임 허가권자와 야바위 짓을 하여 그처럼 당당하게 요금을 받았다니, 이것은 누가 봐도 바로잡아야 할 사항이었다.

왜 유독 구리시만!

구리시는 서울특별시 시계(市界)에서 구리시 시계 밖이 3~6km밖에 안 되는 지역이다. 게다가 구리시의 인구가 당시에는 11만 명 정도로 서울에서 구리로 출퇴근하는 사람들이 많았다. 때문에 교통량(승객)만 놓고 봤을 때 구리는 서울이나 다름없었다. 그런데도 교통부 지침이 적용되지 않는다는 것은, 시계 외 운임 허가권자인 광역단체장들의 편파적 처리라고밖에 할 수 없다. 시계 외 요금을 받는 것은 교통부 지침을 무시한 월권행위인 것이다.

이뿐만 아니라 서울시 버스운송조합의 조치에 따라 구리에서 서울로 가는 버스노선이 단축 운행되고 있었다. 이로 인해 버스노선이 짧아져 구리에 사는 시민들은 기존 목적지까지 가려면 다른 버스로 갈아타는 등 이중 삼중의 손해를 보고 있었다.

구리시를 운행하는 부흥교통의 55번 버스는 기존 노선인 구리시에서 봉천동까지 노선을 서울역 앞까지 변동해 운행했다.

금성교통의 165번 버스는 금곡에서 을지로6가까지 가던 기존 노선을 청량리역 앞까지만, 166번 버스는 도곡리에서 청계4가까지 노선을 경동시장까지만 단축 운행하고 있었다. 같은 서울 문화권에 있으면서도 행정구역상 경기도에 산다는 이유로 이처럼 서울시민과 차별을 받아야 한다는 사실은 분명 바로잡을 필요가 있었다.

더욱이 수도권 위성도시에서 버스를 운행하는 기존의 서울 시내버스들이 노선을 단축 운행하는 지역은 구리시를 제외하고 단 한 군데도 없었다. 구리시를 제외한 다른 수도권 위성도시 (성남, 의정부, 고양, 하남, 안양 등)에서는 기존의 허가노선을 단축하지 않은 채 운행하고 있었다. 유독 구리시를 다니는 55번, 165번, 166번 시내버스만 단축 운행하는 것이었다. 서울 노선 및 시계 외를 운행하는 버스노선 중에 거리가 제일 짧은데도, 구리시를 다니는 버스는 서울 시내버스 회사 90개 사 중 가장 짧은 노선에서 가장 비싼 요금을 받으며 운행하고 있었다.

나는 우선 부당한 구간요금부터 없애기로 했다. 사실 버스 문제는 구리시민들의 숙원사업인 만큼 구리시에서 출마하는 국회의원들의 단골 메뉴가 된 지 오래였지만, 어떤 국회의원도 이 문제를 해결하지 못했다. 복잡하게 얽힌 구조 문제를 풀어 나갈 엄두를 내지 못한 것이다.

도움은 안 되고 훼방만 놓는 국회의원들

솔직히 이 문제를 해결하기로 마음먹었을 때 과연 지역과 중앙정부에 막강한 권한을 행사하는 국회의원도 해결 못 한 문제를 빨갱이로 매도당하는 내가 해낼 수 있을까 하는 생각이 들었다. 그러나 아무리 생각해도 명백히 잘못된 행정이었고 나는 물리력을 행사해서라도 이 문제를 해결해 보겠다고 결심했다. 먼저 해결의 실마리를 풀기 위해 국회의원 사무실을 찾아가 왜 선거 때 약속한 공약을 안 지키냐고 따져 물었다.

"나도 하려고 했는데, 안 되는 걸 어떻게 하냐고."

국회의원의 대답은 자신의 무능함만 드러내는 꼴이었다. 국회의원이라는 자들은 금배지를 다는 데만 관심 있지, 정작 지역 일꾼으로서 정치력을 발휘하는 데는 철저하게 무능했고 사명감도 없었다. 좀 해보다가 안 되면 '나 몰라'이다. 그러니 구리시가 발전할 수 없는 것이다.

더 웃긴 건 내가 바꿔보려 한다니까 협조는커녕 시청 직원을 동원해 방해하였다. 하긴 내가 해내면 자신은 뭐가 되겠는가. 어쩌면 자신의 재임 중 업적으로 포장해 다음 선거에 들고나올지도 모른다. 그러든 말든 나는 구리시민으로서 권리를 찾는 것이 급선무라고 생각했다.

당시 나는 민실협(경기동북부 민주시민실천 협의회)이라는 시민단체를 경기도 관내에서는 최초로 태동시켜 활동가들과 지역운동을 하던 중이었다. 우선 구리시민들에게 구간요금이 무엇인지,

왜 부당한지 알리는 게 먼저였다. 그래서 원진레이온 직업병 대책위에 있을 때 인연을 맺은 활동가들과 함께 포스터, 현수막을 만들어 구리시 여기저기에 붙이고 전단지를 나눠주었다. 구간요금 거부운동을 본격적으로 시작한 것이다.

그러자 난리가 났다. 국회의원은 자신의 공약사항을 시민운동 차원에서 시민 거부운동으로 처리한다고 하자 자기 체면이 뭐가 되느냐며 당시 구리 관선시장이던 홍 시장에게 막으라고 지시했다. 시장 말 한마디에 시청 공무원들은 현수막과 포스터를 불법이라며 떼 내고 철거했다. 구리시를 위해 하는 일인데 불법이라며 못하게 방해하는 사람들이 다름 아닌 구리시 공무원들이라니. 하긴 말단 공무원들이 무슨 죄이겠는가. 진짜 나쁜 놈들은 구리시민의 권리 되찾기를 원하지 않는 탐관오리 '윗대가리'들이다.

솔로몬의 지혜

당시 현수막과 포스터, 유인물 비용은 옛날 택시노조 동지들이 개인활동비에 사용하라며 보내준 돈이었다. 그 피 같은 돈으로 만든 포스터를 붙여 놓으면 떼고, 붙이면 또 뗀다. '포스터를 못 떼게 하는 방법이 뭐 없을까?' 고민하던 끝에 나는 물본드를 알게 되었다. 물본드로 포스터를 붙여놓으니 하나 떼는 데도 적지 않은 시간이 걸렸다.

그러자 이번에는 시청 공무원들이 우리가 불법 유인물을 나뉘준다며 쫓아다니며 방해를 했다. 나는 이것을 멋지게 해결할 방법을 고안해 냈다.

그때 토평동에는 청량리까지 운행하는 5-1번 버스만 총 8대가 다녀서 출퇴근 시간만 되면 버스 안은 사람들로 무척 혼잡했다. 이와 달리 부흥교통 55번 버스는 토평동에 주차장 허가만 나고 노선운행 허가는 나지 않아 종점인 돌다리에서 승객을 모두 하차시키고 돌다리에서 토평동 버스 주차장까지 약 3km를 빈 차로 다녔다. 얼마나 웃기는 교통 행정인가. 한 버스는 손님들이 콩나물시루처럼 꽉꽉 차게 타야 하고, 다른 버스는 승객들을 태우지 못해 텅텅 빈 차로 다니고 있으니 말이다. 그 3km 구간에 사는 구리시 인구수만 5만 명이다. 그 5만 명이 한 개의 버스노선만 이용해야 하니 얼마나 불편하겠는가. 공무원들이 책상에서 펜대만 굴리며 모든 정책을 결정하고 집행하는 동안 구리시민들은 이런 말도 안 되는 교통 행정으로 불편을 감수해야 했다. 합법보다 억지가 통할 때가 있다. 바로 이러한 경우다. 나는 이 문제만큼은 억지로 풀어야 한다고 생각했다.

우리는 3km를 빈 차로 달리는 55번 버스회사인 부흥교통으로 갔다. 예전에 함께 노동운동을 하던 친구가 부흥교통 김대청 사장 동생이어서 순조롭게 사장과 만날 수 있었다. 나는 김 사장에게 다음과 같이 요구했다.

"저희의 구간요금 거부운동을 도와주십시오. 구간요금을 따로 받지 말고 토큰 하나만 받는다면 저희가 어떻게 해서든 부흥교통 55번 버스에 승객들을 태우겠습니다. 그리고 돌다리에서 토평동 주차장까지 3km 구간에는 구리여고 학생들밖에 없으니 돌다리에서 부흥교통 주차장까지 운행하는 좌석버스는 학생들에게 회수권만 내고 탈 수 있게 해주십시오."

김 사장은 내 제안을 곰곰이 생각해 보더니 입을 열었다.

"지금 시민들이 구간요금 거부운동 하는 것에 협조하면 나는 매장당합니다. 그러니 조금 있다가 그렇게 합시다."

"이 문제는 부흥교통을 위해서나 시민들을 위해서나 지금 하지 않으면 손해입니다. 바로 결단을 내리시죠. 생각해 보십시오. 지금 부흥교통은 서울을 운행할 때 돌다리에서부터 승객을 태울 수 있는데 돌다리에서 구리시계까지는 네 정류장밖에 안 됩니다. 이곳에서 승객을 태우면 얼마나 태울 수 있습니까? 토평동에서부터 승객을 태워야 하지 않겠습니까? 사장님께서는 사업을 하시는 분이라 더 잘 알고 있을 것 아닙니까? 업계에서 부흥교통 사항을 알고 있어 매장은 절대 안 당합니다. 그러니 잘 판단하십시오."

이틀만 생각할 시간을 달라던 김 사장은 내 제안대로 협조해도 손해 볼 게 없다고 판단하였다. 밀약이 성립된 것이다. 다음날부터 러시아워 시간에 우리 회원들은 부흥교통 55번 버스만 오면 길 한복판에 드러눕다시피 해서 버스를 세웠다. 그리고 승객들이 토큰 하나만 내고 타도록 도왔다. 처음에는 긴가민가

하며 의심하던 승객들은 하나둘씩 부흥교통 55번 버스를 타기 시작했다. 상황이 이렇게 되자 이 노선 기득권 회사인 명진운수는 승객이 버스에 타는 사진을 찍는 등 난리가 났다. 그렇지만 시민단체에서 시민들과 함께 실력행사를 하니 그들이라고 뾰족한 대책이 있을 리 없었다.

부흥교통에서는 명진운수에서 고발할 것을 대비해 승객들에게 하차해 달라고 요구했다. 그렇지만 승객들은 하차하지 않았다. 급기야는 경찰과 시청에서 나와 승객들에게 하차하라고 했으나 승객들은 여전히 말을 듣지 않았다. 오히려 단속 나온 공무원들이 시민들에게 멱살을 잡히는 수난을 겪었고, 결국 어쩔 수 없이 승객들을 승차시킨 채 운행을 계속하였다. 결국 이 문제는 버스사업이 시민의 발인 대중교통 문제와 직결돼 있기 때문에 그냥 묵인하고 가는 식으로 마무리가 되었다. 이러한 노력 덕분에 구리시민들은 구간요금을 내지 않고 토큰만 내고 버스를 타게 되었다.

사실상 폐지된 구간요금

며칠이 지나자 그동안 승객을 독점하다시피 해 터질 것 같던 5-1번 버스는 텅 빈 채 달리고, 토큰 하나만 받는 부흥교통 55번 버스는 승객을 가득 태우고 달렸다. 이런 식으로 해서 자연스럽게 구간요금이 사실상 폐지되었다.

이제 그동안의 학습효과에 따라 구리시민 중 누구도 구간요금을 내지 않았다. 복지부동인 공무원들과 벌인 끈질긴 싸움이었지만 시민들이 잘 따라 주어서 이길 수 있었다. 참 어려운 싸움이었다. 우리는 이렇게 세상을 변화시키기 힘든 나라에 살고 있다.

아무리 옳은 것도, 논리적인 우위에 있고 도덕적인 우위에 있어도, 세상을 올바르게 변화시키기 위해서는 가끔 물리력이 필요한 것 같다. 정책을 만들고 집행하는 이들이 잘못된 정책에 대한 아무런 문제의식도 갖고 있지 않기 때문이다.

왜 잘못되었다고 지적해도 바꾸지 않을까? 윗분들이 올바르지 않기 때문이다. 그들은 까라면 까야 하는 위치에 있다. 반항했다가는 철밥통이 날아가 버린다. 그런 불이익을 무릅쓰고 올바르게 고치려는 사람은 찾기 힘들다.

그런 점들이 우리 지역, 더 넓게는 대한민국 발전의 발목을 잡는 것이다. 구간요금 투쟁은 결국 행정재판에서도 우리의 손을 들어줌으로써 일단락되었다. 여기서 한 가지 덧붙인다면 우리 덕분에 경기도 마석과 덕소도 서울 운행구간까지 구간요금이 폐지되었다는 점이다. 우리의 다음 투쟁 타깃은 버스노선이다.

강변역
버스노선 신설

버스노선 하나 못 만드는 무능한 정부

구리시민들은 구리·남양주 지역에서 지하철 2호선 강변역
(동서울터미널)까지 가는 버스가 없어 큰 불편을 겪었다. 1993년
까지도 말이다. 강변역까지 직행으로 운행하는 버스가 있으
면 편할 텐데 그 노선 하나가 없어서 시민들은 워커힐 후문 방
향 육교에서 하차해 1km를 도보나 택시로 이동한 다음 광장동
사거리에 가서 강변역행 버스로 갈아타야 하는 불편을 겪어야
했다. 그때는 버스를 한 번 갈아타면 1백60원의 버스요금을 내
야 했다.

구리에서 강변역까지 직접 가는 버스노선만 있어도 중간에
내려서 이동한 다음 다른 버스로 갈아타는 불편함은 해소할 수
있었다. 비나 눈이라도 오는 날은, 노인들에게 그 길은 고생스
러운 길이다.

우리가 세금을 내는 이유는 제대로 된 행정서비스를 받기 위해서다. 그런데 간단한 문제 하나도 해결하지 못하는 정부가 바로 대한민국 정부다. 나는 이 문제를 꽤 복잡한 절차를 통해서야 해결할 수 있었는데, 그 과정의 지루함은 말로 다 표현 못할 정도다.

왜 많은 사람이 원하는데 그 간단한 버스노선 하나 만들어내지 못할까? 가장 큰 문제는 잘못된 제도, 즉 악규정 때문이다.

서울시의 버스노선은 서울시 버스운송사업조합에서 결정한다. 버스사업은 시민의 발이며 공익사업이지만, 버스운송사업조합은 이익단체로 자신들의 이익을 침해하는 노선은 결코 만들지 않는다. 비록 그것이 아무리 옳은 일이라고 해도 말이다. 게다가 대한민국의 법과 제도는 이러한 문제 앞에 어떤 문제의식도 갖고 있지 않다.

우리는 이 문제를 처리하기 위해 먼저 서울시와 경기도에 진정을 넣었다. 강변역 가는 버스노선을 만들어달라고 말이다. 예상대로 대답은 '노'다. 우리는 포기하지 않고 서울시와 경기도에 계속 공문을 보냈다. 공문을 보내는 것에 그치지 않고 직접 담당 공무원을 찾아갔다. 그리고 우리는 이 문제가 단순히 서울시와 경기도의 담당 공무원들만 구워삶아서 되는 문제가 아니라는 것을 알게 되었다.

그들은 내 진정을 들어주면 버스사업조합으로부터 고소가 들어온다고 했다. 그러므로 문제를 해결하려면 반드시 버스운송사업조합의 동의가 필요했다. 당연히 서울시 버스운송조합은 자신들에게 손해나는 일은 허가하지 않는다. 그들이 '노'라고 하니까 서울시와 경기도 공무원도 어쩔 수 없는 노릇이다.

버스운송사업조합의 서울시나 경기도 버스회사 사장들은 그 지역 유지들이다. 당시 유지들은 대부분 민정당의 자금줄이었고 그중 상당수가 지구당 부위원장직을 맡아 권력과도 줄을 대고 있는 막강 세력이었다.

새로운 제안으로 강변역 노선 확정

결국 이들을 움직일 수 있는 것은 정면 승부밖에 없었다. 사실 나는 택시노조에서 오랫동안 일해 왔기 때문에 항변하고 설득하고 이론적으로 주장하는 일은 내 전공이다. 구리시에서 강변역까지 버스노선을 만들기 위해서는 구리시청과 경기도청, 서울시청과 교통부까지 움직여야 했다. 버스 구간요금이 지방정부와의 싸움이었다면, 강변역 버스노선을 만드는 일은 몇 배나 더 어려운 일이었다.

주민들의 편의를 위해 지금껏 셀 수 없을 만큼 수년 동안 서울시와 경기도청, 구리시청과 교통부를 제집 드나들 듯이 드나들어도 부서 간의 소통이 이뤄지기 힘든 곳이 당시 대한민국 정부였다. 지금이나 그때나 뭐 그리 달라진 것은 없지만 말이다.

어쨌든 우리는 서울역 후문에 있는 교통부로 가서 집회를 열었다. 교통부에서 적극적으로 나서지 않는 한 이 문제를 해결할 수 없다는 것이 내 판단이었다. 그래서 중앙 일간지를 찾아다니며 보도자료를 만들어 주면서 연일 보도하도록 요청하자 교통부는 난색을 표했다.

일이 이렇게 되자 코너에 몰린 서울시 버스운송사업조합은 경기도 버스가 강변역까지 운행하면 광장사거리~강변역(동서울터미널) 구간에서 서울 승객을 태우게 되므로 안 된다는 입장을 내놓았다. 그러나 우리는 경기도 버스가 강변역까지 운행하더라도 광장사거리에서 강변역(동서울터미널)까지 승객을 태우지 않을 터이니 서울시 버스 다섯 대, 경기도 버스 다섯 대가 다닐 수 있게 해달라고 제안했다. 구리시에서 천호동 가는 버스 중 다섯 대만 강변역(동서울터미널)으로 돌리자는 것이다. 그러나 서울시 버스운송사업조합은 완강히 반대하고 나섰고 서울시도 반대했다. 자신들에게 조금이라도 손해가 나면 시민들이 불편하든 말든 관심 없는 놈들이다.

나는 '버스사업이 시민의 발이므로 공익사업'이라는 점을 들어 교통부에 재결을 신청했다. 그리고 광장사거리에서 강변역(동서울터미널)까지 손님을 한 명도 안 태우고 운행하겠다고 말했다. 그러자 서울시는 "무슨 재주로 광장사거리에서 강변역까지의 구간에서 손님을 안 태우고 운행할 수 있느냐?"라고 했다.

당시 강변북로는 천호대교에서 토평동까지 연결이 돼 있지 않은 상태였다. 서울 강변북로에서 구리시를 가려면 천호대교 밑에서 광장사거리 방향으로 돌아 교차로에서 우회전해야 구리시로 갈 수 있었다.

그래서 나는, 구리시에서 출발하는 버스가 강변역을 가려면 광장사거리에서 좌회전하여 천호대교 직전에 강변북로로 우회전해 강변역까지 가서 유턴하는 코스를 제시했다. 그리고 다시 강변북로를 통해 천호대교 남단을 돌아 구리시 방향으로 버스를 운행하면 문제가 없었다.

그러자 교통부는 그게 사실이라면 현장조사를 하자고 제안하여 현장조사를 마치자 내 제안에 대해 서울시와 서울시 버스운송사업조합은 하얗게 질리고 말았다. 아무리 봐도 반대할 명분이 없었던 것이다. 교통부도 경기도 버스가 서울 지역을 운행해도 서울 손님을 태우지 않으므로 반대할 명분이 없다는 점을 지적했다.

지금 생각해도 어떻게 그런 묘안이 나왔는지 모르겠다. 어쨌든 그렇게 해서 오랜 기간의 싸움은 끝났고 하루 다섯 대의 버스가 구리시와 강변역을 오가게 되었다. 처음에는 버스 다섯 대로 출발했으나 승객이 점점 늘어나 지금은 1분 간격으로 한 대씩 증차할 정도로 중요한 인기 노선이 되었다.

이 글을 통해 당시 지역 주민들에게 선거 때마다 강변역 버스노선을 신설하겠다고 공약을 하고는 한 번도 이행하지 않은 전직 의원들에게 반성을 촉구하는 바다.

럭키아파트
특고압선 이설

철탑이 에펠탑이냐?

시민운동을 하다 보니 정부를 설득하기 위해서 과학적 진실이 필요할 때가 많다. 그런 과학적 사실을 근거로 삼기 위해서는 적지 않은 시간과 비용이 든다. 문제는 누가 시간과 비용을 들여서 진실을 밝혀내겠느냐는 것이다. 정부에게 비용을 요구한다고? 다른 나라 정부는 모르겠지만 대한민국 정부는 서민들의 삶의 질과 건강권에 관해서는 관심이 없다. 따라서 모든 진실은 국민 스스로 시간과 비용을 들여서 밝혀 정부에게 요구해야만 마지못해 들어준다. 그것도 강하고 힘 있게 요구해야 한다. 대한민국 정부는 세상에서 가장 엉덩이가 무거운 정부다. 정부를 움직여 뭔가를 해야 하는 우리는 너무도 답답해서 미칠 지경이다.

특고압선 문제도 그렇다. 원래 특고압선은 구리시 수택동을 관통해서 부양초등학교와 구리중·고등학교를 경유하여 한성 3차·우성·한양·대우 아파트가 들어서 있는 교문지구 아파트 단지 앞으로 설치하게 되어 있었다. 공무원들은 15만 4천 볼트가 흐르는 특고압선을 건설하는 철탑이 무슨 에펠탑이라도 되는 줄 아는 양반들이다. 자신들의 가족들만 그 특고압선 밑에 살지 않으면 그만이니 말이다.

사람은 누구나 자신과 가족만 다치지 않으면 합법적인 테두리 안에서는 문제의식을 느끼지 못하는 동물이다. 그러나 정작 사랑하는 자기 가족이 특고압선 아래에 살고 있다면? 문제가 달라진다. 생명과 직결되기 때문이다. 그러므로 사람들이 많이 사는 아파트단지 위로 특고압선이 지나간다면 그 주변에 사는 사람들은 당연히 저항해야 한다. 주민들이 거주하는 밀집 지역은 머리 위로 특고압선이 지나가게 하지 말고 지중화(地中化)로 설치하라고 말이다.

대책위와 만남

내가 특고압선 이설에 발 벗고 나선 것은 주민들에게 도움을 준 고마운 그분을 돕기 위해서다. 당시 나는 아내의 도움으로 '살구문화센터'를 운영하고 있었다. '살구'는 '살기 좋은 구리시'의 줄임말이다. 이곳에서 나는 한글을 가르치고 주부들이 각종 취미활동을 배울 수 있도록 문화공간을 만들어 운영하고 있었다. 내가 살구문화센터를 운영하게 된 데는 사연이 있다.

어느 날 평소 안면이 있던 할머니 한 분이 찾아오셨다. 그런데 안색이 좋지 않았다. 할머니는 손자를 젖먹이 때부터 키웠는데 그놈이 좀 컸다고 "할머니, 이게 무슨 자야?"라고 묻는데, 글을 못 배워서 모른다고 하니까 마구 무시하더라는 것이다. 금이야 옥이야 키운 손자에게 무시당하고 나니 글을 배워야겠다는 마음이 생겼지만, 늙어서 다시 초등학교에 입학할 수 없고 주위에 딱히 배울 만한 곳도 찾기 힘들다고 하셨다.

나는 할머니와 비슷한 분들을 모아 한글을 가르치는 것도 노년을 보내는 괜찮은 방법일 거라는 생각에서 미술학도인 아내와 함께 살구문화센터를 열었다. 우리는 이곳에서 미술도 가르치고 영어, 한글, 꽃꽂이, 홈패션 등 일곱 가지 강좌를 진행했다. 한글 강좌는 국문학을 전공한 김옥자 선생이, 이사장은 17대 국회의원이신 정성호 변호사가 맡아 주었다.

그러던 어느 날, 할머니들에게 한글을 가르치던 김옥자 선생에게서 뜻밖의 말을 들었다. 남편이 퇴직해서 퇴직금으로 럭키아파트 상가를 분양받는데 사기를 당했다는 것이다. 당시 경기도 공영개발사업단은 럭키아파트 상가분양권을 임대업자들에게 매각했는데 매각업자가 상가를 분양하면서 번 돈을 들고튀었다는 것이다. 사기당한 숫자가 많아지자 구리시 전체가 시끄러웠다. 평생 모은 전 재산을 날린 사람들은 어디 가서 하소연할 수 있는 곳조차 없었다.

나는 우선 이 문제를 공론화할 필요가 있다고 생각했다. 그래서 평소 알고 지내던 MBC 윤정식 기자(현 청주MBC 사장)에게 자초지종을 말했다. 윤 기자는 시사고발 프로그램 제작팀을 파견해 취재하여 방영하도록 도와줬다. 방송을 보았는지 구리시민들과 철탑 반대 주민대책위원회가 관심을 보였다. 당시 럭키아파트에 살고 있던 김옥자 선생이 상가분양권을 사기당한 사실을 대책위(철탑 반대 주민대책위원회)도 잘 알고 있었는데, 김 선생의 사연이 방송에 보도되자 대책위 측은 김 선생에게 어떻게 보도된 거냐며 물었고 김 선생이 내 덕분이라고 말하자 그들은 나를 만나게 해달라고 했다.

동 대표들의 배임행위

김 선생의 소개로 주민대책위원회 위원장을 만나게 되었는데, 만나 보니 아는 얼굴이다. 그는 경북지역 금속노조에서 노동운동을 하며 안면을 익히게 된 이상보라는 사람이다. 노동운동을 해본 사람은 누구나 안다. 그도 나도 좀 더 좋은 세상을 만들기 위해 이 부조리한 세상을 자녀들에게 물려주지 않기 위해 노력해야 한다는 것을 말이다.

특고압선 건설은 사실 이랬다. 경기도 공영개발사업단은 교문2지구를 개발하면서 땅장사를 하기 위해 수택동에서 교문지구로 통과하는 15만 4천 볼트 특고압선을 럭키아파트 옆과 부양초등학교, 구리중·고등학교 앞을 경유하여 한성 3차·우성·한양·대우 아파트가 들어서 있는 교문지구 아파트단지를 통과할 예정이었다. 럭키아파트 주민들이 주민대책위를 조직해 투쟁하게 된 것은 동 대표들이 주민들에게 동의도 구하지 않고 자의적으로 경기도 공영개발사업단과 합의해 이렇게 결정했기 때문이다. 주민대책위 측은 주민 동의 없이 합의한 것은 업무상 배임이라고 주장했다. 문제는 럭키아파트가 복도식인데 복도 방향 공간을 공영개발사업단에서 알루미늄 새시로 막아준다고 제안하자 동 대표들이 주민들 동의도 없이 일방적으로 수락하였고, 그러자 럭키아파트 주민들은 용납할 수 없다며 주민대책위원회를 구성하고 투쟁을 전개한 것이다. 전후 사정이야 어떻든, 동 대표들이 합의한 사항에 대해 공영개발사업단과 주민들 간의 파워 싸움이 있었으나 특별한 방법이나 대책은 없었다.

주민대책위원장 말을 들은 나도 공부하는 마음으로 함께 의기투합해 최선을 다해보자고 했다. 우선 주민들과 럭키아파트 옆을 지나는 특고압선 철탑을 구리시 외곽으로 설치하는 내용의 공문을 해당 관청에 보냈다. 정부와 싸워본 사람들은 알겠지만, 웬만큼 실력행사를 해도 꿈쩍도 하지 않는 정부와 한국전력 관계자들은 법적으로 문제가 없다는 말만 도돌이표처럼 계속했다.

나는 법의 기본정신은 사회적 약자를 보호하기 위해 존재한다고 믿는다. 만약 두 집단이 서로 충돌하고 있다면 법은 상대적인 약자가 불리하지 않도록 형평성에 어긋나지 않게 공정하게 법을 운용하는 사회가 좋은 사회일 것이다.

특고압선 철탑 역시 마찬가지다. 상대는 한전이라는 바위와 광역단체 공영개발사업단이라는 벽이 가로막고 있고, 우린 별 볼 일 없는 서민이다. 그들과 맞붙는다는 것은 달걀로 바위치기다. 그러나 바위를 깨기 위해 달걀들이 단합된 힘을 보여 준다면 충분히 깰 수 있다고 생각한다. 어쨌든 우리는 관련 기관에 공문을 보내고 법적으로 정해진 기간까지 공문이 오기를 기다렸다. 예상대로 법적인 하자가 없었기 때문에 철탑을 설치할 수밖에 없다는 답변만 돌아왔다. 다음 단계로 실력행사를 해야 하는데 이 과정에서 우리의 의사를 충분히 전달하여 상대에게 압박감을 느끼도록 해야 했다.

그래서 나와 주민들은 몇 날 며칠을 시위했고 공영개발사업단 측은 럭키아파트 옆 주차장 공간에 철탑공사를 하려고 여러 번 시도했다. 그러자 주민들은 이곳으로 몰려와 공사를 못하게 방해했다. 그들이 공사를 계속 시도한 것은 주민들이 저러다 제풀에 지치겠지 하는 마음에서라는 것을 나는 알고 있었다. 그렇더라도 일단 시위를 통해 우리의 생각을 저들에게 강하게 전달하고 압박하는 효과를 볼 수 있었다. 그래서 주민들은 연일 시위를 벌였다.

그런데 문제가 하나 있었다. 그동안에는 집회 장소에 남자들이 많이 나왔는데 어느 날부터 남자들이 보이지 않았다. 알고 보니 공영개발사업단 측에서 불법 시위를 한 사람들의 명단을 경찰이 입수해 잡아간다고 소문을 냈는데, 주부들이 자신들의 가장이 집시법과 업무방해죄로 잡혀가 잘못될 것을 생각해 시위에 참석하지 못하도록 하는 바람에 남편 대신 주부들만 참석하게 된 것이다. 이런 마당에 장기간 투쟁은 위험하고 곤란했다. 우리는 투쟁 방향을 이중 플레이 즉, 법정 투쟁과 시위를 병행하여 처리하고자 인권 변호사인 손광운 변호사와 의정부 지철호 변호사를 찾아가 무료 변호를 요청했다. 두 변호사는 고맙게도 내 뜻을 받아들여 법정 투쟁과 시위를 통해 투쟁을 전개할 수 있었다.

전자파의 유해성을 증명하려니…

주민들과 회의를 하면서 나는 좀 더 과학적인 논리를 찾아야 할 필요성을 느꼈다. 어차피 힘의 대결로는 정부기관을 이길 수 없기에, 말과 논리로 이기기 위해서는 누가 봐도 특고압선과 철탑이 세워져서는 안 되는 이유와 근거를 제시해야 했다.

전문가들은 특고압선이 인체에 해로울 거라는 추측은 하지만, 이를 과학적으로 증명하기가 쉽지 않다고 말했다. 특고압선이 있으니 심리적 스트레스가 좀 있을 거라는 것, 외관상 보기 좋지 않은 정도의 피해밖에 없다는 식의 논리가 전부였다.

이처럼 하나에서 열까지 쉬운 게 하나도 없었다. 그야말로 맨땅에 헤딩하는 기분이다. 나는 좀 더 힘을 내 전문가들을 만나 조언을 구했다. 그러던 중 스웨덴 카르덴타 연구소에서 세계 최초로 특고압선이 인체에 해를 끼치는 전자파 때문에 백혈병을 유발할 수 있다는 연구 결과가 발표되었다는 것을 알아냈다. 나는 이리저리 수소문한 끝에 스웨덴에서 세계교사대회가 열린다는 사실을 알아냈고 그 행사에 참석하는 전교조 교사들에게 특고압선 관련 연구 자료들을 구해달라고 부탁했다.

이렇듯 어렵게 자료를 얻어 부랴부랴 번역해서 언론사 보도 자료와 전단지로 제작해 뿌렸다. 그런데 그들은 꿈쩍도 하지 않았다. 특고압선이 인체에 해롭고 백혈병을 유발한다면 실제로 특고압선이나 철탑 주변에 사는 사람들이 백혈병에 많이 걸린다는 의미 있는 근거를 보여 달라고 했다. 이를 증명하기가 쉽지 않았다. 인력을 모두 동원해 특고압선 근처에 사는 사람을 상대로 백혈병 환자를 찾아보았다. 쉽지 않았다. 설사 백혈병 환자가 있다 해도 그 환자의 질환이 철탑이나 특고압선에서 나온 전자파 때문이라는 근거를 제시하기까지는 오랜 시간과 노력, 비용이 들 것이었다. 더구나 전자파와 관련된 전문가들 대부분이 한전에서 돈을 받고 연구 용역을 하다 보니 설령 유해한 결과가 나왔다 해도 한전에서 덮으라고 하면 덮을 수밖에 없는 상황이었다. 전문가들은 자신들의 장래를 위해, 그놈의 돈 때문에 용기 있는 발표를 하지 못했다. 겨우 발표한다는 것이 외국에서 전문가들이 발표한 것을 응용하는 수준이었다.

백혈병 대신 백납병

가도 가도 첩첩산중에 갇힌 심정이었다. 지금까지의 접근방식이 아닌, 뭔가 획기적인 방법을 통해 돌파구를 찾아야 했다. 그러던 중 철탑 근처에 사는 사람 가운데 백혈병 환자가 아닌 백납병 환자가 다섯 명이 있다는 보고가 들어왔다. 나는 원진레이온 직업병 문제를 다루고 있는 김록호 박사를 찾아가 백납병이 왜 생기는지를 피부과 전문의들에게 확인해 달라고 부탁했다. 닷새 뒤 김 박사에게서 연락이 왔다. 아직 의료계에서도 백납병의 발생 원인을 모른다는 힘 빠지는 답변이었지만 이대로 주저앉을 수는 없다.

나는 당시 관선시장인 이수영 구리시장을 찾아갔다. 이 시장에게 현재 구리시를 통과하는 특고압선 밑에 거주하는 사람 중 백납병 환자가 발생했다고 말하면서 "내가 언론 플레이를 하고 대규모 집회를 열 테니 시장님은 중앙정부와 광역단체에 주민들이 난리가 났다고 보고하고 이를 처리할 수 있게 협조해 주십시오." 하고 부탁했다.

고맙게도 이수영 시장은 기꺼이 돕겠다고 약속했다. 나는 이 시장의 약속을 믿고 주민들과 참여 단체들과 회의를 한 다음 대규모 집회와 언론 플레이를 시작했다. 일단 저지르고 보자는 심정이었다. 이런 시도를 통해 의료계와 정부 당국도 홍역을 치르게 할 생각이었다. 나는 언론사에 전화해 기자회견이 있다는 것을 알렸다. 처음에 나는 주민대책위와 회의하면서 백납병 환자가 세 명 발견되었으니 우선 기자회견을 열자고 했다. 그러나 세 명 가지고는 뉴스거리도 안 될 것 같았다. 일단 기자회견 때까지는 시간이 있으니 더 찾아보기로 했다.

우리는 열다섯 명의 백납병 환자가 발생했다고 보도자료를 만들어 배포했다. 기자들이 몰려왔다. 일단 백납병 환자 세 명 중 남자 한 사람만 기자회견 자리에 초대했다. 기자들에게 백납병 환자의 피부를 보여주면서 환자의 얼굴은 촬영하지 말아 달라고 부탁하고 철탑 선하지 주변에 이와 같은 백납병 환자들이 많다는 점을 부각시켰다.

언론이 다뤄준 덕분에 분위기는 우리에게 넘어왔다. 승기를 잡은 느낌이었고 이럴 땐 계속 밀어붙여야 이길 수 있다. 나는 지속적으로 기자회견을 열어 백납병 환자를 공개했다. 다섯 명 중 다른 환자를 보여주고 언론 보도자료에는 '백납병 환자 열 명 추가로 발견' 그리고 그 다음번 보도자료에는 '백납병 환자 추가로 일곱 명 발견' 하는 식으로 계속 언론사에 보도자료를 보냈다. 이후 정말로 백납병 환자가 더 발견되어 다시 기자회견을 열자, 이제 사람들은 철탑 주변에 살면 백혈병과 이름도 비슷한 백납병에 걸리게 된다고 믿게 돼 버렸다.

여론전에서 우리에게 밀린 경기도 공영개발사업단은 특고압선을 구리시 외곽으로 돌아서 설치하기로 결정했다. 그토록 외쳐도 꿈쩍도 하지 않던 그들이 결국에는 두 손 들고 만 것이다. 수단과 방법을 가리지 않고 언론의 힘을 빌린 것은 분명 잘못된 것이다. 그러나 그때는 다른 방법이 없었다. 달걀로 바위 치기에서 이 정도의 반칙은 애교로 봐주었으면 하는 바람이다.

사실 도심 한가운데 무시무시한 철탑이 들어서면 도시 경관을 해칠 뿐 아니라 삶의 질도 나빠진다. 나는 우리의 권리를 지키기 위해서 할 수 있는 것은 다 해야 한다고 생각한다. 처음부터 정부가 주민들의 의견에 귀를 기울였다면 이렇게까지 하지는 않았을 텐데 하는 아쉬움이 크다. 꼭 실력행사를 해야 하고 여론에 밀려서야 비로소 말을 듣는 답답한 정부 때문에 우리도 답답하다. 이겼어도 찜찜한 승리다. 좀 더 좋은 세상이, 상식이 통하는 세상이라면 참 좋겠다. 이렇게까지 실력행사를 하지 않아도 되는 그런 세상이 어서 빨리 왔으면 좋겠다.

공영개발사업단과 합의

나는 구리시 개발을 책임진 경기도 공영개발사업단과 만나 구리시청에서 합의서를 작성했다. 제일 중요한 것은 '특고압선 철탑을 시 외곽으로 이설하는 데 드는 비용은 누가 부담하는가.'였다. 이 비용은 개발시행처인 경기도 공영개발사업단이 32억 원을 부담하기로 했다. 외곽으로 이설하는 철탑 이설노선은 구리시와 경기도가 협의하여 처리하고, 예산 32억 원은 구리시 금고에 보관했다가 경기도의 위임을 받아 구리시에서 이설공사를 하기로 했다. 협의한 대로 따르기로 약속하고 합의서를 작성했다.

합의서를 모두 마무리한 다음 주민들에게 보고를 하는데, 나는 고생했다는 칭찬보다 인민재판을 치러야 했다. 정부에서 하는 사업인데 무슨 허가를 받아야 하느냐, 허가기간이 왜 필요하냐는 것이다. 즉 정부가 시행하는 사업은 주민들이 원하면 아무 때나 공사하면 되는 것 아니냐는 것이다. 또 이설 공사대금을 왜 시청에서 보관하느냐, 시청에서 하수도 공사나 도로 공사를 하다가 예산이 모자라서 그 돈을 사용해 버리면 우리는 닭 쫓던 개 신세 되는 것 아니냐는 것이다.

나는 이러한 주민들의 질문에 하나하나 답변해 주었다. 아무리 정부에서 공공사업을 시행하더라도 시 외곽인 개발제한구역으로 특고압선을 이설해야 하기 때문에 관리계획과 도시계획 시설이라는 절차를 밟아야 해서 시간이 필요한 것이라고 말해 주었다. 가정에서야 냉장고를 사려고 했다가도 텔레비전으로 바꿔 살 수 있고, 전자레인지만 사려다가 쌀통까지 사게 될수도 있다. 그러나 정부 예산은 관, 항, 목으로 정해져 있어 냉장고 예산은 냉장고 사는 데에 써야 하고 텔레비전 예산으로는 텔레비전만 사야 한다며, 가정에서처럼 항목을 마음대로 바꾸어 구입할 수 없다는 사실도 알려 주었다. 정부가 이를 마음대로 집행했다가는 징계를 받게 되니까 그런 걱정은 안 해도 된다고 말이다.

나의 이러한 설명에 대해 주민들은, 내가 마음이 변했고 공영개발사업단으로부터 뇌물을 먹었기 때문에 주민들을 우롱한다고 말했다. 나는 차라리 벽을 보고 이야기하고 싶었다. 이토록 일을 잘 마무리해 주었는데도 주민들은 마치 인민재판이라도 하는 듯이 나를 몰아붙여 후회하게 만든다. 그래도 지역사회 발전을 위하여 일한 만큼 훗날 특고압선이 시 외곽으로 이설되면 그때는 나를 이해해 주겠지, 라고 생각하기로 했다. 그러자 마음이 조금 풀렸다.

그 후 경기도는 관련 절차를 밟아 특고압선을 시 외곽인 쓰레기소각장을 통과해 코스모스 도로를 경유하여 아차산으로 이설했다.

주민들은 내가 뇌물을 먹지 않았다는 사실을 그제야 비로소 알았을 것이다. 가끔 길에서, 그때 오해해서 미안하다고 사과하는 주민들을 만난다. 어쨌든 이렇게 럭키아파트로 통과하려던 특고압선을, 전국 최초로 시 외곽으로 이설하는 사례를 만들었다.

교통지옥에서
빠져나온 구리시

택지개발만 하고 교통문제는 나 몰라라

1994년 구리 교문지구에는 아파트 6천 세대의 입주가 완료됐다. 정부의 2백만 호 건설정책에 따라 경기도는 개발사업단을 꾸려 대규모 택지개발 사업에 뛰어들었는데 그것이 바로 경기도 공영개발사업단이다. 경기도 공영개발사업단은 구리시 교문지구 25만 평 부지에 대단위 택지개발과 함께 분양에 들어갔다.

말이 6천 세대지 4인 가족을 기준으로 계산하면 2만4천 명의 인구가 새롭게 유입될 것으로 추산되었다. 실제로 약 90% 입주율을 채운 시점에서 예상보다 더 많은 약 3만 명이 입주를 마친 상태였다. 이후 경기도는 1천 세대를 추가로 개발하여 교문지구는 총 7천 세대가 입주할 수 있게 개발되었다. 문제는 사업을 시행한 경기도와 구리시가 가장 중요한 대중교통에 대해서는 전혀 대책을 세우지 않은 채 오로지 땅장사에만 급급했다는 것이다.

그러다 보니 교문지구 주민들은 극심한 교통체증에 시달려야 했다. 특히 서울로 출퇴근하기 위해서는 교문지구에서 청량리역까지 평균 40~50분 간격으로 운행되는 총 다섯 대의 버스를 이용해야 했다. 마을버스도 시내버스와 비슷한 40~50분 간격으로 운행되다 보니 주민들은 큰 고통을 겪어야 했다. 게다가 구리시 교문지구에서 천호동이나 강변역까지 가는 버스는 단 한 대도 없었다. 이토록 교통이 불편하다 보니 아침마다 교통지옥이 따로 없었다. 천호동이나 강변역으로 가는 버스가 아예 없다 보니 강변역으로 가려면 교문사거리에서 워커힐로 이어지는 43번 국도까지 무려 1km 이상 걸어 나와야만 버스를 탈 수 있었다.

경기도나 구리시 공무원들이야 새로 입주한 주민들이 매일 아침저녁으로 1km 이상 걸어 다니니 운동도 되고 좋지 않으냐고 생각할지 모르지만, 내가 보기에 그건 명백히 직무유기다. 그렇다고 불편한 것에 대해 시청에 항의하는 주민들도 없었다.

하루 2km 이상 걷는 주민들

주민들의 입주가 어느 정도 완료된 그해 10월 초에 나는 교통대책 문제를 제기하면서 쾌적한 생활을 위해서는 '교문지구 교통문제'를 반드시 해결해야 하며, 해당 지역 주민들에게 함께

이 문제를 풀어나가자는 내용의 유인물을 만들어 배포했다.

그리고 나는 이 문제를 풀기 위하여 교문·수택지구 대책위원회를 꾸렸다. 우는 아이 젖 준다고 민주주의 사회에서 내 권리를 주장하지 않으면 권리를 누릴 수 없기 때문이다. 아무도 내 문제로 대신 싸워주지 않는다. 그게 민주주의다. 그렇지만 이곳 사람들은 정말 아무도 이 문제를 놓고 싸움을 걸지 않았다. 심지어 내가 앞장서서 이렇게 설치니까 일부 주민들은 이 문제가 해결되면 나에게 돈이라도 생기는지 알고 도와주지 않는 분도 있었다.

물론 여기에는 일은 하기 싫어하면서 시민운동 단체가 주민들과 함께 힘들여 일해 놓으면 마치 자신들이 한 것인 양 기만해 온 지역 정치인들이 있다. 그들은 자신의 말을 잘 듣는 아파트 동 대표와 몇몇 부녀회장들을 동원하여 대책위원회에서 배포하는 유인물을 "불법 유인물이니 차단하라.", "주민들을 선동하여 데모하려는 짓이다." 하면서 사사건건 방해했다.

이로 인해 대책위원회는 냉각기간을 가졌다. 새로 입주한 주민들은 불편함을 꾹꾹 참으며 하루 2km를 걸어 다녔다. 그 사이 대책위원회에서는 서명운동을 벌이고 교통문제를 해결할 수 있는 의견을 정부에 제출하고, 공청회를 열어 운수회사를 설득하고 교통부장관의 유권해석 의뢰 등을 추진했다.

나는 이 문제를 해결하기 위해 먼저 구리시청에 교문·수택 지구에 마을버스를 운행하자고 건의했다. 그러자 이 지역을 운행하는 명진운수가 펄쩍 뛰었다. 명진운수 측은 거긴 내 구역이니 누구도 함부로 들어올 수 없다고 마치 영역표시라도 해놓은 듯한 기세를 보였다. 명진운수의 서슬 퍼런 반응에 구리시 담당 공무원이 잔뜩 움츠렸다.

주민들이 왜 마을버스를 운행하지 않느냐는 문의가 빗발치자 담당 공무원은 잘되고 있는데 박수천이 방해해서 지연되고 있다는 식으로 말했다는 얘기가 내 귀에까지 들렸다. 또 말도 안 되는 모함을 받은 나는 모든 것을 공개적인 자리에서 명명백백 밝히는 방법밖에 없다는 생각이 들었다. 결국 공청회를 통해 이 문제를 해결하기로 했다. 공청회에는 이 문제를 제기한 민실협 대표인 나 박수천, 구리시 관변단체 대표들, 기득권자라 할 수 있는 버스회사 당사자인 명진운수를 비롯하여 부흥교통, 재향군인회가 추진한 보훈교통, 박영순 구리시장, 담당부서 책임자 등 이 문제와 관련한 사람들이 대거 참석해 심도 있는 대토론을 벌였다. 공청회 결과 박영순 구리시장은 공익을 우선하여 주민들의 불편을 해소하는 방향으로 결단을 내렸다.

다 된 일에 수저만 얹으려는 정치인들

공청회에서 나는, 이 사업이 시민들을 위한 공익사업인 만큼 부실 운영이 되지 않도록 잘해 낼 수 있는 업체로 선정해 마을버스를 운영했으면 하는 바람을 전했다. 규모가 작은 업체라고 해서 꼭 부실한 업체라 할 수는 없지만 버스사업은 주민들 삶의 질과 직결되는 문제로 개인이나 회사의 이익보다는 공익사업을 해본 회사라야 제대로 운영할 수 있기 때문이다. 쾌적한 운행을 위한 청소와 청결 유지, 친절 교육, 기사의 자질, 주민들의 안전을 위한 철저한 정비, 배차간격을 위한 효과적인 운영 노하우 등을 갖춘 업체로 선정해 달라고 말이다.

박영순 시장은 내 의견을 적극적으로 받아들였다. 명진운수 5대, 부흥교통 5대, 보훈교통 5대, 그리고 기존 마을버스 업체에 1대 등 총 16대의 마을버스가 각자의 노선으로 운행하게 되었다.

새로 신설된 마을버스 노선은 보훈교통 마을버스가 아천동~교문아파트단지~구리시장~원일정호빌라~동은예식장으로 운행하고, 부흥교통 마을버스는 부흥교통 종점에서 럭키아파트~한성 2차~우성~대우~덕현~한가람~쌍용자동차~신한은행~돌다리~동구동까지 운행하고, 명진운수 마을버스는 동은예식장과 아천동 구간을 운행했다. 때마침 교통부에 재결신청을 해놓았던 강변역 버스노선이 뚫리면서 교문·수택지구 주민들의 교통문제가 한꺼번에 해결되었다.

이에 힘을 얻은 우리는 교통지옥 문제마저 해결하기로 했다. 청량리, 서울역 등 노선을 신설하는 문제에 대해서 힘을 쏟기로 한 것이다. 적어도 1995년 6월 이전에 구리시의 교통문제를 완전히 해결하자고 결의했다. 선거 때문이었다. 그 기간 안에 처리해야만 정치권에서 엉터리 공약을 하지 못하기 때문이다.

교통문제 해결을 위해 그렇게 많이 찾아가고 협조 요청을 했건만 우리 지역 정치꾼들은 남의 일이라는 듯 소극적이고 나 몰라라 했다. 주민들이 불편하든 말든 아무 상관이 없다는 듯 관심이 없었다. 정말 구리시 발전에 아무런 도움이 되지 못하는 인간들이라고 뼈저리게 느꼈다. 그런데 어찌 된 영문인지 주민들은 또다시 선거에서 일하지 않은 사람을 뽑고 말았다.

투쟁으로 교통문제 해결

마을버스 문제가 해결되었고 이제 청량리, 동대문, 서울역까지 운행하는 좌석버스와 일반버스 노선 신설을 추진하는 일이 남아 있었다.

우선 우리는 좌석버스 15대, 일반버스 15대 신설을 목표로 투쟁에 돌입했다. 당시 가장 황당했던 건 명진운수에서 교문지구를 일반버스 5대로 운행하다가 교통대란으로 난리가 나자 허가권자인 경기도에 형간 변경(일반버스를 좌석버스로)을 신청해 좌석버스를 운행한 것이었다. 그래서 우리는 이 문제에 대해 경기도와 교통부에 이의를 제기했다. 즉 노선이 짧은 거리(청량리~토평동)를 다니던 일반버스 대신 좌석버스를 운행시키면 돈이 없는 일반인들과 학생들이 어떻게 이용할 수 있느냐고 주장하여 다시 일반버스로 바꾼 일이었다.

이렇게 해서 결국 교문택지 개발지구(수택동과 교문아파트)는 80대 이상의 시내버스가 투입되어 강변역(동서울터미널)과 청량리를 운행하게 되었고, 인창동과 여타 지역은 마을버스 총 16대가 신설 운행되어 구리시 교통지옥이 다소 해소된 것이다.

택시기사들의 낙선운동

그동안 나는 선거권과 피선거권이 규제되어 공민권을 행사할 수 없었는데, 1995년 8월 15일에 특별사면 복권이 되었다. 이로 인해 다음해 나는 박영순 구리시장과 함께 국회의원에 출마했으나 택시기사들이 복수해야 한다며 나와 박영순 시장까지 낙선운동을 전개했다. 그 이유는 나와 박 시장이 구리시에 마을버스를 많이 만들어 놓아 택시 손님이 줄어 수입이 줄었다는 것이다. 그래서 나는 택시기사들에게 이렇게 외쳤다.

"여러분은 평생을 택시 운전만 하실 겁니까? 그리고 여러분 가족들은 마을버스는 이용하지 않고 택시만 이용합니까? 내가 구리시에 마을버스를 추진한 것은 택시를 이용하지 못하는 서민들을 위하여 추진한 것이지, 여러분을 해코지하려고 그런 것이 아닙니다."

그러나 그들은 내 말을 듣지 않고 낙선운동을 계속 전개하여 결국 나와 박영순 시장은 낙선하고 말았다.

　나는 선거 당시 같은 후보 입장에서 박 시장의 정책에 대해 비판하고자 했지만, 그가 구리시장으로 재직했을 때 내가 적극적으로 나서서 마을버스 도입을 추진해야 한다고 강력히 제안한 것 때문에 낙선운동의 타깃이 된 것 같아 미안했다.

　그러나 그토록 어렵게 교문 택지개발지구의 교통문제를 해결했음에도 유권자들은 그런 사실은 모른 채 내게는 표를 주지 않고 오히려 일하지 않을 사람을 선택하고 말았다. 그야말로 '아무도 기억하지 않는 승리'라 할 수 있었다. 바꿔 표현하면 재주는 곰이 넘고 돈은 되놈이 받는 격이었다. 누가 구리시를 위한 일꾼인지, 내가 뽑은 일꾼이 정말 구리시를 위해 일할 일꾼인지, 아니면 자신의 출세를 위해 이용하는 사람인지를 정말 판단하고 투표를 해주셨으면 하는 마음이 간절하다.

　어쨌든 이 책을 통해 내 말을 듣고 서민들이 이용할 수 있는 마을버스를 인가하고 후에 국회의원 선거에서 낙선한 박영순 시장에게 사과드린다. 비록 낙선은 했어도 서민들을 위한 결정이었기에 그도 주민들을 위해 마을버스를 인가한 것에 대해 후회는 없으리라 생각한다.

보금자리의 꿈

택지개발로 갈 곳 없는 세입자들

택지개발이 시작되면 항상 문제가 되는 것이 해당 지역에 살던 사람들이 갈 곳이 없다는 것이다. 땅주인이나 집주인이야 법에 정해진 대로 정당한 보상을 받아 큰 문제가 없지만, 세입자들이나 무허가 자영업자들은 갈 곳이 없어진다. 개발지역에 대한 행정은 아직도 갈 길이 멀다. 세입자와 집주인이 개발이익을 함께 누릴 수 있도록 정부가 선뜻 나서 주면 좋은데, 꼭 투쟁해서 쟁취해야 하니 정부도 피곤하고 시민들도 피곤하다.

구리시 인창지구 택지개발도 마찬가지다. 인창지구 택지개발은 1987년에 고시되었다. 시행처로 선정된 대한주택공사는 1987년 고시된 이후 택지개발지구로 이주해 온 세입자에 대해서는 보상할 수 없다는 입장이었다.

내가 이 싸움을 시작하게 된 것은 1992년 가을부터다. 1993

년부터 택지개발이 시작됐기 때문에 택지개발에 대한 조사와 보상이 이뤄지던 차였다. 그때 대상에서 제외된 세입자들 4백여 명 중 20여 명이 우리 민실협 사무실을 찾아왔다. 그들은 지역 국회의원 사무실과 대한주택공사, 구리시청에도 찾아가 사정을 말해 봤지만 뾰족한 수가 없어 마지막으로 내가 있는 민실협(경기동북부 민주시민운동 실천협의회) 사무실에 찾아온 것이었다.

나는 그들의 이야기를 듣고 그들과 함께 거주하고 있는 택지개발지역에 가 보았다. 직접 가 보니 대부분이 세입자나 무허가 영업자, 무허가 공장주들이었다. 특히 플라스틱 사출업체들이 많았는데 이들은 비닐하우스에서 생활하고 있었고 그 주위에는 사람이 살 수 없을 것 같은 비닐하우스 집들이 많았다. 몇 집을 들어가 봤다. 노인들과 어린아이들이 살고 있었고 헌 이불과 라면으로 생활하고 있었다. 정말 가슴이 답답했다. 이 사람들이 사글세 방값이라도 있었다면 과연 이런 곳에서 살았을까.

내가 구리시에 처음 왔을 때 전라도 사람이라고 천대받으며 직장도 구하지 못하고 버스비 2원이 없어 동대문까지 걸어 다닌 생각이 났다. 따뜻한 보금자리를 마련해 주지 않은 채로 이들을 내쫓는다는 건 너무 비인간적이라는 생각이 들었다.

주민등록 전입 대작전

보상 대상에 포함되는 1987년 이전에 살던 사람들은 택지개발지구 전체의 5%도 되지 않았다. 명색이 지역 국회의원이라면 정부에서 택지개발을 하는 것은 결국 땅장사하기 위하여 개발하는 것인 만큼, 이 지역 주민들의 주거문제는 개발시행처와 협의하여 최우선으로 대책을 마련해야 했다. 그러나 이 일에 대해 맥을 짚지 못한 지역 국회의원은, 개발시행처가 주민등록이 등재되어 있지 않은 사람은 법률적으로 보상 대상이 되지 않는다고만 말했다.

당시 국회의원 사무실에 방문한 사람들 대부분은 국회의원도 못 하는 일이라고 하는데 괜히 우리가 나서서 데모하다가 잡혀가면 큰일 난다며 자포자기에 빠져 있었다. 투쟁에 참여할 수 있는 인원들을 규합해 보니 20명도 되지 않았다. 이들은 가난에 쪼들리고 가진 자들의 횡포에 수없이 당하며 살다 보니 정부와 싸운다는 것은 상상도 하기 싫은 것이었다.

나는 패배주의에 빠진 사람들에게 무언가를 보여줘야만 이들을 규합할 수 있겠다 싶었다. 나와 함께하는 20여 명이 며칠을 고민한 끝에 방법을 하나 찾아냈다. 당시 대한주택공사에서는 이 택지개발지구 안에 전입신고가 되어 있지 않은 세입자는 보상 대상에서도 제외하다 보니, 전입신고가 돼 있지 않은 사람들 대부분이 투쟁에 참여하지 않으려 한다는 것을 알았다. 나는 이 문제를 풀기 위해 20여 명의 주민들과 작전을 짰다.

"주공 측과 이 지역 국회의원 사무실에서 나를 악선전해 놓아 내가 개입한다면 큰일이라도 나는 줄 알고 겁을 먹고 따르지 않을 것입니다. 그러니 여기 계신 분들이 주민등록을 전입하지 않은 다섯 분만 설득해 동사무소에 가서 싸워서라도 전입신고를 하자고 설득해 주세요. 주공에서 말하는 고시일은 전략적으로 대응하여 맞추면 됩니다. 지금 가장 시급한 것은 전입신고이고, 전입신고를 하기만 하면 이번 싸움에서 이길 수 있습니다."

다음 날 점심을 먹고 오후 한 시에 동구동사무소 앞에서 모여 작전을 개시했다. 20여 명의 주민들과 함께 전입신고를 하려고 온 주민들을 만난 후, 동사무소 전입신고 담당자에게 이들이 현재 거주하고 있는 주소지를 기록하여 전입신고서를 모두 접수했다. 그런데 동사무소 직원은 주민등록법상 주택이 아닌 비닐하우스에는 전입신고를 할 수 없다며 서류를 받아주지 않았다. 그 정도는 이미 예상하고 온 터였다. 나는 일부러 큰소리로 담당 직원과는 말이 안 되니 동장과 직접 얘기하겠다고 말했다. 옥신각신하던 차에 결국 우리는 동장 방으로 들어갔다. 동장 역시 주택이 아닌 곳은 전입신고를 받을 수 없다고 했다. 나는 곧바로 받아쳤다.

"주민등록법상 15일 이상 거주하면 그 거주지에 15일 이내에 신고하도록 명시되어 있습니까? 그리고 주택이라고만 명시되어 있지, 무허가는 안 된다고 명시되어 있지 않습니까?"

동장과 나는 무려 한 시간 이상 언쟁을 벌이다가 그 자리에서 시장실로 전화했다. 당시 시장은 관선시장인 이수영 구리시장이었다. 현 상황에 대하여 설명하니, 이 시장은 법률상 무허가 건물에 전입신고를 하지 말라는 법은 없으니 전입신고를 받아주는 것이 맞을 것 같다고 했다.

시장의 답변에 힘이 났다. 지금 주민들과 함께 동사무소에 있느냐는 시장의 물음에, 내가 주민들 전입신고를 받아줄 때까지 동사무소에서 철야농성을 할 것이라고 대답하니, 이 시장이 바로 오겠다고 하였다.

얼마 안 돼 동사무소로 직접 온 이수영 시장은 전후 사정을 듣고 법률상 문제가 없으니 전입신고를 받으라고 동장에게 지시하고는 주민들을 향해 말했다.

"나는 법을 전공한 사람이어서 법과 권리는 누구보다 잘 압니다. 법은 권리 위에서 잠자는 사람까지 보호하지 않습니다. 권리는 찾으려고 노력하는 사람만이 찾을 수 있다는 것을 명심하시고 여러분이 하고자 하는 목적을 쟁취하시기 바랍니다. 저도 열심히 돕겠습니다."

시장의 말에 주민들은 모두 든든한 백전노장이 원군 온 기분이 들었다. 마침내 전입신고는 우리의 의도대로 마무리되었다.

본격적인 투쟁 시작

이 소식이 전해지자 택지개발지구가 떠들썩해졌다. 그동안 비닐하우스에 거주하는 주민들은 전입신고를 받아주지 않았는데 나를 따라간 사람들은 동사무소에서 전입신고를 받아주었고 게다가 구리시장이 직접 동사무소에까지 방문하여 주민들에게 좋은 말까지 해 줬기 때문이었다.

급기야 20여 명으로 시작한 대책위원회는 그날 밤 지역주민 수백 명의 방문을 맞게 되었다. 늦게까지 좌담회를 하면서 전입신고를 하지 않은 주민들에게 홍보하여 모두 전입신고를 마치고 가열차게 투쟁을 전개하기로 했다.

전입신고 사건이 터진 뒤 곧바로 세입자 대책위원회의 회원은 200여 명으로 늘어나더니 본격적인 투쟁이 시작되자 참가자는 483명으로 늘었다. 주민들은 전입신고 학습효과에 힘입어 단결하면 무엇이든 해낼 수 있다는 것을 깨달았다.

대책위를 중심으로 제정구 의원이 활동하던 전국주거연합과 연대해 교육받고 간담회도 개최했다. 주민들은 자주 집회를 열고 집회가 끝나면 구리 시내로 가두시위를 했고 시민들에게 유인물을 나눠주면서 지지를 호소했다. 당시 대책위는 원진직업병 대책위와 연대투쟁을 병행했지만 대한주택공사의 반응은 여전히 시큰둥했다.

우리는 돌다리체육공원에서 수차례 집회를 열었고 대한주택공사 본사와 서울지사 구리사무소 앞에서도 집회를 열었다. 그렇게 1년여 동안 수십 번의 집회를 열어 세입자들을 구제할 수 있는 방도를 마련하라고 요구했다. 그러나 그들은 예전과 마찬가지로 끄떡도 하지 않았다.

마지막 칼을 빼들다

시간이 지날수록 집회 참가자들은 점점 지치기 시작했다. 아무리 강력하게 요구해도 반응이 없으니, 조직에서 이탈하려는 세입자들이 생길 수밖에 없었다.

나는 이러다가는 안 되겠다 싶었다. 웬만하면 우리 힘으로 해결하고 싶었는데 대한주택공사는 정말 구제불능이었다. 그래서 마지막 칼을 빼 들었다. 도시 빈민과 세입자를 위해 평생을 바친 제정구 의원을 찾아간 것이다. 제 의원에게 그동안 해온 투쟁에 관해 이야기했다. 제 의원은 내 이야기를 모두 듣고 나서 구리시 인창지구 건은 관례가 있으니 최선을 다해보자고 하면서 도와주겠다고 말했다. 이렇게 해서 국회의원이자 빈민운동의 대부인 제 의원이 직접 문제해결에 나서게 된 것이다.

제 의원이 앞에 나서자 지금까지 꿈쩍도 하지 않던 대한주택공사 측의 분위기가 크게 달라졌다. 그제야 세입자를 위한 대책 마련에 착수한 것이다. 사익을 추구하는 사기업이라면 이해되어도 공익을 추구하는 공기업이 이러니 내가 투쟁하지 않을 도리가 없다.

제정구 의원은 직접 대한주택공사로 찾아가서 세입자들과 자영업자들에게도 살 곳과 일할 수 있는 곳을 마련해 달라고 했다. 그는 또 우리 일을 마무리하기 위해 자신이 활동해 온 전국주거연합에 특별히 인창지구를 도와달라고 부탁하였다. 그 결과 전국주거연합에서 직접 개입해 마무리하였고 대한주택공사 측은 대책위의 요구를 수용했다.

영세 자영업자들은 세입자들과 따로 투쟁했지만, 그들도 영업보상으로 돌다리사거리에 있는 지금의 리맥스 건물에 한 업체당 2~3평씩 부지를 받았다. 각각 배당받은 토지 면적을 합해 상가를 지어 상가 입주가 가능한 입주권을 받은 셈이었다. 그들은 조합을 만들어 원가로 제공받은 부지에 지금의 리맥스 상가 건물을 지었다.

내가 도와준 세입자는 총 4백83명이었다. 이 중 3명을 제외하고는 모두 아파트 입주권이나 5년 임대 후 분양받는 조건의 공공 임대아파트 중 하나를 선택할 수 있게 되었다. 제외된 3명은 너무 늦게 이주한 데다 주민등록이 등재되어 있지 않아 보상 대상에서 제외됐다. 그래도 이 정도면 대한주택공사 측이 세입자들의 요구를 전폭적으로 수용한 것이다. 이번 일은 길고 긴 투쟁을 통해 얻어낸 것이라 더욱 의미가 있었다.

그런데 대한주택공사 측은 이렇게 할 수 있으면서 그동안 왜 그렇게 안 된다고만 하면서 그들을 구제하려 노력하지 않았는지 모르겠다. 정부나 개발시행처 역시 보상규정이 없다고 했지만 결국에는 주거투쟁을 하다가 많은 분들이 분신할 때마다 조금씩 보상해 주었고, 이 보상이 관례와 선례가 되었다. 여기서 중요한 것은 세입자 투쟁을 하다가 분신하고 희생되신 분들이 계셨기에 그나마 관례와 선례가 만들어졌다는 것이다. 절대 잊어서는 안 될 것이다.

우리 사회는 제도가 불완전한 탓에 세입자와 같은 사회적 약자들은 꼭 단합하고 싸워서 쟁취해야 한다는 점을 강조하고 싶다. 아무리 오래 걸리더라도 끝까지 싸워야 한다. 그러면 언젠가는 이길 수 있다.

이 싸움에서 가장 큰 원군은 지금은 돌아가신 제정구 의원이었다. 이분은 국회의원이 되고 나서도 빈민들을 위한 노력을 아끼지 않은 훌륭한 분이다. 또한 이수영 전 구리시장 역시 주민들을 위한 일이라면 적극적으로 도와주었다. 이분은 시장이기 전에 동지였다. 이렇게 적극적으로 나서 주니 일반인이 열 번 가야 할 것을 한두 번만 가도 되었고, 서류도 훨씬 간결하게 준비할 수 있었다. 이 자리를 빌려 두 분께 감사의 말씀을 드리고 싶다.

민실협을 찾은 환경미화원들

인창 택지개발지구 세입자 투쟁을 잘 끝낸 뒤 한숨을 돌린 나는 그동안 등한시해 온 살구문화센터 운영에 매진했다. 그렇게 몇 개월이 지난 어느 날 오후, 한 무리의 사람들이 찾아왔다. 구리시청에서 일하는 환경미화원들이었는데 일하다 말고 민실협 사무실에 찾아온 것이다. 일종의 파업이라 할 수 있었다. 잔뜩 격앙된 그들의 얘기를 들어보니 참 기가 막혔다.

인창 택지개발지구에 지어진 근로자 아파트에 구리시청에서 근무하는 환경미화원들이 입주하기 위해서는 재직증명서와 갑근세 영수증을 대한주택공사에 제출해야 했다. 문제는 갑근세 영수증이었다. 환경미화원들의 당시 연 수입은 1천만 원 이하였기 때문에 갑근세 납부 대상이 되지 않아 영수증을 제출할 수 없었다. 그런데 대한주택공사 측에서는 갑근세 영수증이 없으면 접수가 어렵다고만 했다. 마감이 5시까지였는데, 마감을 두어 시간 앞둔 3시쯤 일손이 잡히지 않은 환경미화원들이 결국 나를 찾아온 것이다.

나는 구리시청 총무과장에게 전화하여 왜 환경미화원들에게 갑근세 영수증을 주지 않느냐고 물었다. 그러자 총무과장이 연 수입 1천만 원 미만은 갑근세 면세로 납부하지 않기 때문에 영수증 발급은 할 수 없다고 대답했다. 이해가 되지 않아 내가 재차 물었다.

"그야 면세자니까 안 낸 거지 안 내려고 안 낸 게 아니잖습니까? 그럼 갑근세 면세자라는 확인서를 발급해 주면 될 것 아닙니까?"

"그런 규정은 없습니다."

순간 나는 머리끝까지 화가 치솟았다. 이게 바로 우리나라 공무원들의 현주소이다. 시민을 위한 창의적인 행정서비스를 할 생각은 안 하고 그저 월급이나 받아먹으면서 규정 안에서 안주하는 모습들, 정말 세금이 아까운 사람들이다. 일머리를 몰라도 이렇게 모를까. 창의력이 없어도 이렇게 없을까. 그 길로 나는 환경미화원들과 구리시청으로 달려가 곧장 시장실로 쳐들어갔다. 당시 구리시장은 박영순 관선시장이었다.

"시장님, 환경미화원들이 근로자 임대아파트에 들어가기 위해서는 갑근세 납부영수증을 제출해야 하는데, 연 수입 1천만원 미만자는 갑근세 면제 대상이라 납부영수증을 발급받기가 불가능하다고 합니다. 그러니 이분들이 '시청미화원으로 근무하고 있으나 갑근세 면제자이기 때문에 납부영수증은 발급할 수 없음을 확인합니다'라는 확인서를 써주십시오. 그리고 시청 총무과장의 판단이 흐려서 시간이 늦어졌으니 시장님 추천서를 붙여주십시오."

강력하게 밀어붙인 덕분인지 박 시장은 내 말대로 하라고 총무과장에게 지시했다. 총무과장은 마감시간이 다 돼 발급시간이 촉박해지자 바로 대한주택공사 담당자에게 전화를 걸어 갑근세 확인서와 시장추천서를 한꺼번에 발급해 가접수를 받아달라고 했다.

이런 과정을 거친 후 다행히 환경미화원 50여 명 모두 당첨돼 인창지구 근로자 아파트에 입주하게 되었다. 이 일이 인연이 되어 이분들은 가끔 내가 사는 옥탑방으로 놀러 오곤 한다.

마음의 선물

옥탑방은 여름에는 덥고 겨울에는 매우 춥다. 두 살 난 아들 재민이가 추운 옥탑방에서 덜덜 떨고 있는 모습을 우리 집에 방문한 환경미화원들이 보고는 마음이 좋지 않았나 보다. 며칠 후 다시 와 내게 봉투를 내밀었다.

"박 선생 덕분에 우리는 따뜻한 아파트에 살게 되었는데 정작 박 선생은 옥탑방에서 고생하며 사는 걸 보니 마음이 안 좋아 도움받은 사람들끼리 이렇게 마음을 모았습니다."

나는 마음이 짠했다. 50명이 10만 원씩 모아 내게 건넨 것이다. 그러나 나는 그 돈을 받을 수 없었다.

그래도 그분들은 물러서지 않았다. 나로서는 계속 거절하는 것도 도리가 아닐 것 같았다.

"그러면 이렇게 합시다. 여러분의 마음만 받겠습니다. 우리 사무실 아래 구두점에서 저와 아내 몫으로 10만 원짜리 상품권 두 장만 사주십시오. 그 외에는 절대 양보할 수 없습니다."

결국 그분들도 진심을 담은 내 말에 동의해 주었고, 덕분에 우리 부부는 각각 구두 한 켤레씩 장만할 수 있었다.

토평지구 세입자 투쟁

인창지구 택지개발이 끝나고 얼마 뒤 토평동 택지개발 공사가 시작되었다. 이곳 역시 세입자들과 자영업자들이 무허가 공장을 운영하고 있었다. 나는 곧바로 대책위원회를 조직하고 창립총회를 열어 투쟁에 돌입했다. 이미 인창지구 경험이 학습되어 있었기 때문일까. 이전과 비슷한 내용으로 해결이 됐고, 세입자들은 5년 임대 후 분양받는 조건으로 내 집 마련의 기회를 얻게 되었다.

그런데 투쟁하면 할수록 '과연 이런 방식이 바람직한가?' 하
는 생각이 들었다. 투쟁에 동참한 사람들이 입주권을 받거나
공공 임대아파트에서 살다가 5년 후 분양을 받아 내 집 마련의
기회를 가진 것에 대해서는 참으로 뿌듯하고 보람을 느꼈다.

그러나 그들 모두가 내 집 마련의 기회를 얻어 새 아파트에
입주한 것은 아니었다. 융자를 얻게 되면 한 달에 들어가는 이
자만 해도 만만치 않은 금액이었기 때문에, 수입이 변변찮은
이들에게는 그림의 떡이었다.

이들이 할 수 있는 유일한 대안은 투쟁으로 쟁취한 입주권
을 프리미엄 얹어 팔아 전셋집을 얻는 것이었다. 그러나 이런
경우도 드물었고, 프리미엄 얹어 판 돈을 고스란히 자녀들에게
빼앗긴 채 결국 다시 예전의 초라한 월세살이로 돌아가는 일이
더 많았다. 나는 그런 일들을 옆에서 지켜봐야 했다. 정말 이들
에게 필요한 것은 따뜻한 보금자리였다. 그러기 위해서는 공공
임대아파트가 아닌 영구 임대아파트를 지어 주는 것이 더 바람
직하다고 생각하였다.

내가 인창지구와 토평지구의 택지개발에 대해 투쟁을 할 때
내 기동력으로는 세입자 대책에만 전념할 수밖에 없었다. 그런
데 다행스럽게도 김용호 구리시의회 전 의장과 후배 백현종이
대한주택공사와 토지공사가 저지른 악랄한 횡포에 대해 낱낱
이 밝혀내고 끝내 이 공기업들로부터 부당이익금 1백 50억 원
을 환수받아 구리시민들에게 돌려주게 되었다.

Part 3

Accompany

빨리 가려거든 혼자 가라.
멀리 가려거든 함께 가라.
외나무가 되려거든 혼자 서라.
푸른 숲이 되려거든 함께 서라.
- 인디언 속담 -

빛을 퍼뜨릴 수 있는 두 가지 방법이 있다.
촛불이 되거나
또는 그것을 비추는 거울이 되는 것이다.
- 이디스 워튼 -

스스로를 신뢰하는 사람만이
다른 사람들에게 성실할 수 있다.
- 에릭 프롬 -

구리월드디자인시티(GWDC)의
기막힌 내막

난 관여하고 싶지 않았다

그러나 구리시민과 구리시를 발전시켜야 한다는 꼬임에 빠져 관여하게 되었다.

GWDC 같은 사업을 하려면 해당지역이 개발제한구역(이하, GB)인 경우 국토의 계획 및 이용에 관한 법률(이하, 국토계획법)에 따라 도시기본계획이 수립되어야 하고 시·도지사는 GB구역을 종합적으로 관리하기 위하여 GB 관리계획을 수립하여 국토교통부장관에게 승인받도록 명시되어 있다. GB 관리계획 수립권자는 시·도지사이므로 구리시 같은 경우 경기도지사에 의해 GB 를 개발할 수 있도록 되어 있을 뿐 아니라, GB구역을 해제하려면 GB 해제물량이 있어야 한다. 구리시의 경우는 해제 물량이 없어 굳이 개발하려면 경기도 GB 해제물량을 가져와야 하는데, 당시 구리시장(박영순)은 경인지역에서 유일하게 야당 후보로 당선된 사람이었지만 여당 도백에게 이를 부탁하기 참으로 곤란한 처지에 있었기 때문에 직접 건의를 할 수 없었다.

이는, 경인지역에서 유일하게 당선된 민주당 박영순 시장 재임 시 금호2차 아파트 100억 원 특혜의혹 사건으로 당시 시의회 김용호 의장이 강력히 환수를 요구하다가 그가 결국 정치적으로 누명을 쓰고 구속된 사건이 있었기 때문이다.

정치적 사건은 정치적으로 처리해야 했으나 당시 야당인 한나라당은 답답하게 일을 풀려 했었고 시민운동 출신인 필자가 이를 보았을 때도 정말 답답했다.

김용호 의장의 구속은 정말 억울하기 짝이 없어서 가만히 있을 수 없었다.

필자는 양심운동(시민운동)가 답게 약자 편에 서서 정도(正導)로 가고자 마음먹고 김용호 의장 아들과 당시 최고병 의원을 만나 솔직한 협의를 했다.

"지금 내(필자) 입장은 묘한 입장이다. 하지만 정도(正導)로 갈 터이니 따라올 것이냐? 이 사건은 정치적으로 풀어야 하지, 사법적으로는 풀 수가 없다. 그동안 할 짓, 못 할 짓 다 해 보았지만 답이 없지 않느냐."

필자는 이 사건은 정치적 사건이니 정치로 풀어야 한다고 설득하여 당시 3선의원인 김문수 의원을 만나러 가자고 했다. 김문수 의원은 부천에 살고 계시고 연락했으니 그 지역구로 가자 하여 최고병 의원과 김생태를 데리고 함께 부천으로 향했다.

당시 김문수 의원이 며칠 후 국회에서 사회분야 대정부 질문 자였기에 국회에서 이 문제점을 풀고자 한 것이었다.

결국 우리 일행은 부천에서 김문수 의원을 만났고, 사건 전반을 설명하자 김문수 의원은 대정부 질문을 해주기로 약속하였다.

김문수 의원은 국회 대정부 질문에서 당시 김종필 총리에게 이 문제점을 지적하며 따져 들어갔다.

"총리님! 경기도 구리시라는 곳이 있습니다. 그런데 그곳에서 시의회 의장이라는 사람이 혈세 도둑놈을 목격하고 '도둑이야'라고 외치며 도둑을 잡으라고 했다 하여 현재 그 시의회 의장은 의정부 교도소에서 영어의 몸으로 구속되어 있는데 아십니까?" 하고 묻자, 김종필 총리는 모르다고 답하였고, 김문수 의원은 김 총리에게 자세한 설명을 했다. 그러자 김 총리는 바로 잡도록 검토하겠다고 답했다.

그 후 필자는 김문수 의원 보좌진을 통하여 국회에서 대정부 질문 녹음테이프 자료를 받아 당시 의정부 법원 담당 재판장님에게 자료를 건네주며, 이 사건은 녹음된 내용과 같이 정말 억울한 사건이니 방어권은 필히 주셔야 할 것 같다며 탄원을 했다.

그러자 재판부는 2번째 재판 심리일에 재판을 마치고 "피고인은 방어권이 필요하기에 재판장 직권 보석을 허가"했다.

김용호 의장은 구속 58일 만에 보석으로 풀려났고 결국 무죄를 받았다. 김용호 의장은 금호건설과 정치권으로부터 갖은 회유와 협박에도 굴하지 않고 금호2차 아파트에서는 72억의 추가 이익을 환수하였다. 김용호 의장은 자신의 이익보다는 시민의 재산을 지켜냈다.

이러한 사건이 있었기 때문에 박영순 시장은 내용을 훤히 알고 있는 김문수 지사에게 자신이 하고 싶은 GWDC를 토평동에 개발하고자 하오니 GB 경기도 해제물량을 달라고 할 수 없는 처지였던 것이다.

이토록 말할 수 없는 사연이 있었기에 필자를 불렀다

그러던 차 언론보도에서 이명박 대통령이 헬기로 경기도 GB구역 상공을 돌아보고 다녀갔다는 기사가 나오자, 박 시장이 필자에게 연락하여 언제 사무실에 와서 차 한 잔 들고 가시

라는 것이었다. 그래서 알았다고 하고 며칠 후 시장실에 방문
했다.

　박 시장은 필자에게, "구리토평동에 월드디자인 센터를 개
발하면 구리시는 정말 좋은 동네가 될 수 있다" 하는 푸념 섞인
이야기를 하면서, 요즘도 김문수 지사님을 만나고, 통화를 하
시냐고 묻기에 가끔 통화를 하고 있다고 했더니 본격적으로 토
평동 이야기를 하며 "이걸 실현하자면 GB구역 해제물량이 있
어야 한다, 그러나 구리시는 GB해제 물량이 없으니 경기도 물
량으로 해야 한다"면서 김문수 지사님에게 부탁하여 경기도 해
제물량을 좀 얻어 달라고 하였다.

　"김 지사님에게 이것(GB구역 해제물량)을 얻어오면 구리시민들
에게 정말 복을 받을 것이다."라며 하소연하기에 필자는 지자
체장(市長)이 도백(道知事)을 만나 건의할 수도 있는데 필자에게
부탁한 이유는 따로 있었다는 것을 알았고 급기야 김지사님에
게 간곡히 건의하여 구리시에서 경기도 GB구역 해제물량 52만
평을 협조받도록 했다.

경기도 GB 해제물량 덕분에 구리월드센터 착수

구리시는 2007년부터 토평동 일대 약 52만 평에 월드디자인 센터 건립을 추진해 왔다. 그리고 2010년 선거에서 최대의 공약으로 내걸었다. 국제기업 2,000개 유치, 11만 개 일자리 창출이 걸린 대형 프로젝트였다. 시민에게는 더할 나위 없이 좋은 프로젝트가 아닐 수 없다.

그런데 그 땅에 월드디자인센터를 건립하려면 행정절차상 그린벨트가 풀려야 한다. 그러나 그게 쉬운 일이 아니다.

처음에는 도시개발법으로 추진했는데 국토부에서 승인해 줄 기미가 보이지 않았다.

그런데 수자원공사가 그 지역에 택지개발 계획을 서두르고 있었다.

수자원공사는 당시 4대강 사업을 하면서 수조 원의 빚을 지고 있었다. 정부에서는 이를 해결하기 위하여 친수법을 제정했다. 친수법에는 수변 2킬로미터 이내의 토지를 수용하여 택지개발을 할 수 있게 하는 내용을 담고 있다. 그래서 수자원공사에 우선권이 있었다.

그러나 구리시는 경기도로부터 GB구역 해제물량을 확보했기 때문에 배짱을 내며 도시 개발법에서 친수법으로 변경해서 독자적으로 개발하려고 했고, 시의회는 여기에 제동을 걸었다. 토평동 벌판을 개발하는 것 자체에 반대하는 시민은 없을 것이다. 그런데 왜? 구리시가 1조 2,000억 원의 빚을 내서 혼자 건설하려고 하는지 알 수가 없었다. 수자원공사와 공동 시행하는 것이 바람직한데도 말이다.

더구나 친수법에 의한 개발은 누가 자금을 투자하든 수익금 90%를 하천관리기금으로 납부해야 한다. 이런 위험한 일을 왜 구리시 혼자 해야 하는가에 대한 시장의 답변은 수자원공사가 포기를 해서 구리시 단독으로 한다는 것이다.

이는 어불성설일 뿐이다. 수자원공사는 친수법 대상으로 부산 에코델타씨티, 대전, 부여, 전주, 구리시의 다섯 곳을 선정했다.

에코델타씨티는 5조 원을 투자해서 6,000억 원이 남고, 구리시는 1조 2,000억 원을 들여서 5,200억 원이 남는다고 용역결과보고서가 나왔다. 이러한데도 부산시에는 투자를 하고 구리시는 포기했단 말인가? 상식적으로 생각해 봐도 이해가 되지 않는다. 이건 분명히 무슨 흑막이 있는 것이 틀림없었다. 심지어는 부여는 총 수익금이 겨우 9억 원이 발생하는데도 수자원공사가 손을 댔다. 혹시 구리시가 혼자 하겠다고 억지를 부리니까 자신들은 돈도 들이지 않고 이익금의 90%를 가지고 올 수 있으니 "포기하자"라고 한 것은 아닌지 의심이 들었다.

개인이든 공공기관이든 처음에는 잘될 줄 알고 빚을 낸다. 잘 안 될 줄 알고 빚내는 사람이 어디 있겠는가. 1조 2,000억 원이 어디 적은 돈인가? 잘못되면 구리시에 재정파탄이 올 수도 있다.

돌다리를 두드려보고 건너도 문제가 생길 수 있다. 의회는 견제, 감시, 감독하는 것이 권리이고 의무다. 그러나 당시 의회가 아무리 강력하게 견제해도 말로만 검토한다고 하고 임의대로 추진하면서 오히려 새누리당 시의원들이 반대한다고 모함을 했다. 의회가 "토평동이 개발되는 것을 반대하면 구리시민이 아니다"라며 개발의 강력한 의지를 여러 차례 피력했음에도 말이다.

시 집행부 측은 외국투자자와의 협약서(MOU)에 대해 의회에 제출을 요구해도 극비라고만 했다. 그나마 몇 장 제공한 것도 투자능력이나 신뢰성이 의심스러웠을 것이다. 예산은 약 70억 원 이상 소요됐는데 말이다. 월드디자인이라는 명칭도 그렇다. 시민은 52만 평 전체가 외국국제기업이 입주하는 부지인 줄 알고 있었다. 그러나 월드디자인이라고 할 수 있는 부지는 4만

6,800평이고, 나머지는 택지개발기준에 있는 보금자리 주택 형태이다. 비교를 해보면 강남에 코엑스는 4만 5,000평, 일산에 킨텍스는 14만 평이다. 중앙도시계획심의위원회는 몇 가지 보완사항 조건으로 재심의를 하기도 했다.

토평동 GB구역은 해제되어야 한다. 그리고 어떻게 하는 것이 구리시의 미래를 위한 것인지 지혜를 모아야 했다. 그러나 대부분 비밀에 붙이는 은폐 속에 진행되면서 너무 의욕만 가지고 얄팍한 수법을 동원하여 끌고 갔으니 구리시는 책임을 다른 사람에게 돌려서 시민을 혼란스럽게 해서는 안 되는 것이었다.

하지만 하늘은 이토록 장난하는 박 시장 손을 결국 들어주지 않기 시작했다.

국토교통부(중도위) 수차례의 보완 후 GWDC 조건부 결정

구리시는 GWDC를 개발하고자 사업계획을 추진하다가 GB구역 해제를 위하여 국토교통부 중앙도시계획위원회(이하 중도위) 심의를 받게 되었다. 2013년 12월 5일부터 2014년 12월 18일까지 총 6회에 걸쳐 여러 조건을 보완 후 재심의를 거쳐 2015년 3월 19일 중도위에서 GB구역 해제를 위한 도시계획변경 안을 조건부로 7가지 사안을 달아서 의결했다.

충족할 수 없는 국토부 「GWDC」 사업 7가지 조건

① 이 사업은 최종 조정된 면적(24만4천 평)으로 추진할 것
② 환경문제는 전략 환경영향평가 결과에 따라 이행하고, 환경부, 서울시, 구리시 3자간에 지 속 협의할 것
③ 외국인이 투자하기로 계획한 사업대상지는 외국인 투자촉진법에 따른 외국인 투자지역으로 지정받을 것
④ 토지를 분양받은 외국기업에 대해서는 일정기간 동안(최소 3년 이상) 개발권 이양(토지전 매)이 불가능하도록 대책을 수립할 것
⑤ 외국인 투자와 관련하여 구리시가 외국 투자기관의 권한이 있는 책임자와 법적 구속력을 지니는 투자계약을 직접 체결하여 투자의 신뢰성과 안정성을 확보할 것
⑥ 행정자치부의 지방재정 중앙투자사업 심사를 통과할 것
⑦ 상기 조건사항 이행상황을 매 6개월마다 중앙도시계획위원회에 보고하고, 그 결과에 따라 GB구역 해제를 고시할 것

이라는 내용을 수정제시안을 조건부로 의결한 것이다.

구리시 민주당은 윤호중과 토평동 GWDC 사업부지인 GB구역이 해제되었다고 댄스 부르스 추며 동네방네에 현수막을 게재했으나, 윤호중은 결코 선거법으로 기소되어 유죄를 받았고, 급기야 시민단체에서 윤호중 의원에게 "국회의원 2번 무임승차하고 법원에서 유죄받은 윤호중은 응답하라" 요구하고 있지만 윤호중과 그 무리들은 입을 다물고 아직까지 답을 말하지 못하면서 또다시 토평지구 토지에 장난을 시작하고 있다.

민주당 시의원들의 GWDC 개발협약서(DA) 날치기 통과 (2015.05.07.)

검토 내용에 관한 매뉴얼과 당사자들의 횡포

개발협약서(DA)는 시의회에서 충분한 토론을 거쳐서 의결해야 한다.

외자 유치의 경우 개발시행사는 국내에 특수목적법인을 설립하고, 시행 능력을 검증할 수 있는 자료(재무제표, 자금조달계획, 투자자명단, 투자자투자비율 및 지분비율, 투자신고, 인력상주)를 해당 지자체에 제출하고, 지자체에서는 상급 기관의 심사를 득하여야 한다. 이러한 일련의 조치가 반드시 협약서에 명시되어야 하며, 주어진 시간 내에 처리되어야 하고, 시간이 지연될 시의 대책도 명시되어야 한다.

특히 '투자신고'에 있어서는, 국내에 송금된 해외자본이 반드시 당해 목적으로만 쓸 것임을 명시하고, 타 용도 사용 시에는 금융제재 조치가 동원된다.

그럼에도 불구하고 본 협약(안)은 전혀 이러한 내용이 없으며, 협약서를 비밀로 처리했다가 급기야 감사원 감사에 지적받았으며 행자부 투융자 심사에서도 구리시에 대하여 성급하게 자본을 투입하지 않도록 권고하게 되었다.

더 황당한 것은 해당 담당공무원들이 박 시장이 수의계약으로 체결하고자 한 지명자에게 외자 유치 능력을 검증할 수 있는 자료 제출을 요구하자 그 당사자는 자료제출을 거부하면서 "시장하고 이야기를 모두 마쳤는데 건방지게 뭘 요구하느냐. 난 그 요구에 따르지 않을 테니 언론에 알리든지 마음대로 하라."고 했고, 시장은 담당공무원들에게 그냥 사인해서 의안서를 만들어 의회에 제출하라고 했던 것이다. 담당공무원들이 이를 거부하면서 사인 대신 사인을 할 수 없는 사유서로 대처하자, 시장은 담당과장을 동사무소로 전보 발령했고, 그 서류는 담당자들 결재 없이 시의회로 직행하였다.

그리고 수적으로 세력이 많은 민주당 시의원들이 야당인 새누리당 의원들과 몸싸움 끝에 날치기로 통과한 개발협약서(DA)는 2015년 5월 7일 강행시키게 된다.

시장은 의회에서 구리시에 도움되는 몇 가지 항목마저도 삭제해 버리고 개발협약서(DA)를 체결하고, 협약서 공개는 비밀 항목으로 정했다고 거부하다가, 급기야 감사원 감사에서 지적을 받고 행자부 투·융자심사에서도 구리시에 대하여 성급하게 자본을 투입하지 않도록 권고를 받았음에도 예산을 날치기로 계속 사용했다.

을사늑약이나 다름없는 DA 개발협약서

1. 개발협약

본 개발협약(이하 "본 협약")은 GWDC 사업의 일환으로 본 건 사업부지에 현재 건축 예정인 구리월드디자인센터 그리고 호텔, 다가구 주거시설, 상업 건물. 학교 및 기타 건축물 등을 포함하는 관련건물 및 시설의 개발(이하 "본 건 사업")을 성공적으로 완수하기 위하여, 2014년 3월 [*]일에 대한민국 경기도 구리시(이하 "시"), 대한민국 경기도 구리도시공사(이하 "공사" 그리고 "시"와 함께 이하 "갑"), 미합중국 캘리포니아주 법에 따라 설립된 회사인 NIAB, Inc. (이하 "NIAB") 그리고 대한민국 법에 따라 설립된 회사 K&C Associates(이하 "K&C" 그리고 NIAB와 함께 이하 "을") 간에 체결된다.

구리시, 도시공사, NIAB 그리고 K&C는 공동으로 이하 "당사자들"이라 칭한다.

제 I 조. 전문

당사자들은 구리시 토평동 한강 주변 지역의 GWDC 사업 가운데 약 783,657㎡(37,000평)를 구성할 것으로 현재 예상되는 본 건 사업의 개발을 위한 외국인 투자지역(이하 "본 건 사업부")에 대한 논의를 진행 중이다;

당사자들은 본 협약의 본 건 사업을 위한 계획 개발, 외국인 투자 조달 및 입주 해외법인 유치와 관련하여 "을"이 이미 이행한 업무성과를 반영하여, 당사자들의 권리와 의무를 명확하게 규정될 협약을 체결하고자 한다.

그리고 NIAB는 본 건 사업부지 내 특별계획구역의 토지를 취득하고 본 건 사업을 개발하게 될 단수 또는 복수의 특수목적회사("특수목적회사")를 설립한다.

이에 따라 전술된 사항과 기타 유효하고 가치 있는 약인(約因)을 대가로 당사자들이 법적으로 구속되는 것을 의도하여 당사자들은 다음과 같이 합의한다.

제II조. 계약

제2.01조 당사자들의 합의: 당사자들은 다음의 권리와 의무에 합의한다:

A. 개발권 : "갑"은 본 협약에 따라 NIAB 또는 특수목적회사들이 매수한 본 건 사업부지와 관련하여 "을"이 제2.01조 제C항에 따라 본 건 사업을 독점적으로 개발할 권리("개발권")를 가진다는 점에 합의한다. 개발권은 본 건 사업을 위한 자금을 조달할 권리를 포함하나 이에 제한되지 아니한다. 보다 효율적인 본 건 사업 개발을 촉진하기 위하여, "을"은 "갑"의

동의를 얻어 본 협약에서 부여되는 권리의 전부 또는 일부를 본 건 사업 개발, 관리 및 또는 자금조달에 협력할 수 있는 제3자에게 양도할 수 있으며, "갑"은 상기의 동의를 불합리하게 유보하지 않는다. 본 건 사업 개발 및 자금조달을 위한 건설 투자자와 재무적 투자자 선정은 모든 당사자들의 승인을 필요로 하며, 투자자를 제안하는 당사자가 어느 당사자인지를 불문하고, 승인이 불합리하게 유보되지 아니한다. 모든 투자자들은 "을" 또는 그 승계인이 설립한 단수 또는 복수의 특수목적 회사를 통하여 투자하도록 요구될 것이다.

B. "을"의 책무: "을"은 (ⅰ) 본 건 사업부지 매수와 본 건 사업의 성공적인 개발을 위한 외국인 투자와 (ⅱ) 구리월드디자인센터를 위한 유수 입주기업들을 적시에 유치하기 위하여 노력하여야 한다. "을"은 제안된 외국인 투자 및 입주사 명단 및 기타사항을 포함하는 개발계획(또는 투자계획)을 적절한 시기에 "갑"에게 제출하여야 하며, 그 명단은 수시로 적절하게 갱신되어야 한다. "을"은 구리월드디자인센터에서 또는 구리월드디자인센터에 의하여 주최되거나 개최되는 연례 프로그램 계획 (또는 이벤트)의 유치 및 운영을 책임진다. "을"이 제공한 투자 컨소시엄 및 입주기업 명단은 사유재산 및 비밀에 해당하고, "갑"은 "을"을 통하지 아니하고는 제안받은 투자자 또는 입주기업과 함께 직접적으로 또는 간접적으

로 업무를 수행하거나 소통하지 아니하기로 합의한다. "갑"
은 또한 "갑"이 승인하는 투자자 회합의 조직을 위한 을의
모든 합리적인 실제 지출비용을 지급하기로 합의한다. "갑"
과 "을"은 이러한 비용의 범위와 금액의 합리성에 대하여 상
대방과 협의한다.

C. 토지를 매수할 권리: "갑"은 본 건 사업부지에 대한 제2차
공식 공급절차 완료일(이하 "매수기한")까지 "을"이 본 건 사업부
지를 배타적으로 매수할 권리("매수권")를 가지며, 매수기한은
당사자들의 상호 합의에 의해 단축되거나 연장될 수 있다는
점에 합의한다. "을"은 세 가지의 다른 방안에 따라 토지를
매수할 배타적 권리를 가진다. A 방안 - 개정된 외국인투자
촉진법 상의 승인을 위한 중앙정부의 허가 : B 방안 - 공공
기관 지방이전에 따른 혁신도시 건설 및 지원에 관한 특별
법이 시행될 경우 공공기관 지방 이전에 따른 혁신도시 건설
및 지원에 관한 특별법 : 그리고 C 방안 - 현행 법령. "을"
은 본 건 사업지를 전부 또는 둘 이상의 부분으로 "을" 또
는 "을"의 승계인이 설립한 단수 또는 복수의 특수목적회사
를 통하여 매수할 수 있으며, 매수 가격은 관계 법령 및 규정
과 관련 절차에 따라 정하여지는 바에 따라 지급된다. "을"
은 매수기한까지 매수하지 않은 토지에 대한 매수권을 상실
한다. 매수권의 부여는 외국인 투자를 유치하였거나 유치할

단수 또는 복수의 특수목적회사의 토지매수를 위한 수의계약의 허용을 포함하나 이에 한정하지 아니하는 관계 법령 및 규정의 개정에 의하여 매수권 행사 방식이 허용되는 것을 조건으로 하고, "갑"은 이러한 개정을 지원하기 위하여 최선의 노력을 다하기로 합의한다. 토지매수 가격은 택지조성의 실제 비용과 기타 관계 법령 및 규정에 따른 각 토지의 유형에 따라 요구되는 필요한 조정에 근거하여 결정된다. 관련 법령이 개정되는 경우, 필요하거나 바람직하다면, 제2.01조 제C항에 기재된 매수권은 당사자들 간의 상호 합의에 의하여 변경될 수 있다.

D. 관리자문권 : GWDC 사업은 총 약 1,721,723㎡(520,000평)의 부지(이하 "GWDC 부지")로 구성된다. "갑"은 "을"이 GWDC 사업의 기본계획(이하 "본 건 기본계획") 구성을 위하여 상당량의 업무를 수행하였다는 점과 GWDC 사업을 위한 기본계획과 디자인계획이 일관되고 조화로운 방식으로 실행되는 것이 GWDC 사업 성공의 중요한 요소라는 점을 확인한다. "갑"은 "을"에 의하여 본 건 기본계획에 합치되도록 작성되었거나 작성될 본 건 기본계획, 디자인계획/명세(이하 "본 건 디자인계획/명세") 및 개발규약(이하 "본 건 개발규약")이 본 건 사업의 성공에 긴요한 것임을 또한 확인하고, "갑"이 본 건 사업을 위한 공식적인 실시계획(이하 "본 건 실시계획")을 작성하여 관련 정

부기관으로부터 본 건 실시계획에 대한 승인을 얻고자 하는 경우, "갑"은 본 건 실시계획의 작성과 관련하여 "을"과 협의하고, 본 건 실시계획이 본 건 기본계획 및 본 건 디자인 계획/명세에 합치되어 작성되며, 본 건 개발규약이 본 건 실시계획에 반영되도록 보장하기 위하여 합리적인 노력을 다하여야 한다. 본 협약 체결 후 가능한 한 빠른 시간 내 "갑"과 "을"은 "갑"과 "을"의 대표 및 피선정인으로 구성되는 기본계획자문그룹(이하 "자문그룹")을 공동으로 구성한다. 자문그룹은 GWDC 부지 조성을 포함한 GWDC 사업의 기본계획, 디자인 및 사업 실행 전략에 대하여 "갑"에게 협의와 자문을 제공한다. 택지조성 비용 및 건설 기간의 최소화를 보장하기 위하여, 자문그룹의 "을" 측 대표는 택지조성 계획 및 실제 비용을 열람하고 검토하며, 제안된 비용 및 실제 비용의 적정성을 평가하고, 자문그룹에 그 의견을 제공한다. GWDC 부지 내 토지의 매수자의 신분과 무관하게, "갑"은 GWDC 부지 내 토지 매수자가 본 건 기본계획, 본 건 디자인계획/명세 및 본 건 개발규약을 준수하게 하기 위하여 합리적인 노력을 다한다. 자문그룹은 상기 제2.01조 제C항의 매수권 만료 후에도 지속적으로 본 협약 기간 동안 운영된다. "갑"은 "갑"과 자문그룹 간의 합의에 의하여 정하는 월별 수수료를 자문그룹에 지급한다. 자문그룹에게 제공되는 역무와 "을"이 부담하는 비용을 인정하여, "을"은 자문그룹으로부터 수수료를 지급받으며, 이 수수료는 자문그룹의 구성일로부터 개시하되, 최초 금액은 월 [*]로 하고, "을"이 자문그룹에게 제공하는 역무를 위하여 부담한 실제 노력과 비용을 고려하여 수시로 자문그룹과 "을" 간의 협의로 조정될 수 있다.

E. **자금조달 수수료 및 자문 수수료** : "갑"은 "을"이 유치하는 본 건 사업을 위한 투자의 금액 및 유형을 기초로 하는 금전적 보상 형태 및 특수목적회사 지분 형태의 비율 방식의 수수료를 단수 또는 복수의 특수목적회사가 "을"에게 지급할 것임을 인정한다. 투자는 지분투자 및 또는 융자의 형식으로 이루어질 수 있다. 매수기한 후, "을"은 "을"이 매수하지 아니한 토지에 관하여 비배타적으로 본 건 사업을 위한 지분투자 또는 융자 방식에 의한 투자자들을 유치하고 "갑"에게 알선할 수 있으며, 이에 대하여 "을"은 유사한 형태와 규모의 거래에 대한 통상적인 조건을 반영하여 관련 당사자들이 신의성실의 원칙에 따라 협상하여 체결되는 별도의 계약조건에 따라 자문 수수료를 지급받는다.

F. **변상** : "갑"은 (본 협약 전문에 기재된 바와 같이) "을"이 본 협약 체결 이전에 본 건 사업과 관련하여 부담한 합리적인 비용이, 택지조성에 관한 주요 비용 산정에 있어서 이러한 재무적 비용을 고려하는 방식으로, 관계 법령 및 규정을 준수하

여 이에 따라 허용되는 범위 내에서, 갑에 의하여 정산될 것임을 합의한다.

제III조. 기타 규정

제3.01조 소송비용 : 본 협약상의 조건의 집행 또는 해석에 대하여 소송이 제기되는 경우, 승소 당사자는 법률 또는 형평상 허용되는 기타 모든 구제방법에 추가하여 합리적인 변호사 비용을 전보받을 권리를 가진다.

제3.02조 해석 : 본 협약의 각 조항은 가능한 경우 항상 관련 법령에 따라 효력이 인정될 수 있는 방식으로 해석되어야 하나, 본 협약상 일부 조항이 관련 법령상 금지되거나 효력이 부인되는 경우, 해당 조항은 금지 또는 무효 범위 내에서만 영향을 받으며, 금지되거나 무효인 부분을 제외한 나머지 부분 또는 본 협약의 나머지 조항들은 무효로 되지 아니한다.

제3.03조 부본/팩시밀리 : 본 협약은 복수의 부본으로 체결될 수 있으며, 각부 본은 원본으로 간주되며 모든 부본이 유일하고 동일한 법률문서를 구성한다. 서명 면은 개별 부본에서 절취되어 유일한 법률문서에 통합될 수 있다. 본 협약은 팩시밀리를 통하여 서명되고 교부될 수 있으며, 이는 원본과 동일한 효력을 가진다.

제3.04조 양도 : 본 협약 및 본 협약의 모든 개별 약정 및 조건은 당사자들과 그 승계인 및 양수인을 구속하고 이들의 이익을 위하여 효력을 가지며, 본 협약 또는 본 협약의 어떠한 권리와 의무도 상대방 당사자의 사전 서면 동의 없이 직접적으로 또는 간접적으로 양도될 수 없다. 의심의 여지를 피하고자, "을"은 제3자와 본 협약의 의무의 일부에 대해 하도급 계약을 체결할 수 있다. ; 단, 이러한 경우에도 "을"은 계속하여 본 협약의 당사자로 머무르며 본 협약의 의무 및 채무에 대한 책임을 부담한다.

제3.05조 해석 : 본 협약은 당사자들 간 협상의 결과이며, 당사자들은 법적, 경제적 또는 기타의 강압이나 강제에 의하여 행위하지 아니하였다. 이에 따라, 본 협약의 조건과 조항은 반드시 그 조항의 통상적이고 관행적인 의미에 따라 해석되어야 한다.

제3.06조 제목 : 본 협약의 제목은 오직 참조를 목적으로 하며 본 협약상의 규정의 의미를 제한하거나 정의하지 않는다.

제3.07조 계약기간/기한의 중요성 : 본 건 사업부지에 대한 개발제한구역 지정이 해제되는 날로부터 효력이 발생되는 제2.01조 제C항에 기재된 매수권을 제외하고, 본 협약은 본 협약의 체결일로부터 오(5)년 동안 유효하고("계약기간"), 일방 당사자가 상대방 당사자에게 계약기간 또는 연장된 계약기간 만료일로부터 최소 삼십(30)일 전에 연장 거절의 의사를 서면으로 통지하지 아니하는 한, 본 협약의 계약기간은 연속하여 일(1)년의 기간 동안 자동적으로 연장된다. 본 협약상 기한은 본 협약 이행에 있어서 중요 조건이다.

제3.08조 준거법 : 본 협약은 대한민국 법률에 따라 규율되고 해석되며 집행된다.

제3.09조 분쟁해결/중재 : 본 협약 또는 본 협약 위반으로부터 발생하거나 이와 관련한 분쟁 또는 청구는 국제상공회의소(ICC) 중재규정에 따라 한국 서울에서 상기의 규정에 따라 선임된 일(1)명 이상의 중재인이 진행하는 중재를 통해 해결한다.

제3.10조 언어 : 본 협약은 영문본과 국문본으로 작성되었으며, 영문본과 국문본 사이에 상충 또는 차이가 발생하는 경우, 영문본이 우선한다.

제3.11조 기밀준수: 본 협약상 또는 본 협약으로 인하여 전달되는 모든 정보는 모든 당사자에 대하여 비밀로 간주된다.

이에 따라, 모든 당사자는 본 협약의 이행과정에서 또는 본 협약과 관련하여 개발되거나 전달되는 모든 정보를 엄격히 비밀로 유지하기로 합의한다. 모든 당사자들은 상대방 당사자의 명시적인 사전 서면 동의 없이는 상기의 기밀정보를 구두 또는 서면으로 공개하지 아니할 것임을 합의한다. 그러나 상기의 정보는 당사자들의 직원 및 본 협약 업무를 수행하도록 지정된 권한을 부여받은 자에게 공개될 수 있으며, 상기에 해당하는 자들에 대해 본 단락이 적용된다. 또한, 모든 당사자는 상대방 당사자의 사전 동의 없이 본 협약상 조건의 결과로 열람이 가능하게 되는 일체의 기술적, 재정적인 정보를 누설하지 아니하기로 합의한다. 본 단락의 규정들은 본 협약의 만료 또는 해지 후 오(5)년간 존속한다.

본 계약을 증명하기 위하여, 본 협약의 각 당사자는 문두에 기재된 일자에 각 당사자로부터 적법하게 수권 받은 임원으로 하여금 각 당사자를 대표하여 본 협약을 적법하게 체결하게 하였다.

[페이지에 서명 날인함]

구리시
서명:_____
성명: 박영순
직위: 시장

구리도시공사
서명:_____
성명: 양영모
직위: 대표이사

NIAB, INC.
서명:_____
성명: STEVEN LIM
직위: C.E.O.

K&C ASSOCIATES
서명:_____
성명: CHANG K. KO
직위: 대표이사

[증인]
서명:_____
성명: [MICHELLE FINN]
직위: [구리월드디자인센터 국제자문위원회 회원]

구리시 & NIAB 간 체결한
개발협약서(DA) 분석내용

"갑" 구리시, 구리시도시공사

"을" NIAB, K&C

갑		을	
권리	의무	권리	의무
없음	"을"의 권리가 "갑"의 의무임	**제조전문** ◎ 토지를 취득하고, 개발하게 될 단수 또는 복수의 특수목적회사를 설립한다. 해석: 토지를 취득한 후에 개발회사를 설립한다는 내용 **제2조 계약** **A 개발권** ◎ NIAB 또는 특수목적회사들이 매수한 본 건 사업부지와 관련하여 독점적으로 개발할 권리(개발권)를 가진다. 해석: 구리시는 개발권이 배제되었으며, 개발 이익에 대한 지분도 없음	없음

갑		을	
권리	의무	권리	의무
없음	"을"의 권리가 "갑"의 의무임	◎ 본 협약에서 부여되는 권리(개발권)의 전부 또는 일부를 제3자에게 양도할 수 있으며 해석: 개발권도 양도 가능, 권리양도에 대한 이익발생 가능 ◎ 투자자를 제안하는 당사자가 어느 당사자인지를 불문하고 승인이 불합리하게 유보되지 아니한다. 해석: 투자자를 제안하는 당사자가 협약 당시에는 "을"이었지만 언제든지 제3자로 대체할 수 있다는 내용 **B "을"의 책무** ◎ 외국인 투자자 및 입주자 명단 및 기타사항을 포함하는 개발계획서를 적절한 시기에 "갑"에게 제출하여야 하며…. 해석: 입주자 명단과 개발계획서 이외에 구체적인 내용이 없어 실효성과 법적 구속력이 없음 ◎ 그 명단은 수시로 적절하게 갱신되어야 한다. 해석: 투자자명단도 수시로 교체할 수 있다는 내용. 여기까지 내용으로 볼 때 투자자를 모집하는 회사(개발시행사가) 미확정이고, 투자자들조차 미확정인 상태에서 구리시는 개발부지와 개발	없음

갑		을	
권리	의무	권리	의무
없음	"을"의 권리가 "갑"의 의무임	권 일체를 넘겨주어야 한다는 내용이며, 이에 따른 "을"의 의무는 없음 ◎ 연례프로그램 계획(또는 이벤트)의 유치 및 운영을 책임진다. 해석: 지역의 여론을 선도적으로 장악하려는 의도가 보이며, "의무"가 아닌 "권리"로 해석할 수 있음. ◎ 입주기업 명단은 사유재산 및 비밀에 해당 하고… 해석: 필수적인 기본서류조차도 비밀로 처리함 ◎ "갑"이 승인하는 투자자, 회합의 조직을 위한 "을"의 모든 합리적인 실제 지출비용을 지급하기로 한다. 해석: "을"의 소관업무에 소요되는 비용을 "갑"에게 지출토록 하고, 마치 "을"의 책무인 것처럼 위장함. 내용은 "갑"에게 의무를 부여한 것임. C 토지를 매수할 권리 ◎ 본건 사업부지를 배타적으로 매수할 권리를 가지며… 해석: 사업추진의 성과에 관계 없이 본 토지를 구리시가 제3자(제3자본)에게 제공	없음

갑		을	
권리	의무	권리	의무
없음	"을"의 권리가 "갑"의 의무임	하거나 구리시가 활용하지 못하도록 재산 동결시킨 것. 가압류 또는 압류에 준하는 조치이며, 법률적으로 구속력이 있으므로, 재산권 침해로 볼 수 있음. ◎ "을"의 승계인이 설립한 단수 또는 복수의 특수목적회사를 통하여 매수할 수 있으며… 해석: "을"의 주체도 바뀔 수 있는 불특정한 상태이며, "을"의 승계인 역시 불특정하고 "을"의 승계인이 만들 회사 역시 불특정함. ◎ 토지를 매수할 수의계약의 허용… 해석 : "외투법"에서 "수의계약"은 불가능 **D 관리 자문권** ◎ 자문그룹에 발생하는 비용을 인정하여 "갑"은 "갑"과 자문그룹 간의 합의에 의하여 정하는 월별 수수료를 자문그룹에 지급한다. 해석: 자문그룹 실체 불특정, 자문그룹 수수료를 구리시에서 전부 부담해야 한다는 내용. **E 자금조달 수수료 및 자문 수수료** ◎ 특수목적회사 지분 형태의 비율 방식의 수수료를 특수목적회사가 "을"에게 지급할 것임을 인정한다.	없음

갑		을	
권리	의무	권리	의무
없음	"을"의 권리가 "갑"의 의무임	해석: 투자자(득수목적회사)로부터 수수료를 받는다고 함은 "을"이 개발시행사가 아닌 일종의 컨설팅 업체라는 것을 스스로 증명하였다고 판단됨. ◎ "갑"에게 알선할 수 있으며… 자문 수수료를 지급받는다. 해석: 협약 당사자인 "갑"에게조차도 자문 수수료를 받겠다고 함은 "을"이 컨설팅 업체라는 것을 스스로 증명한 것임. **제3조 기타규정** **소송비용** ◎ 승소 당사자는 법률 또는 행정상 허용되는 기타 모든 구제방법에 추가하여 합리적인 변호사 비용을 전보받을 권리를 가진다. 해석 : "구제방법"이란 "갑"에게 손해배상을 청구할 것임을 내포하고 있음. **부본/팩시밀리** ◎ 서명란은 개별 부분에서 절취되어 유일한 법률문서에 통합될 수 있다. 해석: 보통의 경우 협약 또는 계약문서는 일 건의 문서로 작성하여 연결 페이지마다 간인하고 날짜를 기재한 후에 서명란에 서명하는 것인데, 이 경우는 날짜와 서명란을 분리하여 협약 당시의 구리시장 (박영순)과 K&C 대표이사 고창국 이외의 사람은 아무도 알 수 없도록 처리하였음.	없음

갑		을	
권리	의무	권리	의무
없음	"을"의 권리가 "갑"의 의무임	즉, 필요에 의하여 언제든지 협약 일자를 소급 또는 늦추어서 만들 수 있고, 협약 당사자인 "을"의 대표자(서명인)도 소급하여 교체할 여지가 있음. 상식적으로 이해할 수 없는 내용임. **계약기간/기간의 중요성** ◎ 본건 사업부지에 대한 개발제한구역이 해제 되는 날로부터 효력이 발생되는 제2.01조 제C항에 기재된 매수권을 제외하고 본 협약은 본 협약의 체결일로부터 오(5)년 동안 유효하고…. 해석: 토지매수권을 유효기간에서 배제한 것은 항구적으로 토지매수권을 가지겠다는 것이며, 이로써 다른 제3자본 영입 또는 구리시의 자체 개발은 불가능함. 구리시의 재산 행사권을 항구적으로 동 결시킨 것임. 본 협약의 효력 발생 시점을 협약 체결일로부터라고 명시하였으나, 그 협약의 체결일이 언제인지 알 수 없음. **분쟁해결** ◎ 분쟁 또는 청구는 국제상공회의소(ICC) 중 재규정에 따라…. 해석: 분쟁 발생 시에는 "갑"과 "을"이 각각으로 자구책을 강구하면 되는 것인데도 불구하고 굳이 이러한 규정을 두는 이유를 알 수 없음.	없음

구리시 & NIAB 간 개발협약서 문제점

1. 행정자치부 투융자 심사 결과 지적사항 (2015.10.30.)

가. 외국인 투자 관련하여 총사업비에 대한 투자자별 지분관
   계 명확히 할 것

나. 외국인 직접 투자신고 이행 필요

다. 외국인 투자의향, 투자능력을 확인할 수 있는 입증 필요

라. 마스터플랜 수립 필요

※ 상기 지적사항 내용은 DA협약 당시에 필수불가결한 요인임에도
   불구하고, 이러한 내용 없이 DA협약이 체결되었다면, 불공정한
   협약이다.

그 이후로 지자체에서 추진하는 모든 개발 관련 인력투입과
예산투입은 리스크 발생이 예고된 것으로서 DA협약 보완 시까
지는 중단하여야 마땅함.

2. 당사자 간 권리, 의무에 대한 형평성 문제

가. 민간 토지보상비를 구리시 소유의 부동산을 담보로 하여
P.F를 발생시켜서 지급한다고 할 때, 토지신탁 시의 "위탁자"
는 마땅히 구리시가 되어야 함.

만일, 위탁자를 개발시행사로 등기하는 경우에는 부지 전체

를 무상 공급한 결과가 되며, 향후 구리시는 개발시행사에 대하여 채권능력을 상실한 것임.

나. 마스터플랜 또는 실시설계 비용(23억)의 부담은 당연히 개발시행사가 부담하여야 함. 왜냐하면 구체적인 개발계획에 관한 의견 및 투자자의 개발의향 등이 전적으로 개발시행사 소관이며, 그에 관한 모든 정보는 개발시행사만이 알 수 있는 것이고, 마스터플랜 자체가 투자행위에 해당되므로 개발시행사에서 마스터플랜 용역비를 집행함이 곧 투자의향을 입증하는 증거가 됨. 그럼에도 불구하고 마스터플랜 용역설계와 용역비 집행을 구리시에서 부담하는 것은 불공정 거래이며, 상식에도 맞지 않음. 예산낭비로 볼 수 있음.

이외에도 향후 100억 원을 상회하는 비용지출이 예상됨.

3. 개발시행사의 편법 토지매각 및 항구적인 구리시의 재산권 동결조치

가. 개발시행사를 가장한 컨설팅업체가 구리시에 존재하는 그린벨트 520,000평 상당에 대하여 구리시에서 그린벨트를 해제토록 하고, 민간 토지보상비 PF비용을 구리시 유지를 담보로 하여 구리시에서 보상토록 한 후에 보상 단가로 취득하거나 또는 대리 취득하거나 혹은 매물로 내놓고 전매차익을 챙길 가능성이 농후한 협약이며, 더욱 심각한 문제는 이러한 컨설팅업

체가 자신의 목적을 달성하지 못한다고 할지라도 향후 구리시에서는 위 토지 상에 어떠한 목적의 자체개발 내지는 민자유치 및 외국자본 영입이 불가능하도록 재산을 동결시켰으며, 법원의 유효판결이 있기 전까지는 이러한 조치가 유효하다는 것.

나. 당시의 구리시장은 본 협약을 체결함에 있어서 의사불능의 상태가 아닌 정상적인 상태였고, 강압에 의한 것이 아니었으므로 정당한 협약으로 인정되고 의회 승인까지 받았기 때문에 계약기간까지는 구리시가 감당할 사항임.

4. 구리시에서 재검토하여야 할 내용

가. DA협약은 당사자 간 대등한 협약이 아닌 개발시행사에게 일방적으로 유리한 협약으로서, 개발시행사 측의 당연한 의무가 오히려 구리시의 의무로 되어 있는 잘못된 협약으로 판단되며, 사업추진 기간이 8년이 지나도록 투자금의 행방이 묘연하다는 것은 어떠한 이유로든 설득력이 없다고 할 것임.

나. 구리시의 개발부지에 대한 재산권이 본 협약으로 인하여 항구적으로 불특정한 컨설팅회사에게 귀속되었으며, 법적 구속력을 가지고 있으므로 이를 회복하여야 하지만, 실정법으로 볼 때 정당한 협약이므로 "무효소송"을 하더라도 승소판결을 얻기가 매우 힘들다고 할 것임. 따라서 구리시의 개발은 요원

해질 것이 분명하며 향후 지루한 법정 공방이 예상됨.

위에서 언급한 바와 같이 위 개발협약서는 일방적인 것이며 박 시장이 의회에서 의결한 사항까지 배척하고 체결한 것은 배임행위이며, 감사원 감사에서도 의회에서 의결한 내용은 삽입하여 처리하라는 명령을 당사자가 거부한다는 것은 흠결이 보완되지 않은 상태에서는 진행할 수 없는 것이다.

구리시 민주당 무리가 이러한 상황을 모르는 시민들을 향해 국토부(중도위)에 의해 이 사건 부지는 GB구역이 조건부로 해제되었다고 주장하는 것은 사기극이며 주민들을 우롱하는 처사가 아닐 수 없다.

이 부분에서 이를 이용하여 유죄 받고 국회의원 2번 무임 승차한 윤호중은 얼굴 철판 그만 깔고 구리시민들에게 석고대죄로 사죄하고 답해야 한다.

PS : 한편 구리시에 지역구를 갖고 있는 윤호중은 무엇이 두려워 대장동 사건보다 더한 DA 개발협약서를 작성한 건에 대하여 모르쇠로 대처했는가를 묻지 않을 수 없는 것이다.

따라서 갑)에게는 권리가 없고 의무만 있는 계약서를 살피자면 아마도 구리월드디자인시티(GWDC) 사업이 성공했더라면 대장동보다 먼저 원조 김만배가 구리시에서 탄생했다고 봐야 할 것이다. 그 근거는 박영순 시장은 이 사업을 제안한 고창국에게 모든 전권을 부여하고, 돈이 들어가는 것 역시 모두 구리시가 책임졌으며, 날치기로 탕진한 혈세는 130억 원 이상이었다. 그럼에도 불구하고 이를 날치기로 통과시킨 민주당 시의원들은 모르쇠로 대처하기 때문에 공소시효가 지나기 전, 구상권은 반드시 청구해야 할 것이다. 왜 시민들은 꿀은 못 먹고 벌만 쏘여야 한단 말인가!

하늘은 결코
박영순 시장 편이 아니었다

박 시장은 2014년도 선거에서 "구리월드디자인시티 유치 눈 앞에, 국토부 그린벨트 해제요건 충족완료"라는 허위사실 공표 혐의로 대법원에서 2015년 12월 10일 벌금 3백만 원을 선고받고 직을 내려놓았다.

1심에서는 80만 원을 선고받았으나 2심에서 재판부는 국토부중도위 위원장을 증인으로 출석시켜 구리월드디자인시티 사업에 관한 그린벨트 해제자료가 충족되었느냐는 질문에 충족되지 아니해서 "7가지를 충족시키라는 조건으로 처리"했노라고 함으로써, 벌금은 3백만 원으로 증가되는 일이 발생한 것이다.

하늘이 노한 것은 다음 내용 때문인 듯하다.

峨嵯山下 大魚動 (**아차산하 대어동**)

當千下間 認子誰 (당천하문 인자수)

易民心亂 貪晟峰 (역민심란 탐성봉)

引水土平 活貧道 (인수토평 활빈도)

구리월드 조감도는 큰 물고기인데 물이 없어 난리가 났다.

그러자 하늘이 왜! 이리 소란스럽냐고 묻자

욕심 많은 도둑떼가 구리시 팔아버리려니 소란스럽다 하자

하늘은 물을 끌어들여 토평벌판을 살리라 했다.

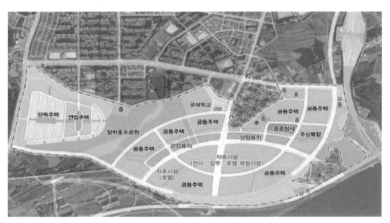

구리월드디자인시티 조감도

결국 물(돈)을 준비하지 못한 사람은 토평벌판을 건들지 말라
며 심판한 것이 하늘이었다.

그런데 박영순은 하늘의 뜻을 거역하고, 보궐선거에서 자신

의 부인을 대타로 내세워 시장(市長)을 시키려다 결국 물먹고 말았다.

미국 선데이저널(Sunday Journal)에서도 보도하다

SUNDAY Journal 선데이저널

[단독] 100억불 투자 구리시 GWDC 프로젝트

1천만불 세금만 날리고 백지화된 실체내막
'10조 사업비...11만명 고용창출...연 7조원 수익'
이 뉴스를 공유하기   🐦 Tweet

vol. 1099 | Posted on November 22, 2017 by sunday_admin in 경제, 사회, 와이드특집

그럴듯한 장밋빛 사업 구리시장'사기꾼들 작전에 당했나'

한국의 경기도 구리시가 10년 전에 미주 한인 투자전문가와 함께 야심차게 내놓았던'구리월드디자인시티조성사업'(이하프로젝트가 10년이 지났으나, 1000만달러 세금만 날린 채 허공에 떠있어, 지금은 구리시 의회가 특별조사위를 발동했으며, 급기야 전임시장과 현시장이 서로 책임전가를 벌이고 있으며 중앙정부도 제대로 지도 감독을 하지 못한 것으로 나타나고 있다."봉이 김선달 대동강 팔아먹기"와 같은 이 프로젝트는 끝내 물거품이 되고 말았다. 이 프로젝트에 구리시가 LA한인투자자문 회사가 35억달러를 투자하겠다는 외국 회사를 믿고 사업을 추진하다가 결국 세금 1천만달러만 날리고 백지화 된 어처구니없는 사건 내막을 〈선데이저널〉이 단독으로 추적해 보았다. 〈성진 취재부 기자〉

기사 내용은 ① 세금 100억 달러만 사업추진비로 날아가 ② 한인투자회사 투자계획 애초부터 '아리송' ③ 구리시의회 의결 없이 독단적으로 강행 ④ 세계 유명인사들 프로젝트 참여 헛소문 등을 중점적으로 보도했다. (이하 생략)

한편, 필자가 소속한 '구리월드 실체규명 범시민공동위'에서 10조 원을 유치해 달라고 구리시가 개발협약서(DA)를 체결한 당사자들을 조사한 결과 계약 당사자인 '을' 중 ①은 서울 중랑구 면목동 지하 방에 사무실을 둔 터무니없는 회사(자본금 5천만 원/그것도 깡통) ②는 미국 LA에서 가방 장사를 하는 사람으로 회사는 자본금 1천만 원 ③ 미국에서 이 사업을 추진한다고 했던 대표는 법률적으로 빠져나갈 수 있도록 계약서에 보증인이 아니라 증인으로 사인을 했음이 밝혀졌다(한마디로 6천만 원짜리 깡통회사에게 10조 원을 유치해 오라 한 것이었음).

구리시를 우롱한 박영순이 주장하는
미국 측 개발업자의 행태

박영순이 선거법으로 2015년 12월 10일 아웃되자 박영순과 구리월드 개발협약서(DA)를 체결한 사람이 경기도 용인시에 헛바닥을 들이댔다가 팽당한 GWDC.

그런데 왜, 구리시는 이런 양심도 행실도 바르지 못한 비인간적인 인간에게 코가 꿰여 계속 직행하려고 할까?

구리시와 구리월드 개발협약(DA) 체결한
국제사기꾼들 먹이사슬을 용인시로 방향전환

이와 관련된 기호일보 신문기사를 소개한다.

12兆 도시개발사업 기대 아닌 우려 왜?

| 용인시, 국제투자자문위 부위원장 제안으로 '포곡 프로젝트' 추진

👤 우승오 기자 | ⏱ 입력 2016.10.13 | 📄 21면 | 🗨 댓글 0

용인시가 신뢰성이 담보되지 않은 국제투자자문위원회(NIAB) 부위원장의 제안으로 사업비 12조 원 규모의 대형 개발 프로젝트를 만지작거리고 있어 말들이 많다.

특히 NIAB 부위원장은 외국인 투자유치를 하지 못해 10여 년째 답보 상태에 있는 '구리월드디자인시티(GWDC)'의 사업 제안자로 알려져 이 같은 우려를 더한다.

12일 시에 따르면 지난해부터 올 8월까지 4차례에 걸쳐 도시디자인 회사인 K&C 회장 겸 NIAB 부위원장인 A씨와 외투 협의를 진행해 왔다.

양측은 처인구 포곡읍 유운리 351 일원 5천619㎡의 터에 외국 자본 12조 원을 유치해 민관 합동 개발방식으로 월드디자인센터와 호텔, 외국인 전용 주거시설 등을 짓는 '(가칭)포곡(Willow Valley) 프로젝트'를 추진하기로 했다. 이에 사업부지의 공급 및 사용에 대한 행정적 지원을 통해 외국기업 유치와 디자인 엑스

포 유치, 운영 등을 사업시행자가 모두 책임지는 형태로 진행하기로 했다. 또 특수목적법인(SPC) 출자금(용인시 51%·민간 49%) 이외의 사업비 전액은 투자 그룹에서 조달한다는 구상도 마련했다.

시는 '2035 용인시 도시기본계획' 수립 시 보전용지인 해당 부지를 시가화예정지로 완화하는 방안도 검토 중이다.

시가 이 사업을 추진한 배경은 한류 트렌드를 반영해 세계적인 관광디자인 문화 창조산업을 유치하고, 에버랜드와 연계해 HD산업과 마이스(MICE)산업의 융·복합으로 새로운 창조문화를 만들겠다는 복안이었다.

시는 이 사업의 원활한 추진을 위해 8월 31일~9월 8일 7박 9일간의 일정으로 부시장을 단장으로 한 방문단을 미국에 파견한 데 이어 다음 달 9~18일 8박 10일간의 일정으로 시장을 단장으로 한 방문단의 국외 출장 계획을 세우기도 했다. 방문단은 방미 기간 두 차례에 걸친 NIAB 의장단 및 투자 그룹과의 미팅, 'BDNY Trade Fair(미국 뉴욕 부티크 전시회)' 참관 일정도 잡았다. 시는 이번 방문을 통해 사업추진 가능성을 타진할 요량이었다.

하지만 시의 이 같은 움직임에 지역사회에서는 우려 섞인 목소리가 끊임없다. 용인시의회 강웅철 도시건설위원장은 "실체가 불명확한 다국적기업의 투자유치를 어떻게 신뢰할 수 있겠느냐"며 "시에 피해가 가지 않도록 돌다리도 두드리고 건넌다는 자세로 보다 면밀한 검토가 선행돼야 할 것"이라고 말했다.

이에 대해 시 관계자는 "현재는 어떤 것도 확정된 게 없다"며 "설령 타당성을 인정받아 사업을 추진하더라도 구리시의 경우를 반면교사 삼아 리스크를 최대한 줄일 것"이라고 전했다.

– 기호일보 우승오 기자 (2013.10.13)

KBS도 취재, 보도
구리월드디자인시티 투자금 유치금
'0원'이라는 내용 확인 보도

<앵커 멘트>

세계적인 디자인 산업 단지를 조성한다는 목표로 구리시가 추진했던 구리월드디자인시티 사업… 시작된 지 10년이 됐지만 여전히 제자리걸음인데요.

구리시는 그동안 50억 달러 규모의 투자를 유치했다고 홍보해 왔지만 KBS 취재 결과 실제로 유치한 투자금은 단 한 푼도 없는 것으로 확인됐습니다. 양성모 기자의 보도입니다.

<리포트>

한강변을 따라 비닐하우스와 축사가 줄지어 있는 경기도 구리의 개발제한 구역.

구리시는 지난 2007년부터 이곳에 1조 3천억 원을 들여 국제 디자인 산업단지인 월드디자인시티를 조성하겠다고 나섰습니다. 2020년 완공이 목표였지만 아직 첫 삽도 뜨지 못하고 있습니다.

<인터뷰> 고덕선(구리시 토평동 주민) : "말은 많이 나왔었는데 그게 지금 무마가 된 것 같아요. 설명을 들은 적이 없습니다."

구리시는 그동안 언론을 통해 50억 달러, 우리 돈 6조 원 정도의 외국자본을 유치했다고 홍보했습니다.

<인터뷰> 박영순(전 구리시장/2014년 10월) : "뉴욕 월가에 있는 투자 회사가 한국에 와서 발표했습니다. 현재까지 50억 달러 (투자유치가) 돼 있고…."

하지만 대부분 법적 구속력이 없는 양해각서일 뿐이었고, 실제로 투자가 이뤄진 건 단 한 푼도 없습니다.

<녹취> 구리시 관계자(음성변조) : "현재 투자유치 금액이 들어온 것은 없습니다. 현재는 구리시하고 있는 MOU(양해각서)상에 투자금액이 그 유효기간이 남아 있는 건 없어요."

감사원이 공개한 구리 월드디자인시티 감사자료.

구리시가 지난 2014년 5월 시행사와 맺은 개발협약서엔 구체적인 투자유치 계획이 없고, 투자유치에 실패했을 경우 시행사가 져야 하는 책임에 대한 언급도 없다고 지적합니다. 첫 단추인 개발협약서부터 잘못됐다는 겁니다.

게다가 협약서엔 비밀유지 조항이 있어 구리시는 해당지역 주민들은 물론, 시의회에도 협약서의 구체적 내용을 제대로 공개하지 못하고 있는 실정입니다.

<인터뷰> 김상국(경희대 교수) : "비밀협약을 해서 일반 주민들, 가장 큰 이해 당사자들이 그 정보를 모르게 하는 협약은 매우 부당한 협약이지 않을까. 그리고 그것은 위헌의 소지도 매우 높을 것으로 사료됩니다."

이미 정부 투자 심사에서 6번이나 퇴짜를 맞은 상황.

지난 10년 동안 월드디자인시티 관련 회의와 투자유치 설명회 등에 구리시가 쏟아부은 돈은 130억 원에 이릅니다. KBS 뉴스 양성모입니다. (2017.07.04)

구리시는 그동안 구리월드사업 투자유치금이 5조 원이라고 선전했다.

또한 안승남은 주구장창 남경필 도지사(道知事)에게 시장·군수가 어떻게 5조 원을 외자유치를 할 수 있느냐고 강변하며 왜 도와주지 않느냐고 큰소리로 대처하는 사기극을 연출했다.

KBS는 구리시가 외자유치 5조 원을 유치했다는 것을 확인하기 위하여 시 관계자들을 만나 인터뷰했으나 결과는 구리시에 유치한 자금은 '0원'이라는 것을 확인하고 보도한 바 있다.

이토록 구리시는 개발협약서(DA) 상 비밀조항이 있기 때문에 이를 확인해 주면 공개하는 쪽에서 불이익이 있다는 조항을 피력하며 사기를 당하고도 들키면 큰일 날 수 있다며 단 한 번도 개발협약서를 공개하거나 열람을 허가하지 않음으로써 시민들은 알 기회를 잃은 채 계속하여 사기극에 당하고 있었던 것이다.

"구리월드 사기꾼 박영순을 구속하라" 현수막 부착

필자는 이러한 사항들을 모두 파악하고 사진과 같은 현수막과 개발협약서(DA)를 날치기한 시의원들의 명단을 기재하여 구리시내 곳곳에 "허위사실이면 고발하라"고 명시하고 부착했다. 구리월드는 사기극이었기에 이는 공익차원에서 부착한 것이다.

개발협약서(DA) 의안도 의회에서 날치기한 작품이고 감사원도 협약서 내용을 재체결하라 했고, 미국 현지 언론에서도 한국 경기도 구리시는 사기극에 속았다는 보도가 있었고, 계약 당사자들 또한 부실 계약자들인 반면 보증인도 증인으로 둔갑한 것이었기에 압박 차원에서 부착한 것이었다.

다른 시의원들은 눈만 멀뚱거리는데 박영순은 용감하게 변호사를 2명씩이나 선임하여 필자를 고발했으나 수사기관에서 법리 공방 끝에 내린 결론은 "개인의 명예도 중요하나 그보다 공공적인 권리가 더 중요할 때는 위법에 해당되지 않는다."라는 법리 때문에 '혐의 없음' 처벌을 받았다. 즉, 개인의 명예보다 21만 시민의 혈세를 탕진한 것이 더 컸기 때문이다.

박수천, "혐의 없음"
박영순 전 구리시장
'명예훼손' 고소

경기북도일보 GNNet 기사 (2017.12.27)

   '구리월드 실체규명 범시민공동위원회' 박수천 공동대표는 박영순 전 구리시장이 박 대표를 명예훼손으로 고소한 사건에 대해 의정부지방검찰청(검사 이승현)은 지난 13일 '혐의 없음(증거불충분)' 처분했다고 26일 밝혔다.

의정부지방검찰청의 피의사건 처분결과 통보서
(사진=박수천 공동대표) © GNN

지난 여름 박수천 공동대표는 박영순 전 시장이 시행했던 GWDC사업은 사기라고 주장하며 구리 시내에 수십 장의 현수막을 게첨해 '정보통신망 이용촉진 및 정보보호 등에 관한 법률 위반(명예훼손)과 출판물에 의한 명예훼손'으로 박 전 시장으로부터 고소를 당한 바 있다.

당시 현수막에는 '구리월드 사기꾼 박영순을 구속하라!! 10년 동안 우려먹고 사면복권 바라느냐!!' '구리시정 농락한 박영순과 고창국을 구속하라! 공범 시의원들도 구속하고 구상권을 청구하라!!' 등의 강한 문구가 삽입되어 있었다.

이에 박 전 시장은 "박수천 공동대표가 부착한 현수막과 SNS 내용은 사실과 다른 허위사실이며 자신에게 회복할 수 없는 명예를 훼손시켰다."라고 주장하며 고소장을 제출했다.

박수천 공동대표도 "현수막과 SNS 내용 모두 사실이다. 다만 이 사건의 진리와 법리는 '사기꾼의 명예가 중요한 것인지? 아니면 21만 시민들의 공익문제가 큰 것인지?'가 관건이다."라고 맞불을 놨다.

또한 "시장(市長)이란 직책은 그 지방자치단체의 공익과 공공의 이익을 대변하고 책임져야 하는 자리지만 박 전 시장은 지난 지방선거에서 공익보다 자기 일신의 영달을 위해 시민들에게 거짓말(허위사실유포)한 것이 드러나 대법원에서 시장직을 빼앗기는 형벌을 선고받은 것 아니냐?"고 반박했다.

더불어 "박 전 시장은 미국 백수(?)들을 동원해 시민들의 혈세로 그들에게 일당을 주고 외자유치를 했다고 거짓말한 것이 탄로 났음에도 계속 거짓말로 대처했기 때문에 이를 공개하면서 대처한 것"이라고 주장한 바 있다.

한편 박수천 공동대표는 이번 검찰의 결정과 관련 "검찰에서 두 사람의 주장을 검토한 결과 박 전 시장의 명예보다 21만 시민의 공익이 우선하다고 판단했기 때문에 본인에게 "혐의 없음"으로 처분한 것 같다."라고 밝혔다.

명색이 도의원 2번 했으면 훤히 알 수 있는데, 안승남은 박영순 하수인을 자청했다

필자가 훗날 이를 정통하게 알 수 있었던 것은 필자의 스승이신 장기표 선생께서 서울대학교에서 3개월간 세미나를 열었을 때였다.

이때 마침 국토부 중도위 위원으로 참여하신 홍대 디자인학과 김OO 교수를 만났다. 자신이 GWDC 심의문제를 처리할 때 참여했는데 이 사건은 정치적으로도 시끄러웠고 아무리 살펴봐도 문제가 있었기 때문에 당시 중도위 위원장께서 7가지 방법을 만들어 통과시켜 주었다는 것이다. 즉, 실제적으로 돈을 투자하지 않고는 처리할 수 없도록 했다는 것이다.

당시 GWDC는 사기극인 줄 알았기 때문에 해결할 수 없는 조건들을 만들었던 것이며 이는 국토부에서 통과한 조건을 살펴보면 금방 알 수 있다.

당시 국토부 중도위 위원장은 박영순 선거법 재판 때 서울고등법원에서 증인으로 출석을 요구하여, 이 사실 내용을 증언한 사실을 알았다. 그래서 필자는 박영순 시장이 1심에서 80만 원, 2심에서 300만 원을 선고받은 것을 알았다.

안승남은 명색이 도의원을 2번씩 한 사람으로서 이러한 조건을 다 알면서도 밑져야 본전이라는 식으로 도의원 시절부터 박영순의 하수인을 자청하고 자신은 '미스터 GWDC'라며 입에 거품을 물고 각종 방송과 SNS에 도배하며 헛소리하고 다녔다.

한마디로 구리시는 국토부 중도위에서 의결한 7가지 조건 모두를 충족하여 단 한 가지도 빠짐없이 '행자부 중투위'에 제출하여 심사에 통과해야만 GWDC 사업을 할 수 있었고, 사실상 박영순과 안승남으로서는 도저히 풀 수 없는 숙제인 것인데도, 이들 두 사람은 계속 구리시민들을 속이며 맹랑한 짓거리를 한 파렴치한으로 보면 될 것이다

법원에서 재판을 받으면서
재판장을 속이는 행위는 바로 소송사기다

안승남은 시장선거에서 박영순과 야합한 후 제1호 공약으로 GWDC 사업을 하겠다고 사기 치면서 시민들을 우롱하고 당선되었다.

마침 필자 단체는 안승남을 선거법 위반 혐의로 경찰에 고발했고, 안승남은 피고발인 조사를 수개월씩 미루다가 급기야 피고발인 자격으로 만나면 안 될 피감기관인 구리경찰서장을 사건이 검찰에 송치되기 며칠 전에 모 일식집에서 만나 복분자술 6병을 먹었다는 것이 언론에 보도되어 한바탕 소란이 있었다.

안승남은 검찰에서 기소되었는데 핵심 증인인 남경필 지사가 증인거부를 함으로써 1심에서 무죄를 받았다.

2심이 열렸던 서울고등법원에서 재판 첫날 재판장은 안승남에게 "피고께서 구리월드디자인시티를 하지 않는다는 진정서가 들어왔다."라며 답변을 해보라고 했다.

이때, 안승남 변호인이 대변하려고 하자, 재판장은 "아닙니다. 이것은 피고인이 직접 답하세요."라며 변호인의 답변을 저지했다.

그러자 피고인 안승남은, "네! 구리월드디자인시티 사업은 제1호 공약사항이기 때문에 분명히 처리할 것입니다. 이를 처리하기 위하여 '투자자들도 만났고' 이를 처리할 '마스터플랜도 모두 '마무리'했습니다."라고 답변했다.

재판장은 "그럼 구리월드디자인시티 사업은 하시는 거네요."라고 답하고 재판을 진행했고, 안승남은 자신의 참모들과 구리시 관변단체들 총동원하여 엉터리 자료 포함하여 약 4~5만 명의 탄원서를 제출해 무죄를 받았고, 3심 법률심인 대법에서도 이를 종결하며 무죄를 선고했다.

그런데 안승남은 선거법으로 무죄를 받고 꼼수 차원에서 박
영순과 거리를 두며 또다시 박영순에게 배운 그 기법을 발휘하
여 2심 재판장에게 "구리월드디자인시티 사업은 제1호 공약사
항이기 때문에 분명히 시행한다."라는 말을 바꾸고 딴마음을
먹은 것이다.

그러다 보니 박영순은 안승남에게 닭 쫓던 강아지처럼 이용
당하고 팽당한 것이다.

박영순과 안승남의 싸움이 시작된 이유는?

이들 두 사람이 하겠다는 GWDC 사업은 국토부 중도위에서
의결해 준 7가지 조건이 사실상 충족될 수 없는 내용이다. 최
고 학부를 졸업한 사람이 아니더라도 국어시간에 졸지 않았다
면 모를 리 없는 것이다.

그럼에도 불구하고 안승남은 시장직을 쟁취하기 위하여 박
영순과 공모하여 GWDC를 추진하겠다고 속이고, 심지어 지
난 선거법 재판에서 목숨을 구제하기 위하여 재판부에(소송사기)
GWDC 사업을 추진하겠다고 구걸하더니, 대법원 재판을 마친
후에는 곧바로 "GWDC 사업은 할 수 없는 사업이다."라고 선
포하고 제2사기극으로 여타 사업을 한다는 것이다.

반면, 철석같이 믿었던 그 애제자에게 뒤통수를 맞은 박영순은 자신이 15년 동안 준비해 온 사기극이 세상에 드러나는 것을 보고 먼저 민·형사상 문제부터 생각하니 아찔할 수밖에 없었다. 결국 마지막으로 진흙탕에 들어가 싸움을 하지 않을 수 없는 처지가 된 것이다.

　즉, 박영순은 안승남과의 싸움에서 분명히 승자는 될 것이다. 그의 목적은 배신자 척결이기 때문에 이번 선거에 박영순이 무소속으로 출마하면, 안승남은 아무리 잔머리를 동원한다 해도 그동안 구리시 선거 수치상 낙동강 열차는 예매했다고 봐야 한다.

　수단 방법 가리지 않는 안승남 수법에 박영순이 또 넘어가면 변수가 생길 수도 있지만 지금 사안은 아직 답이 없다고 보면 된다.

구리시 토평동에서 제2의 대장동 사기극이 시작되었다

안승남은 자신이 공약한 제1호 사업인 GWDC를 포기 선언하고 자신의 소속 정당인 더민주 구리시 당협과 당정 협의에서 이를 포기하는 형식을 취했으나, 의회 의결을 거쳐 집행된 계약을 그곳(당협)에서 처리한 것은 성문법으로 재판하는 대한민국 법원의 법리에는 맞지 않기 때문에 무효가 된다고 봐야 한다.

따라서 안승남이 GWDC 대처사업으로 뉴딜사업을 한다고 공포했으나, 안승남이 행한 이 부분은 법적 구속력이 없는 행위이기 때문에 박영순과의 진흙탕 싸움은 많은 흠집을 얻을 수밖에 없어 그 부분은 감당해야 할 것이다.

즉, 박영순은 GWDC 사업을 2015년 5월 8일 시의회에서 날치기로 의회 의결을 거쳐 DA 개발협약서를 체결해 주었다. 그렇다면 날치기든 합법이든 이 DA 개발협약서를 해약 또한 취소하는 행위도 의회 의결을 거친 후 집행해야 하는데 의결 절차 없이 해약한 행위는 법리적으로 문제이기 때문에, 박영순 측에서 안승남을 상대로 공격할 때 이를 감당하기란 매우 힘들 것이다.

안승남은 선거법 2심 재판부에 GWDC 사업 투자자도 만났고 마스터플랜도 마무리했다는 기록이 있고 해약 당시 의회 의결 없이 집행했기 때문에 안승남으로서는 유리할 수 없다는 것이다.

과연 뉴딜사업이 무엇인지 알고서 설치는지 묻고 싶다

안승남은 GWDC를 철회하고 한강 토평동 일원에 첨단 스마트도시 개발을 특수목적법인으로 설립하여 민간합동 개발방식으로 도시개발 우선 협상 대상자를 선정한다며 구리시 도시공사를 통하여 공고했었다.

그러면서 GWDC 사업철회를 둘러싸고 일각에서 제기되는 시장 직무유기 주장에 대해 대처사업 추진을 전제한 (조건인) 만큼, 결론적으로 직무유기가 성립되기 어렵다며 선을 확실히 그었다. 하지만 토평동 개발에 대한 우선 협상 대상자 선정은 꼼수를 두고 하고자 하는 얄팍한 수법이 아닐 수 없는 것이다.

지금까지 안승남 자신은 GWDC 전도사였고, 선거법 재판에서도 재판장에 답변하기를 GWDC 사업은 꼭 실천한다고 했다. 이처럼 한 입으로 두말하는 사람의 말은 믿을 수 없다. 안승남은 토평동 벌판에 유토피아가 아닌 베드타운을 생각하고 있고,

사노동에도 중앙정부에서 한국판 뉴딜사업을 추진한다 하니 무조건 성공되는 사업인 줄 알고서 꿈에 젖어 칼자루를 잡는 이상, 일단 자신의 재선을 위하여 앞뒤 모르고 설치고 있을 뿐이다.

한강변 개발사업은 성남 대장동 사건보다 더 큰 사건이다

안승남이 주장하는 문재인 정권 뉴딜사업은 지구 지정도 하기 힘든 일이 될 수 있다. 무엇보다 코로나 때문에 정부예산이 바닥나 있는 상태에서 개발의 ABC도 모르는 사람이 박영순이 그동안 10조 원 유치를 외치며 시장 3선 하는 것을 보고서 이를 응용하고자 하는 차원에서, 자신은 "국내 유수 1군 모든 건설회사를 동원하여 개발사업을 하겠다." 하고 운운하는 것은 자신 임기 내에 할 수 없는 것일 뿐 아니라, 국제사기극을 전수받은 것을 시도해 보겠다는 장난으로밖에 볼 수 없는 것이다.

황당한 것은 시민들이야 정보가 없어 또는 몰라서 방심할 수 있지만, 시의원들은 매주 관련 부서와 주례회동이 있어 시 집행부가 시정을 어떻게 끌고 간다는 것을 보고하기 때문에 대부분 알고 있고 협의도 하고 있다. 당연히 구리토평지구 개발문제의 경우도 어떻게 진행되는지 알고 있다. 그런데 구리시의회 시의원들은 생계형들만 있어서인지 눈뜬장님같이 눈만 깜박거리고 있을 뿐이다.

작금, 박영순과 안승남의 진흙탕 싸움은 박영순이 물고 늘어지고 있고, 결정적으로 안승남은 경솔하게 집행한 행정착오에 발목이 잡혀 있다. 안승남은 자신의 새 주군(主君)과 함께 추진한 토평동 개발사업과 뉴딜사업은 물거품이 될 수밖에 없다는 것을 명심해야 할 것이다.

즉, 1위 우선 협상권자는 구리시에 5천억 원을 기부채납(寄附採納)하겠다는 협상권자는 제척하고, 한 푼도 납입하지 않겠다는 2위 협상권자를 선정했다는 것은 누가 봐도 문제가 아닐 수 없다.

협상권자 선정에 2위를 밀었던 사람은 이 지역 정치꾼의 장난이 있었기 때문이다. 안승남과 그 사주하는 무리의 장난은, 하늘이 박영순에게 심판했듯이 그냥 보고 있지는 않을 것이다.

안승남은 6월 1일 선거 후 망신당하기 이전에 시민들에게 속죄하는 마음으로 GWDC 사업에 관한 양심선언과 대장동 벤치마킹에 대하여 사과할 필요가 있다.

도의원 시절부터 박영순의 하수인이 되어 'GWDC 전도사'라고 한 사람이 무엇 때문에 GWDC를 포기했고, 대장동 사업을 벤치마킹했는데 사기극인지 몰랐다고 설득력 있는 주장을 해주어야만 다음 재선을 생각할 수 있음을 명심하길 바란다.

특히 이제 구리시는 시민들이 정신 차려야 할 때가 도래한 만큼 감성이 아닌 이성으로 깊은 생각을 할 때가 되었다고 본다.

문재인 정부 '대장동 방지법'을 만들었다지만 그건 허구

공모사업제안서에 초과이익 환수를 구체적으로 명백하게 명시하지 않은 사업체로 순위를 바꿔 놓은 구리시와 구리도시공사는, 과연 이 사업이 누구를 위한 사업인지 명명백백 답해야 한다. 그리고 시의회는 직무유기와 직권남용과 배임행위에 대한 책임을 다하라! 문재인 정부는 대장동 사건이 터지자 민주당 소속 국토위 간사 조응천 의원이 대표 발의한 대장동 3법 중 하나인 도시개발법 일부 개정 법률안(일명 대장동 방지법)이 지난해 12월 9일 국회에서 통과되어 시행일은 2022. 6. 22부터 시행한다고 고시했다.

즉, 도시개발법 개정법률 11조의 2와 부칙 제2조에는 도시개발 구역으로 지정된 이후 사업 협약 체결과 SPC 설립이 가능하게 했다. 이러한 제한 조치는 민간사업자의 과도한 이익을 규제하고 SPC 설립과 운영 과정의 투명성을 확보하기 위한 수단이었다. 따라서 도시개발구역으로 지정되지 않은 상태에서 "법 시행일인 6월 22일 이전에 SPC 설립은 불가하다."라는 것이 바로 개정법률의 취지다. 통탄할 일은 시의회가 SPC 출자 동의안을 의결하면서 "개정법률(2022.12.09) 규정에 따라 시행일 이후(2022.06.22)에 해야 한다."라는 조건부를 달지 않았다. 모든 절차는 법리상 신법이 시행될 때까지 멈추는 게 상식적 행정이다.

더욱이 개정된 법안은 민주당 의원이 대표 발의하고 민주당 중앙당 주도로 입법한 반면, 국회 원내대표인 윤호중 지역구에서 민주당 소속 시장과 민주당이 주도하는 시의회가 이 사업을 밀어붙이고 승인하는 등 이율배반적인 행정과 의정을 마다하지 않았다. 그러므로 구리시의회는 이미 2021.12.24 의결한 건을 번의(翻意)하든지, 아니면 법률에 의한 바와 같이 개정법률 시행 이후부터 SPC는 설립할 수 있다는 조건을 집행부에 촉구하기를 바란다.

그러지 않으면 시의원 모두 SPC 설립등기가 법원에 접수되면 고발 조치할 것을 경고한다. 괜히 정초부터 시비 건다고 투덜대지 말고 자신들의 무지 탓하시라. 공부는 하기 싫고 시험도 보기 싫으면 누군들 시의원 못하겠나. 이것은 시의원의 직분을 망각하고 행정감사도 시정질문도 계속 포기하다 보니, 집행부로서는 그저 임기까지 비위 맞추며 가지고 놀았다는 뜻과 마찬가지다. 그러므로 시의원들은 이번 선거는 출마하지 말고 반성하기를 바란다. 특히, 안승남은 재선하기 위하여 대장동 방지법을 편법으로 이용하여 선거에 이용할 계획이지만, 법률은 개정 공포되고 시행일이 반드시 있기 때문에 아무리 편법 동원하고 싶어도 민원이 제기되면 시행일 이전에는 집행할 수 없다. 그러므로 반드시 제2의 대장동 사기사건인 한강변 개발 사건에 관한 SPC 목적법인 설립신고 등기는 개정법률 시행일인 2022년 6월 22일 이전에는 설립등기 접수를 할 수 있지만, 이를 담당하는 법률 담당자인 구리등기소는 각하 처분을 할 수 있을 것이며, 대안으로 이번 개정 법률시행일(6.22) 이후 시행령에 맞추어 설립등기를 하라 할 것이다.

민주당이 공약한 한강변 개발사업은 말이 좋아 AI 플랫폼 시티 조성사업이지 대장동처럼 몇몇 민간업자의 배를 불리기 위한 것 아닌가.

이것이 문재인 정부의 한계다. 그러므로 시민들은 더 이상 속으면 안 된다.

우리 시민들이 알아야 할 것은 구리시에 5적이 살고 있다는 사실이다. 그리고 오염된 구리시 정경유착(政經癒着)은 반드시 청소해야 할 시기라는 것을 알았으면 한다. 그 청소는 기득권이 아닌 아웃사이드만이 할 수 있으므로 그 사람을 반드시 찾아야 할 것이다.

시민을 똥개라고 주장한 시장, 그대로 두어야 하나?

이 이야기는 시장이라는 자가 스스로 자신이 개(진돗개)라고 했다는 것에서부터 출발한다. 그러면서 말도 안 되는 행위를 한 것이다.

그 개라는 시장은 바로 안승남인데 구리시 인창동 주민센터 이전 문제를 다룰 때 인창동 봉사단체 간부들이 "주민센터를 전세로 이전하는 것은 거부한다."라고 분명히 언급하자, 그 자리에서 시민들은 똥개고 자신은 진돗개라고 주장하면서 똥개들이 아무리 짖어도 진돗개가 하고 싶은 대로 한다면서 규칙을 어기고 일방적으로 인창동 주민센터를 전세로 처리했다.

이때 봉사단체 임원들은 이 소리를 듣고 물리적으로 그를 그냥 두지 않으려 했으나, 당시 여성동장이 울며불며 몸으로 막고 통사정을 하는 바람에 그가 치욕을 당할 뻔한 것을 꿀떡꿀떡 넘겼다 한다.

이와 관련하여 2021년 4월 23일 SBS 〈취재파일〉에서 "4월 23일, 구리 인창동 행정복지센터 전세금 돌려받는 날"이란 제하로 인창주민센터 문제가 방영된다.

이때 거수기 집단인 민주당 시의원들은 뭘 했을까? 이 친구들은 쌀이 익어서 입으로 들어갔지, 입이 있어도 말을 못 하는 벙어리 집단일 뿐이다.

스스로 개라는 시장이 있다는 것과 시의원들이라는 거수기들과 함께 생활한다는 것이 슬픈 현실 같아 보인다. 때문에 2022년 6월 1일 선거는 당(黨)보다는 사람을 보고 선택했으면 한다.

한강변 제2의 대장동 사업은
막아야 한다

안승남은 박영순과 공모하여 10년 이상 GWDC 팔아먹다
가 이제 박영순마저 토사구팽시켰다. 그 자리에 단군 이래 최
대 사기극인 대장동 사건을 벤치마킹하여 부동산 개발업자들
과 결탁한 후 한강변에 대단위 아파트를 개발하여 일확천금하
려는 음모를 꾸몄다. 이는 반드시 척결되어야 할 일이다.

또한 안승남은 선거법 재판에서 소송사기로 무죄를 받는
데, 그 많은 변호사 선임료는 과연 어디에서 나왔는지 밝히지
않았다. 해당 변호사는 시 고문변호사로 월권을 자행하는 행위
를 한 반면, 시의회는 대장동 사건을 벤치마킹한 아파트 업자
들과 골프도 치고 여의도 63빌딩에서 한 사람당 28만 원짜리
고급 중식 음식을 먹은 것에 관해서는 구렁이 담 넘어가듯 슬
그머니 넘기고 말았다.

안승남은 선거법 재판에서 2심 재판장에게 분명히 GWDC

사업은 하겠다고 하였다. 그런데 재판장을 속이고 3심 재판에서 결론이 난 후에는 이 사업을 강제 종료 폐기 처분하였다. 이런 경우에는 분명히 주민공청회나 시민의 의견을 수렴해야 했는데 이 과정 없이 구리시 민주당 당협에서 결론을 낸 것이다. 한강변 사업 또한 경기도청에 구리도시기본계획 변경 신청할 때도 법에 명시된 주민공청회를 개최하지 않았기 때문에 이는 안승남 의도대로 가더라도 법률상 무효가 된다.

예컨대, 대한민국 법률은 어떤 사람이 해고를 당할 짓을 했는데 절차대로 진행하지 않고 무조건 해고처분을 했을 때 그 당사자가 이를 문제 삼아 소를 제기하면 대법원 판례상 무효가 된다. 이 때문에 절차는 매우 중요한 것이므로 안승남이 행한 그 조치는 무효가 될 수밖에 없다 할 것이다.

'성남 대장동' 판박이로 알려진 '한강변 도시개발사업'

공모지침서에 사업신청자는 초과 이익환수 방안을 제출하여야 한다는 의무 규정이 있는데도 불구하고, 100% 초과 이익을 공공 환수하겠다는 업체를 탈락시키고 초과 이익 환수조항이 없는 업체를 우선 사업자로 선정해 협약을 체결했다. 더욱 황당한 것은 탈락시킨 업체가 선정된 업체보다 구리시에 기부채납(寄附採納)을 5천억 원 이상 더 제시했는데도 탈락한 것이다. 이는 우선사업자 선정 과정에서의 특혜 편파 부정 의혹을 강하게 암시하고 있다.

또한, 안승남이 2021년 10월 7일 자신의 SNS를 통해 "구리 한강 개발사업은 대장동 사업을 벤치마킹했다."라고 실토한 것을 보더라도, 구리한강 개발사업은 제2의 대장동 사업과 마찬가지임을 강조한 것이나 다름없다.

이 사건에서의 직무유기와 직권남용

이 정도면 의회에서 나서야 하는 것이 당연한데도 오히려 구리시의회는 한술 더 떠 2021년 12월 24일에 '한강변 도시개발 사업에 따른 특수목적 법인에 대한 출자 동의안'을 의결했다.

오는 2월 시와 도시공사가 SPC 설립을 서두르고 있는데 만약 이를 강행할 경우 '고의적인 위법행위에 대한 직권남용, 배임' 등 형사적 책임을 감당해야 할 것이다.

이 부분은 앞에서도 말했듯이 민주당 소속 국토위 간사인 조응천 의원이 대표 발의한 대장동 3법 중 하나인 도시개발법 일부 개정 법률안(일명 대장동 방지법)으로 지난해 12월 9일 국회에서 통과되어 시행일은 2022년 6월 22일부터 시행한다고 고시한 바 있다.

한 번 더 설명하면 도시개발법 개정법률 11조의 2와 부칙 제2조에는 도시개발 구역으로 지정된 이후에 사업 협약 체결과 SPC 설립이 가능하게 한 것이다. 이러한 제한 조치는 민간사업자의 과도한 이익을 규제하고 SPC 설립과 운영 과정의 투명성을 확보하기 위한 수단이다. 따라서 도시개발 구역으로 지정되지 않은 상태에서 "법 시행일인 6월 22일 이전에 SPC 설립은 불가하다."라는 것이 바로 개정법률의 취지다. 그런데 구리시와 도시공사가 서두르는 2월 SPC 설립은 개정된 법률과 정면으로 위배되는 행위에 해당된다고 볼 수밖에 없다. 그럼에도 불구하고 SPC 설립을 강행할 경우 개정법률 규정에 의거 설립된 SPC는 무효가 되는 동시 모든 절차를 다시 시작해야 하는 등 불필요한 행정적 재정적 낭비가 초래될 수밖에 없는 것이다.그렇다면 안승남 구리시장은 법을 어기면서까지 왜 SPC 설립을 서두르는 걸까?

그 이유는 안 시장이 구리시장 선거 전에 대장동을 벤치마킹한 한강변 개발사업에 대못을 미리 박아놓고 이 사업을 계속 추진하기 위해서 자신을 지지해 달라고 선전하기 위한 수단인 것이다. 그러나 한강변 개발사업은 "오는 6월 1일 당선될 시장에 의해 사업의 존폐가 달려 있기 때문에 이 사업은 구리시민의 선택을 받은 시장의 몫"이다. 그러므로 안승남 시장이 더 나아가면 안 되는 것이다,

이 부분에서 중요한 것은 또 있다. 안승남이 시도한 한강변 도시개발사업 우선 협상자 선정과정에서 1위를 하고도 뒤집힌 그룹에서 가처분에서는 인용을 못받았지만 그들은 현재 법원에 본안을 제출하고 재판에 계류 중에 있다 이토록 사건이 법원에 계류 중인 사건은 재판이 마무리 될 때까지 중단하는 것은 행정청의 도리다 그런데 안승남 무리들은 이를 무시하고 무

리수를 두고 있다는 것도 제일 문제다.

필자는 구리시 지역 시민단체들과 연합하여 구리시 민주당 무리가 행하려는 한강변 개발사업 특수목적법인(SPC) 설립은 법률 시행일인 2022년 6월 22일 이전에는 행할 수 없도록 이를 처리하는 의정부지방법원 구리등기소에 못을 박아 저지할 것이다.

혈세 도둑의 출현은 막아야 한다

아무래도 시장(市長) 병에 환장한 모양이다.

민주당 소속으로서 당시 야당이었던 한나라당, 새누리당을 가지고 놀았던 사람이 무소속으로 준비하다가, 기왕 출마하는 것 국민의 힘으로 자신의 고향인 호남을 팔아 복당한 후 전략공천을 노리다가 안 되면 경선으로 한판 승부를 노린다고 한다.

이는 황당한 일이 아니다.

물론 출마는 자유다. 하지만 구리시민 15년 이상을 우려먹고 우리의 혈세 GWDC에서 130억 이상, 동구릉 골프장 건으로 100억 원, 롯데백화점 건으로 53억 원 등 이외에도 여러 건이 있음에도 시민들에게 사과 한마디 없이 출마한다고 한다.

이는 구리시민들을 우롱하는 최대 추태이자 욕심이고 노욕이 아니라고 볼 수 없다.

이제 구리시민들은 깊이 생각하셔야 하고 혈세를 탕진한 무리는 더 이상 정치할 자격이 없다는 점 유의하셔야 할 것이다.

Part 4

상생
Win-Win

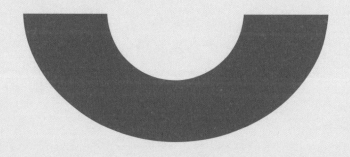

꿈을 밀고 나가는 힘은
이성이 아니라 희망이며
두뇌가 아니라 심장이다.
- 도스토예프스키 -

우리가 바라는 모든 꿈은
계속할 용기만 있다면
모두 이루어진다.
- 월트 디즈니 -

대부분의 사람들에게 가장 위험한 일은
목표를 너무 높게 잡고
거기에 이르지 못하는 것이 아니라,
목표를 너무 낮게 잡고
거기에 도달하는 것이다.
- 미켈란젤로 -

※ 다음 글들은 언론에서 다룬 내용들이다.
정말 황당한 이야기, 믿지 못할 이야기를 기술했으니 참고
했으면 한다.

| 언론기고문 |

● 독자논단, "낄낄빠빠 박수천의 구리시 이야기"

구리시장 안승남은 GWDC 사업은 잘못된 사업이라 포기하고
관련자 색출하여 구상권까지 청구한다 했다.
그렇다면 GWDC 관련자들은 이번 도의원보궐 선거출마에 앞
서 시민여러분에게 사과를 하든지 아니면 안승남 생각이 잘못되
었는지를 발표하라!!

구리시에서는 2021. 04. 07. 경기도의회 구리시 도의원 보
궐선거가 있다. 마침 "구리월드디자인시티"(이하 GWDC)와 연관
있는 「신동화」 후보와 「백현종」 후보가 출마한다고 한다.
또한, 구리시장 안승남(이하, 안승남)은 지난 시장선거에서
GWDC 팔아 시장(市長)직을 쟁취하고 심지어 선거법 재판에서

소송사기로 법원을 속이고 무죄판결 받고 사기행각을 전수받은 박영순 시장(이하, 박영순)마저 토사구팽시키고 윤호중 국회의원과 야합하여 시민들에게는 단 한마디 사과도 없이 GWDC를 포기한다고 선포하면서 이로 인하여 손실을 일으킨 자들을 색출하여 구상권을 청구하겠다고 발표했다.

그러나 안승남을 지지한 유권자들은 안승남에게 GWDC 사업을 추진하라고 표를 준 바는 있으나 자신이 주장하는 '토평지구 묻지 마 개발'을 하라고 전권을 준 바는 분명히 없다.

그럼에도 불구하고 '묻지 마 개발업자'들과 함께 골프나 치러 다니는 행각 때문에 입방아에 오르내리고 있다. 물론 이 문제는 안승남의 혐의점이 도출되면 심판받고 문제점이 나오는 대로 국립호텔 출입 문제가 결정될 것이다.

한편, 안승남은 GWDC 포기선언을 하고 구상권까지 청구한다 했는데 이번에 출마한다는 신동화 의원의 경우는 시의원으로서 박영순이 미국 백수들에게 DA(개발협약서) MOA를 체결할 수 있도록 2014. 05.08. 구리시의회에서 날치기한 장본인이고, 그 후 구리시의회 부의장 임연옥 의원 마스터플랜 비용(23억 원) 날치기 사건 때의 장본인이기도 하다.

백현종 후보 또한 박영순이 GWDC를 추진한다고 할 때 「디자인시대」라는 단체 공동대표를 맞아 최전선에서 박영순을 옹호하며 수년 동안 부역을 한 사람이다. 그러나 「구리월드 실체규명 범시민공동위원회」에서 줄기차게 투쟁을 제기할 때 백현종은 모르쇠로 3년 이상을 침묵하고 있었다. 그런데 이번에 출마한다면 이 문제에 대하여 분명한 언급은 도리가 아닌지 싶다.

물론 당시 날치기로 처리한 것은 사실이나, 이토록 같은 당(민주당) 시장인 안승남도 이를 이용해 먹고도 GWDC는 잘못된 것이고 관련자를 색출하여 구상권까지 청구하겠다고 하면서 인두겁 쓰고 이 사업부지에 묻지 마 개발사업을 하겠다고 날뛰고 있는 실정이다.

안승남에게 토사구팽(兎死狗烹) 당한 박영순은 한(恨)이 많아서인지 현재 그 측근이 안승남에게 문제가 있다며 1톤 트럭을 동원하여 "안승남은 물러가라" 주장하면서 구리 시내를 누비며 다니고 있다.

이들 두 후보께서도 안승남의 GWDC 주장이 잘못된 것인지 아니면 잘못이 있다면 안승남 주장대로 도의원 출마에 앞서 100억 이상 혈세가 탕진된 부분에 관한 입장 발표는 물론 시민 여러분에게 사과를 하는 것이 마땅하고 도리이니, 반드시 입장 발표와 안승남이 구상권을 청구하면 그 대책은 어떻게 처리할 것인지를 발표 부탁드린다.

2021. 1. 19
필자 : 박수천

구리시는 자꾸 거꾸로만 가고 있다.

지역유지들과 관변단체는 중립을 지켜주시기를 원합니다!!

이 동네 문제 덩어리는 구리시민들이 이렇게 만들었지 않나?

하는 생각이 듭니다.

그런데 명색이 '구리시 유지'라는 분들 생각은 과연 어떨까요?

필자는 얼마 전 교통사고로 통원 치료하는 모(某) 정형외과에서 이 지역 어른이신 김학운(전 도의원, 現 시민장학회 理事) 회장님을 상면했습니다.

이때, 김 회장님께서 필자에게 "지금 구리시는 전 시장인 박영순 시장(이하 박영순)과 現 시장인 안승남 시장(이하 안승남)의 싸움판 때문에 시끄럽고 이들 싸움으로 구리시 발전에 장애가 되기 때문에 지역유지(어른)들이 나서 싸움을 말리고 중재를 해야 하지 않겠느냐?"라고 말씀하셨습니다.

그래서 필자는 "두말도 할 것 없이 지역유지라는 분들이 구리시를 진정 사랑하고 발전을 바란다면 이들 두 사람은 하루빨리 청소해야 할 위인들이지 중재까지 할 성질은 아닌 것 같다."라고 말씀드렸습니다.

그러면서 "어떤 분들이 그토록 고귀한 생각들을 하십니까?"라고 묻자 김 회장님은 지역유지들이 그런 생각을 가지고들 있는 것 같다는 것이었습니다. 듣고 있던 필자가 김 회장님에게 다시 말씀드렸습니다.

"회장님, 회장님께서 저를 40년 이상 이 지역에서 지켜봐 왔지 않습니까? 저는 구리시에서 해야 할 일은 마다하지 않고 총대 메고 싸워왔지 않습니까? 그리고 유지분들께서 지금 중재를 말씀하신다는데 옛날 '김용호 의장'을 정치적으로 똘똘 묶어서 음해하여 구속까지 시켰지만 결국 무죄판결 받았고, 그때도 시의장과 시장이 싸움하면 구리시 발전이 저해된다며 유지들이 얼마나 설치며 한쪽으로 몰며 장난했습니까? 어른이 어른답게 행동해야 진정한 어른입니다. 예전에도 그런 일이 있어 중재했지만 소용없었고 그래서 구리시가 결국 이 모양 아닙니까? 구리시는 중재가 아닌 청소를 해야 합니다.

기왕 말 나온 김에 단적으로 한 가지 더 말씀드리자면 전·현직 시장들은 나쁜 시장들입니다. 이들 두 시장은 「구리월드」라는 조감도 한 장 가지고 한 시장이 10년 이상 우려먹고, 또 다른 한 시장은 그 시장 하수인 노릇을 하다가, 둘이서 같은 패 먹고 짝짜꿍해서 지난 선거에서 또다시 사기 쳐 시장직을 쟁취한 것 아닙니까? 현 시장이라는 인간의 인격, 이미 김 회장님께서 겪어봐서 잘 알 수 있으시지 않습니까?"

그러면서 2018년 5월경 김 회장님이 전화하셔서 필자에게 부탁한 이야기를 꺼냈습니다. 통화 중에 회장님께서 갑자기 제 아들 출신 학교를 물었습니다.

"아드님이 어느 초등학교 어디 졸업했느냐?"

"교문 초등학교를 졸업했습니다."

"중학교는?"

"교문 중학교요."

"고등학교는?"

"인창 고등학교에 다니다 중간에 뉴욕 트리니트폴링(TP) 고등학교로 전학했습니다."

"아, 그럼 초, 중, 고 모두 구리시에서 다녔네. 나는 초, 중, 고 모두 서울 학교로 보낸 줄 알았네."

그러시면서 "소문에 아드님이 유학 간 대학교에서 조기졸업을 했다는 이야기 들었다." 하시며 어느 대학교를 졸업했느냐고 물으셨습니다.

그래서 미국 워싱턴 DC에 소재한 조지워싱턴 대학교 경영학부에서 3년 만에 학점 따고 올 A 성적을 받는 바람에 조기 졸업생으로 결정되었다는 이야기를 해드렸습니다.

그랬더니 김 회장님이 아드님에게 부탁하여 우리 '구리시민 장학회' 주관으로 시청 대강당에서 구리시 고등학교 7개 학교 학생들을 대상으로 특강을 좀 해 달라는 것이었습니다.

그래서 제가 하는 것이 아니니 부탁은 해보겠다고 한 후, 아들에게 말하자 아들이 무척 곤욕스러워했습니다. 그래도 후배들이니 네가 꿈과 희망을 주었으면 한다고 재차 부탁하여 허락을 받아냈습니다.

이후 아들이 무엇을 주제로 했으면 좋겠냐 묻기에, "한국 교육방식과 미국 교육방식, 그리고 학교에서 원어민들에게 배운 영어와 미국에서 배우는 영어, 주관식과 객관식 토론 교육 같은 것을 주제로 하면 되지 않을까?"라고 말했고 아들은 후배들에게 특강을 할 주제를 준비했습니다.

그런데 2018년 6월 구리시장 선거에서 안승남이 시장에 당선되었고, 당선된 후에는 자신이 당연직 구리시민장학회 회장이기 때문에 시민장학회를 방문했다고 합니다.

이때 김 회장님은 안승남에게 "구리시에서 초, 중, 고를 졸업한 학생 중 미국 조지워싱턴 대학교를 3년 만에 조기 졸업한 학생이 있는데, 우리 장학회는 이 학생에게 구리시 7개 고등학교 학생들을 대상으로 특강을 시키려고 준비해 왔다."라고 보고하자, 안승남은 "참 좋은 생각을 하셨다. 그 아버님은 뭘 하시는 분이냐?"라고 묻기에, 그 아버지가 당시 시장선거에서 선거법 위반 혐의로 고발한 당사자 중 한 사람이라는 이야기는 못 하고, "시장님도 아시는 분"이라고만 대답하셨다고 합니다. 그런데도 안승남이 자꾸 누구시냐고 물어 결국 김 회장님이 "박수천 씨 아들"이라 말하자, 안승남은 대답 없이 천장만 쳐다보다 결론도 없이 가버려 7개 고등학교 학생들 특강은 없었던 것이 되고 말았습니다.

안승남은 본인의 선거 운동한 사람들만 취업시키기 바빠 시청 애완견 공무원들 시켜 관변단체 사무국장들 사표 종용하여 모든 조직을 인수·인계하면서도, '구리시민장학회' 조직은 제 아들이 마지막 학기 수업을 들으러 미국으로 떠난(8월 출국) 후 11월경에야 인수인계를 했다는 이야기를 들었습니다.

자, 어떻습니까?

일개 한 지역의 수장을 맡은 사람이라면 다른 것도 아닌 '교육문제' 그것도 돈도 안 들어가는 것을 '정치적으로 반대쪽 사람의 아들'이라는 것 때문에, 여러 사람이 고민하며 준비한 것에도 응답하지 않는 좀팽이 같은 자가 이 동네 교육 문제를 제대로 끌고 가겠습니까?

생각은 여러분의 몫입니다.

이런 일이 있었기 때문에 김학운 회장님은 필자에게 늘 미안해하십니다.

그리고 감히 한 말씀 더 드립니다.

"이 동네 미친 짓만 하는 촉새 같은 자를 생각하시는 '구리시 노인회' 및 '관변단체' 회장님들 정신 차리십시오."

필자는 구리시에서 50년 거주하면서 '구리시 1세대 시민운동가'로서 구리시와 시민들을 위해서라면 악역이란 악역은 모두 발 벗고 맡아왔습니다.

그럼에도 불구하고 1세대 시민운동가로서 못된 짓거리 하는 시장과 그 무리를 막지 못한 책임감을 통감하면서 시민 여러분에게 사죄드리고 있습니다.

'구리시노인회'와 '관변단체장'들께서 구리시를 진정으로 사랑하고 아낀다면, 구리시에는 의욕이 넘치는 시의원들도 있고 청년 정치조직도 있고 지역 문제를 가지고 다루는 사람들도 있으므로 일방적인 한쪽으로 편을 들지 마시고, 지역 어르신으로서 중재에 총력을 다해 주실 것을 부탁드립니다.

또 한 가지, 전·현직 시장들 싸움은 조감도 달랑 한 장 가지고 10년 이상 우려먹은 자들의 밥그릇 싸움일 뿐인데, 이제는 그것도 모자라 조감도도 없이 '묻지 마 개발'을 하겠다는 것입니다. '구리월드디자인센터(GWDC)' 가지고 무임승차 두 번 한 국회의원이라는 자 또한 지금 어떤 자와 동패 먹고 리모컨으로 조종하고 있을 뿐입니다.

진실로, 지역 원로로서 구리시 발전을 도모하고 싶으시다면 차라리 지켜보는 것도 한 방법이라고 말씀하시는 것은 어떤지요?

작금의 민주당이 거대 정당으로 20~30년 거듭날 것 같지만, 금년 상반기가 지나면 공중 분해되는 것은 시간문제로 보입니다.

김대중 정부도, 노무현 열린우리당도, 박근혜 정부도 모두 깨지면서 공중분해 되지 않았습니까?.

그리고 지금 국가는 재정이 적자인 상태입니다. 이런 상황에서 과연 "구리토평 국가뉴딜사업"이 가능할까요?

특히, 안승남이 뒤바꿔 만든 우선협상 투자개발사들이 그냥 넘어갈 수 있을까요?

이 시기에 그들은 춘천 골프장에 왜 갔을까요?

구리토평지구와 남양주시 양정역사(驛舍) 개발 건은 2등이 1등으로 모두 뒤바뀌었습니다.

아마 조금 지나 봄날이 다가오면 문제가 하나하나 풀릴 것이니 지역 어르신들은 이러한 양아치보다 못한 자들 옆에 가지마시고, 젊고 의욕이 넘치는 의원들 또는 청년들의 의견과 그동안 싸워온 단체들의 이야기를 공개적으로 경청해 주시고, 지역 언론에 부탁하여 토론회를 주최하도록 하는 것도 방법이라고 말씀드리고 싶습니다.

요즘 가장 많이 듣는 말 중 "기회는 평등하고, 과정은 공정하고, 결과는 정의롭다."라는 말이 마음에 닿지 않는 이유는 무엇일까요?

구리시 지역을 보면 청년들 취업 문제에 관해서도 말로만 '청년 사관학교', '청년 사업' 등을 운운할 뿐입니다. 그것으로도 모자라 시장 선거운동 도운 자들만 골라서 구리시청과 관변단체들에 취업시킨 사람이 자그마치 30명이 넘는다는 소문이 시청 및 정가에 파다합니다.

이것이 공정합니까?

이것이 평등한 것입니까?

이것이 정의입니까?

촛불 정신 또한 운운하나, 사실 촛불의 주인은 국민이지 그 누구의 것도 아니라고 생각합니다.

진정으로 구리시 발전을 위하고 이 싸움을 마무리하려면 전·현직 시장만 중재한다고 끝나는 것이 아님을 깊이 통달하시고, 구리토평지구 문제는 "전·현직 시장", "의회대표", "문제 제기한 시민단체 대표"들이 공개 토론을 할 수 있게 방법을 선택해 주시면 구리시 발전에 큰 도움과 힘이 될 것으로 사료됩니다.

2021. 1. 25.
필자 : 박수천

"SBS 방송 구리시장 관련 3편"을 보면서

SBS 방송에서 3일 연속 8시 메인뉴스 시간에 구리시장 안승남(이하 안승남)의 비리가 방영되었습니다.

첫날은 그 아들의 '병역 특혜'였습니다.

즉, 아들의 문제가 터지자 안승남은 "자신은 모르는 일이다."라고 오리발로 대처하면서 "아들 근무지 배치는 '지역대장'이 편성하는 것이지 자신은 모른다."라며 모르쇠로 일관하고, "그 권한은 지역대장에게 있고 지역대대는 간 일이 없다."라고 변명했습니다.

그러나 제보에 의하면 아래와 같은 사진에는 안승남이 지역

대장실을 방문하여 '지역대장과 안승남 그리고 그의 아들 등과 함께 기념으로 찍은 사진'이 드러났고, 안승남의 "지역대장이 차량으로 출퇴근시킨 부분은 아들에게 호되게 충고했다."라는 이야기는 걸레 물고 짖어대는 강아지 같은 안승남 특유의 말이라 생각하시면 될 것입니다.

또한 필자는 "구리월드 실체규명 범시민공동위원회" 공동대표로서 박영순 시장(이하 박영순)과 안승남을 상대로 대처했으나, 이들은 한때 동패 먹고 장난하다가 먹이사슬인 이해관계가 어찌 틀어졌는지 이제는 원수가 되어 동지에서 적으로 전쟁하고 있는 형국에 도달되었습니다. 그러자 안승남은 박영순과 함께 추진한다고 했던 "구리월드디자인시티(GWDC)는 가능성이 없다."라며 포기선언과 함께 결별선언을 하면서 "GWDC로 시

민혈세를 탕진시킨 손실금 100억 이상은 관계 대상자들을 색출하여 '구상권'을 청구하겠다." 하고서는….

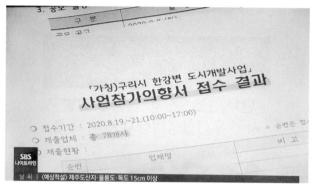

제공 : SBS 방송국

며칠 후 토평지구를 "묻지 마" 개발을 하겠다며 발표하면서 당시 구리시 도시공사 사장이 부재중인 상태에서 "묻지 마 개발사업단" 모집을 공고했으나 사태는 황당한 뒷거래 때문인지 꼬여간 것입니다.

예컨대, 개발사업단 결론은 '2등이 1등' 되는 웃기는 형국으로 돌아갔습니다.

더 황당한 것은 「남양주시 양정역사」 개발사업단도 2020. 09. 10. 2등이 1등 되고, 「구리 토평지구」 개발사업단도 2등이 1등이 되는 사태가 도출되었는데 이들 모두 한 회사였다는 것이고, 1등을 거머쥔 회사 측에서 자문료를 받는 사람은 인근 지역 중진 정치인으로 알려져 있습니다.

〈언론보도〉

경기도, 남양주시 특별조사…양정역세권 특혜 의혹 등

– 노컷뉴스 (nocutnews.co.kr)

[단독]'1조 6천억' 남양주 개발
사업 우선협상대상자 특혜 의혹

입력 2020.09.10. 오후 5:35 · 수정 2020.09.10. 오후 6:49

고무성 기자 >

산업은행 컨소시엄, 문제의 항목 0점 대신
만점 받고 최종 선정
입찰 참여 시행사, 남양주도시공사 상대로
가처분 신청

[CBS노컷뉴스 고무성 기자]

제공 : 노컷뉴스

한편, 명색이 시장이라면 공정성과 형평성 때문에 옛 어른들
이 "오얏나무 밑에서 갓끈 고쳐 매지 말고, 참외밭에서 신발도

고쳐 신지 말라."라고 했던 말씀은 "의심도 사지 말고, 오해도 사지 않게 지혜롭게 살라."는 말씀이었습니다.

하지만 안승남은 SBS 방송국에서 방영된 바와 같이 '개발사업단 모리배'들과 웬 골프를 치고, 여의도 63빌딩에 가서 밥 한 그릇에 28만 원짜리를 왜 먹어야 합니까?

제공 : SBS 방송국

그러고도 반성과 사과는커녕 끝까지 오리발로 대처하는 것을 보니 한마디로 시민들이 불쌍할 따름이고, 이 동네 제일 어른이라는 노인마저 인격은 어디에 팔아먹고 자신의 사위를 어찌해 보려 안승남에게 아부하는 꼬락서니를 보자니 아마도 이 동네가 망조가 들지 않을까? 하는 생각마저 듭니다.

그럼 이야기를 바꾸어 GWDC 사업 그리고 '묻지 마 개발사업' 문제를 정리하고, '인사비리 문제'로 이어볼까 합니다.

안승남은 도의원 시절부터 자신은 '미스터 GWDC'라고 노래하며, 박영순의 하수인이 되어 오로지 충성했고, 박영순이 대법원에서 물먹고 다른 시장 재임 중 GWDC는 당시 시장인 백경현 시장(이하 백경현)이 거부하여 진행되지 않는다고 몰아붙이다 "자신이 시장직에 출마하면서 박영순과 야합하여 구리시민들에게 GWDC를 재추진하겠다." 하였습니다.

안승남 구리시장 취임식 (제공 : news-i)

공약하고 당선된 후 시민들에게 취임식장에서 천명했고 심지어 선거법 위반 재판에서 2심 재판장이 "GWDC를 추진하지 않는다는 진정서가 들어왔다."라며 추진할 것인지 여부를 물었고, 이때 안승남 변호사가 대답하려 하자 재판장은 "이 부분은

피고 안승남이 직접 대답하라."라고 하였습니다. 그러자 안승
남은 재판장에게 "GWDC는 투자단도 만났고 종합 계획도 마쳤
기 때문에 필히 추진한다."라고 당당하게 이야기하고는 불안했
는지 구리시 관변단체를 동원하여 경쟁적으로 시민들을 속이
고 심지어 '대필 서명'까지 받아 법원에 제출하는 소송 사기극
을 펼친 것입니다.

'GWDC 살려내라' (제공 : news-i)

만약, 이 사건 재판에서 남경필 지사 또는 박영순의 사실확
인서 한 장만 재판부에 들어갔다면 안승남은 그것으로 아웃되
고 말았을 것입니다.

이토록 소송사기를 하고 시민들의 도움으로 구사일생으로 살아났음에도 배은망덕하게 시민들로부터 승인도 받지 않은 "묻지마 개발"을 하겠다는 황당한 짓거리를 저질러 놓은 것입니다.

GWDC 조감도 (제공 : news-i)

한마디로 박영순은 GWDC라는 '조감도'라도 가지고 시민들을 우롱하고 사기를 쳤지만, 안승남은 조감도조차 없이 "묻지마"로 하겠다는 것으로 생각하면 될 것입니다.

그럼 안승남이 하겠다는 "묻지 마 개발"은 과연 될 것인가?

구리 토평지구는 '개발제한구역'이기 때문에 개발제한구역을 해제하려면 '해제물량'이 먼저 충당되어야만 상식적으로 추진할 수 있는 것입니다.

필자는 박영순에게 사기를 당했으나 저의 오랜 '지인 관계'인 당시 경기도 도백인 김문수 도지사에게 구리발전을 위해 적극 건의하여 '경기도 개발제한구역 해제물량 52만 평'이 결정되어 GWDC를 추진하게 된 것입니다.

그러나 박영순이 52만 평 중 '24만4천 평'밖에 추진할 수 없었던 이유는 이 지역 토지환경 등급이 3등급 이상만 개발할 수 있다는 국토교통부 중앙도시계획위원회(중도위)의 결정 때문이었습니다.

구리월드디자인센터 배치도 (제공 : news-i)

하지만 안승남은 박영순이 추진한 24만 평보다 2배가량 되는 토지를 개발하겠다고 하나, 이 또한 웃기고 무지한 소리를 하고 있는 것입니다.

24만 평 추진 때도 민주당 차기 대표를 하겠다는 '우원식 의원'이 구리시가 허위사실로 토지수질등급 등을 국토부에 제출했다고 환경부에 항변하는 사태가 언론에 공개되었으나, 명색이 구리시 국회의원이라는 윤호중 의원은 함구하고 있었습니다.

또한 시민들은 민주당이 국회도, 대통령도, 도지사도, 모두가 하나같이 여당에 편중돼 있기 때문에 "모두 OK" 될 수 있다는 생각일지 모르나 이것은 천만의 말씀입니다.

추진이 되더라도 다른 방법이 필요하며, '구리토평지구'는 처음부터 시작해야 하고, 지금 다시 시작하더라도 아마도 다음 시장 임기 전에는 끝나지 않을 것입니다.

안승남이 하겠다는 법은 '도시개발법'이라 하는데 이 방식으로 하려면 토지주들 3분의 2 이상 동의가 있든지, 또는 매입을 해야 하는 것입니다. (도시공사를 이용하고자 하는 것은 토지대금은 현금이 아닌 종잇조각으로 지급하는 방법을 택하고자 하는 것입니다.)

하여튼 안승남이 주장한 '구리토평개발'은 '자신의 정치생명 연장' 즉, 재선을 위한 난센스라고 보면 되는 것이고, 안승남에게 달라붙은 똥파리들은 전후 사정 모르고 '우선 협상권'이나 얻으려고 한 짓이고, 다음 선거에서 안승남이 재선에 성공하지 못하면 이 또한 물거품이 되는 것이며, 대안이 없는 '구리토평지구'는 계속 공염불만 될 것입니다.

단적으로, 안승남의 행위는 '사기극'에 가깝다고 보면 되는 것이고 이 부분에서 윤호중의 수락이 없었다면 안승남으로서는 행할 수 없는 작태가 아닐 수 없다고 보는 것입니다.

그러므로 이 부분이야말로 "공수처 수사"가 꼭 필요한 사건입니다.

단지, 안승남이 추진한다는 이 사업은 박영순의 수제자로서 전수받은 사기극만으로는 미흡한 구석이 있다고 생각하면 될 것입니다.

시민들은 분명히 안승남이 입에 거품 물고 주장한 GWDC를 추진하라 했지, 묻지 마 개발을 하라고 한 것은 아니기 때문에 "구리시의회가 이를 직권남용으로 예전같이 날치기로 처리하거나 무리한 짓을 했을 때는, 고발은 물론 안승남과 함께 주민소환제를 추진해야 할 것"입니다.

일단 SBS에서 방영한 안승남의 골프와 고급 요리 대접 문제는 처벌받아야 합니다.

자신의 재선을 위하여 추진할 수도 없는 일을 만들어 터무니없는 행위를 한 것은 현행법상 위법을 저지른 것이므로 처벌은 필수입니다.

이충윤 | 대한변호사협회 대변인
부동산 업자라는 업 자체가 재개발 청탁이나 이런 것과
무관할 수가 없고, 그리고 동석하고 있던 사람들이
날 씨 | 전국 대부분 지역에 강풍특보…바람 매우 강해

제공 : SBS 방송국

안승남의 '인사 비리' 또한 장난이 아닙니다.

구리시청 노조 임원들은 빨리 각성해야 합니다. 안승남의 인사권 행사에 제대로 대처하지 못했습니다.

안승남은 자신의 선거운동을 한 유기견(밖에서 데려온 자)들에게 자리를 하나씩 만들어 주기 위하여 사회단체인 유급직 자리의 임기가 남아 있음에도 불구하고 시청 애완견(승진 환장한 공무원)들을 골라서 그 당사자들에게 압력을 넣어 사임을 받도록 했습니다. 그 애완견들은 과장과 국장직까지 승진을 시키는가 하면, 납골당 인허가 등 문서까지 위조 발급한 애완견도 과장 진급, 자신의 동료들 감시하여 보고하고 안승남 재판 당시 소송사기를 진두지휘한 애완견도 과장 진급, 이뿐 아니라 안승남 조직을 관리하는 유기견들에게 정보를 제공하고 유기견들 생일과 모임까지 챙기는 애완견들도 진급과 승진을 시키니, 과연

240

시 업무가 효율적이고 발전할 수 있겠습니까.

그래서 필자는 1세대 시민운동가로서 "학생운동과 시민운동을 했다고 허풍 치는 이런 양아치보다 못한 인간의 폭정을 막지 못한 책임"에 대하여 시민여러분과 선량한 공직자여러분에게 사과드리며 이를 대처하기 위하여 사법당국에 정중히 고발할 것입니다.

따라서 '공중파 방송과 언론에 제공'하여 더 이상 민주주의를 팔아먹는 것은 차단하도록 할 것입니다.

특히, '구리시청 노조'는 그동안 눈치나 보며 대처하지 못한 점 깊이 각성하고 사회단체들과 연대하여 조합원들의 권익에 총력으로 경주해 주실 것을 촉구하는 바입니다.

한편, 'GWDC 구상권 문제'는 다음 호에 게재하겠습니다.

감사합니다.

2021.02.01.
필자 : 박수천

안승남 시장은 허튼 행동을 중단하고,
GWDC(구리월드디자인센터) 구상권부터 청구하라!!

필자는 얼마 전 안승남 시장(이하 안승남)에게 GWDC 「구상권」
청구를 촉구했다.

「구상권」 청구권자는 시장일 뿐 아니라 안승남 자신의 입으
로 발표를 했기 때문이다.

여기서, 구상권(求償權)이란 무엇인가?

네이버 지식백과에 따르면 구상권이란 "타인을 위하여 그 사
람의 채무를 변제한 사람이 그 타인에 대하여 가지는 반환청구
의 권리"이다. 예컨대 A가 C의 돈을 갚지 않아 B가 대신 물어
주었을 경우, 이때 B가 A에게 반환을 청구할 수 있는 권리가
구상권이다. 구상권에는 ▷주된 채무자나 다른 연대 채무자에
게 구상권을 가지는 경우 ▷ 타인의 불법행위로 발생한 손해배
상 의무를 이행하는 사람이 손해배상을 한 후 나중에 당사자에
게 변제를 청구하는 경우 ▷연대채무자의 1인이나 보증인이 채
무를 변제한 경우 ▷실수나 착오로 인해 상대방의 채무를 변
제한 자가 상대방에게 발생한 부당이득의 반환을 청구하는 경
우 등이 있다.

그러나, 구상권자인 안승남에게 필자가 촉구했던 그 문서의
서면회신(공문참고)은 「**구상권청구와 관련하여 현재 GWDC 조성**

사업종료에 따른 관련 소송이 진행되고 있으므로 자세한 언급을 널리 양해하여 달라는 것」이었다.

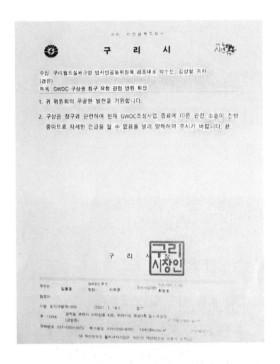

그래서 이를 회신한 담당 주무관에게 사실관계를 유선으로 통화하면서, "이 문서는 담당 부서 과장 전결로는 끝날 성질이 아닌데 왜 과장 전결이냐? 아니면 시장 결재까지 받았느냐?"라고 묻자, "내부적으로는 시장 결재까지 받았다."라는 것이다. 그러면서 안승남은 "구상권 청구를 검토한다고 했지, 청구하겠다고는 하지 않았다."라고 했다.

한마디로, 필자가 안승남을 지켜본 30년 전이나 지금이나 그는 입이 왜 하나인지를 모르고 떠벌리고 있다. 입이 하나인 것은 두 귀로 듣고 두 눈으로 확인하고 말을 하라고 한 것인데, 안승남은 열린 입이라고 자기 맘대로 책임질 줄도 모르는 말만 함부로 내뱉는 것이 탈이다.

그럼 다른 것은 폐일언하고, 구리시에서 공식적으로 발송한 문서 내용은 「**구상권청구와 관련하여 현재 GWDC 조성사업 종료에 따른 관련 소송이 진행되고 있으므로 자세한 언급을 널리 양해하여 달라는 것**」이었다.

어느 지자체든 여타 핵심 사건이 재판에 계류 중일 때는 재판이 종결될 때까지 다른 사건을 추진하지 않고, 그 재판이 종결되면 다른 사업을 추진하는 것을 원칙으로 삼고 있다.

그러나 안승남의 경우 시장으로서 집행권만 있을 뿐 의결권이 없기 때문에 다른 사업을 진행해서는 안 되는데 시의회가 무능한데다 코가 꿰이다 보니 유구무언으로 대처하며 이토록 시민들을 무시하는 행동을 한 것이다.

한마디로 GWDC 재판 건에 승소할 자신이 있었기에 구리토평지구 「묻지 마」 개발도 하겠다고 일을 저지른 것이니, 안승남은 더 이상 다른 헛소리 하지 말고 빨리 GWDC 조성사업 종료 발표에 따른 구상권을 청구할 것을 다시 한번 촉구하는 바이다.

한 가지 덧붙이자면, 아마도 안승남은 구상권 대상자 중 구리시의회 현역 시의원들이 있다 보니 구리토평지구 「묻지 마」 개발에 대한 시의회 의결이 필요할 수 있기 때문에, 시장으로서 행해야 할 정당한 집행을 다른 핑계 대며 직무유기하고 있는 것으로 보인다.

또 하나는 GWDC 팔아 국회의원 2번 무임승차 한 이 동네 윤호중 국회의원(이하 윤호중)도 문제라고 본다.

윤호중은 GWDC를 자신이 아니면 할 수 없는 것처럼 선동했을 뿐 아니라, 국토부에서 개발 제한구역이 해제되지 않은 GWDC 부지가 해제되었다고 현수막을 부착했다가 허위 사실로 선거법 재판에서 100만 원 미만의 턱걸이 선고로 살아나기도 했다.

이토록 GWDC 무임승차로 국회의원을 2번 했으면 시민들에게 사과하는 것이 당연한 예의라 할 것이다.

그동안 구리시민들이 4선을 시켜 주며 국회 법사위원장까지 하도록 했는데도 사과는커녕 이제는 교만까지 떠는 것을 보자니 윤호중도 이것으로 종 치고 말 것처럼 보인다.

윤호중은 SBS 방송국에서 안승남의 비리 문제를 취재해 가는 것을 알았을 것이다.

구리시 민주당에서는 시의회도, 도의원도, 시장도 지구당인 당협에서 조직 관리하고 있기 때문에는 정보는 당연히 공유하므로, 윤호중이 몰랐다고 한다면 그건 거짓말일 것이다.

그러나, 윤호중과 안승남은 국회 법사위원장실에서 SBS 방송국 방영 2일 전 국토부장관과 상면하여 갈매역 정차 건의 민원을 빙자하는 생쇼를 하고 사진 촬영을 마쳤다. 이것은 황당하지 않은가?

법사위원장 직위를 가질 정도면 "갈매역 정차 건의 서명서"는 접수하고 장관에게 유선으로 부탁하면 될 일을 윤호중은 직위를 이용하며 국토부장관을 자신의 방으로 불러들여 안승남과 이러한 생쇼를 한 것이다.

과연 윤호중은 안승남이 부동산 개발업자들과 골프도 치고, 여의도 고급 식당 가서 밥을 먹은 것도, 2등이 1등 되는 내용도 몰랐을까?

그냥 웃자.

그냥 봐도 SBS 방송국에 나올 것을 대비하여 장관에게 '갈매역사 서명 날인' 받은 것처럼 생쇼 하면서 빠져나가려 한 것같이 보인다.

때문에 '구리시 토평지구 문제'는 한마디로 윤호중 무리가 온 힘 다하여 만든 공수처 제1호 사안으로 수사해야 할 사안이고, 수사 대상은 '윤호중'도 포함되어야 한다고 본다.

공수처가 조직을 갖추면 우리 시민들은 서명 날인을 받아 공수처에 '수사 촉구'를 해야 할 것이다.

아마도 안승남이 데려다 취업시킨 자들에 관한 고발장은 설날을 전후로 수사 기관에 접수되어 수사가 진행될 것으로 본다.

개발제한구역에서 개발제한구역을 해제하는 것은 쉬운 일이 아니다. 그러나 안승남은 이를 쉽게 생각하고 시청 앞에 불법 현수막을 걸고 금방 추진되는 것 같은 뉘앙스를 풍기고 있다. 그러나 자신의 사기꾼 스승인 박영순 시장(이하 박영순)이 맨날 개발제한구역이 해제될 것같이 시민들을 15년 이상 속이면서도 못한 걸 보더라도 개발제한구역은 해제는 힘든 사업이다.

여기에서 안승남이 자신은 박영순과 다르다고 할 수도 있겠으나 안승남은 박영순의 후예로서 별의별 짓을 다 하였고, 윤호중 역시 국회의원으로서의 역할을 다하지 못했다. 그러므로 더 이상은 장난식으로 내놓은 대안으로 시민을 우롱하지 않았으면 한다.

구리시의회는 구리토평지구 "묻지 마 개발"은 사기극임을 알

아야 한다고 본다.

요즘 시청 앞에서 일부 시의원이 '토평지구 묻지 마 조사특위'를 하자며 '1인 시위'를 하고 있는데 시장이 동패라고 계속 묵인한다면, 내년 선거에서 시민들은 당신들 시의원들과 도의원, 시장, 모두 집에 가서 편히 쉬라며 무급휴가를 보낼 것이라는 사실을 명심하기를 바란다.

그리고 민주당 시의원은 GWDC 사업도 포기하고 묵인한 이상 구상권자들을 색출하여 집행부에 구상권 청구를 집행하라는 의결을 촉구하는 바이다.

2021.02.04.
필자 : 박수천

"우려먹을 만큼 먹지 않았는가!"

"구리시민은 더 이상 바보가 아니니, 이제 그만들 하시라! 아래 관계자들은 반성하고 가족과 주변의 사랑하는 사람들을 위해 똑바로 살기 바란다!"

대한민국(大韓民國), 우리나라는 작금 '민중 해방'을 외치며 민주화 운동을 했다는 사람들이 정권을 잡고 난 후 군사 독재보다 더 반민중적으로 처신하고 있음을 지적하지 않을 수 없습니다. 이런 망나니들이 그동안 먹이사슬로 동패 먹고 주민들을 우롱한 사기극에 더 이상 당하지 않으려면, 사실관계를 알아야 할 것 같아 그 내용을 지적하고자 합니다.

■ 운동권 출신은 2가지로 나눠 평가해야 하고, 모리배들의 유형은 이렇습니다

즉, 운동권 평가 기준은 「1987년 민주항쟁」을 기준 시점으로 봐야 합니다.

1987년도 이전 운동권들은 그 나름대로 욕심 없이 국가와 민족을 위하여 희생과 헌신을 해오신 분들이 대부분이고 친북(親北)이나 종북(從北)은 거의 없었습니다.

그러나 1987년 이후 시작한 운동권 무리는 국민을 민중(民衆)이라 부르며 기층 민중(基層 民衆)들을 이용하여 수단과 방법을 가리지 않고 자신들의 출세 도구로 활용하면서 손해 보는 짓은 안 했던 것이 특징이었고, 핑계와 권모술수가 아주 능(能)했습니다.

한편 구리시에도 운동권 출신이라며 「구리월드디자인시티」 팔아 국회의원 2번 무임승차를 한 윤호중 국회의원(이하 윤호중), 박영순 전 시장(이하 박영순)과 야합하여 대시민(對市民) 사기극을 펼친 현 안승남 시장(이하 안승남), 그리고 현재 도의원 보궐선거에 출마하는 신동화 전 시의장(이하 신동화)이 있으나 이들은 이 지역에서 그 직을 쟁취하기 위하여 봉사한 사람들이 아닙니다.

박영순 전 시장도 호남 출신으로서 민주당으로 출마하여 시장에 수차례 당선되었지만, 박영순은 원래 민주당 무리가 아니라, 청와대에서 전두환과 노태우 비서로 근무했고, 구리시장 출마도 신한국당으로 출마했다가 낙선하자, 후에 자신의 고향 사람들을 이용하고자 민주당으로 말을 갈아타고 몇 차례 시장직에 당선되었습니다. 즉, 박영순의 뿌리는 전두환과 노태우 비서 출신이라는 것입니다.

특히, 윤호중과 안승남이 작금 행하고 있는 액션을 보노라면 정말 역겨울 지경이고, 비정상적인 말을 하고 있어 위에서 지적한 내용들은 아랫글에서 참고하시길 바랍니다.

■ 그럼, 구리시의 현재 당면 과제 내용을 설명하겠습니다

첫째, 안승남은 「구리월드디자인시티」(이하, GWDC) 재추진을 선거공약 제1호로 공약하고 시장직에 당선되었습니다.

또한, 선거법 재판에서도 재판부에 민원이 제기되자 재판장이 안승남에게 "GWDC 사업을 재추진할 것인지?"를 물었고, 그때 안승남 변호사가 대변하려 하자 재판장은 "이것은 피고가 직접 대답하라."라고 말함으로써, 안승남은 재판장에게 분명히 "GWDC 사업은 추진한다."라는 대답과 "투자자도, 마스터플랜도 마무리가 되었다."라고 답하여, 이 사건은 결국 무죄를 받았고 대법에서도 무죄로 종결이 났습니다.

그런데, 안승남은 대법원에서 재판이 종결되자 마음을 바꾸었습니다. 삼일 회계법인을 앞세워 시청 대강당에서 "GWDC 사업은 타당성이 없다."라며 사업 포기를 하고 곧이어 그 자리 (GWDC 사업부지)에서 「묻지 마 개발」을 하겠다고 제2의 사기극을 펼친 것입니다.

그러므로 안승남은 법원과 재판장을 속이고 무죄판결을 받았기에 이는 법률 용어로 따진다면 「소송사기」에 해당되어 천벌(天罰)이 남아 있다고 봅니다.

둘째, 안승남은 자신의 입으로 'GWDC 사업'을 포기하면서 이 사업으로 혈세를 탕진한 사람들을 색출하여 「구상권」을 청구하겠다고 했기 때문에, 「구상권」 청구권자(市長)로서 해당 당사자들을 색출하여 「구상권」을 청구하든지 「구상권」 청구위원회를 구성하고 위임하여 처리하도록 해야 할 것입니다.

따라서 안승남이 「구상권」을 처리하지 않고 있는 것은 단순하게 박영순만 대상이었다면 신청을 할 수도 있는데, 문제는 자신의 소속당인 「민주당 시의원」 출신들까지 관여가 되었기 때문에 직무를 유기하고 있는 것입니다.

그러므로 구리시민들은 안승남에게 「구상권」 청구를 독려하고, 항의를 해야 하는 것입니다.

지금까지도 안승남은 자신의 신 주군(新 主君)의 눈치 보며 이 핑계 저 핑계 대며 엉터리로 대처하고 있지만, 결국에는 직무 유기 및 배임죄 처벌이 기다리고 있다고 보면 될 것입니다.

셋째, 안승남은 자신의 선거운동을 도와준 무리에게 먹거리를 만들어 주었는데 이는 선거법을 위반했기에 이 부분도 법의 심판을 받아야 하고, 지난 선거법 재판에서 지출된 재판 비용은 불법 탈법으로 조성하여 마련한 것이므로 이 또한 법의 심판이 기다리고 있습니다.

인창동 주민센터 (제공 : SBS 방송)

지난 SBS 방송에서 방영된 "인창동 주민센터 전세 계약" 같은 건도 직권남용, 직무유기에 배임죄로 검·경 수사 기관에서 기다리고 있습니다.

안승남이 주장한 「묻지 마 개발」은 사기극 서두에 불과합니다.

즉, 'GWDC'는 박영순이 '조감도' 한 장 만들어 자신이 주연, 국회의원 두 번 무임 승차한 윤호중은 조연, 박영순의 주구 역할도 마다하지 않은 안승남 역시 조연을 맡아 사기극에 가담했으며, 미국 백수들에게 'DA'(개발협약서)를 합법적으로 팔아먹도록 2014. 5. 8. 당시 민주당 시의원들(박석윤, 민경자, 신동화, 황복순)이 날치기로 통과시켰고, 이후 또다시 이 사건 마스터플랜 비용(23억 원)을 날치기로 통과시킨 민주당 의원들(박석윤, 신동화, 민경자, 임연옥)이 있습니다.

이토록 구리시 민주당 인간들은 입에 거품 물고 'GWDC' 사기행각과 혈세를 탕진함에 미안함이나 사과도 없는 '철면피' 같은 이들입니다.

특히, 안승남은 'GWDC'를 이용하여 당선되었으나 배신하고, 「구리토평 묻지 마」 개발사업을 하고자 했으나 역시 사기꾼 스승의 벽을 뛰어넘지 못하고 있습니다. 이러다가 코너에 몰리면 자신의 DNA대로 행동할 것이라 생각하니 정말 안타깝습니다.

넷째, 필자는 'GWDC' 사업은 사기극이라고 몇 년씩 SNS로 주장하고 심지어 《구리월드 사기꾼 박영순을 구속하라!!》는 현수막을 부착하자, 박영순은 변호사를 선임하여 필자를 명예훼손으로 고발까지 했으나 그 사기극에 관한 사실관계를 입증하여 "혐의없음"으로 처리된 바 있었고, 시민들은 완결판을 기다리고 있습니다.

'GWDC' 사업은 국토교통부 중도위에서 "7가지 조건부 사안을 행자부 투융자심의에서 처리하지 못할 때는 이 사업은 할 수 없는 것"이라고 못 박고 있음에도, 박영순은 적지 않은 나이에 GWDC만 외치고 있는 실정 또한 안타까울 뿐입니다.

한마디로 'GWDC' 조감도 한 장 만들어 행한 사기극일 뿐입니다.

■ 안승남의 어설픈 사기극은 이미 처음부터 준비되어 있었습니다

이미 요즘 안승남이 행하고 있는 사기극과 박영순 토사구팽(兎死狗烹)은 준비되어 있었습니다.

안승남은 자신의 사기극의 눈과 귀를 막기 위하여 제일 먼저 기존 시청 기자실을 폐쇄시켰습니다. 이는 자신의 사기극 도출을 사전에 저지하기 위한 준비 작업이었습니다.

사기극으로 인한 항의 방문(시장실)을 대처하기 위하여 청사 진입로에 차단막을 설치한 것으로 보입니다.

재선을 위한 작업의 일환으로 법을 무시하며 시청 내 승진에 목숨 거는 공무원 일부들과 시청 밖에서 선거운동 무리를 이용하여 운영하고 있으나, 결국 안승남은 이번 사건으로 차기 선거는 출마할 수 없는 사태가 도출될지도 모릅니다. (아마 가까운 시일 내에 수사 기관에서 수사 착수가 될 것으로 예상합니다.)

또한, 안승남은 'GWDC' 대처사업으로 토평지구 『묻지 마 개발사업』 하겠다는 사기극을 시도하다가 SBS 방송에서 터졌고, 방영 이후 변명에 변명을 거듭하고 있으나 이 사건은 이미 자신의 대학 선배인 시행 작업꾼들과 작당한 것으로 파악되었으며, 이는 윤호중의 묵인도 한몫한 것입니다.

안승남은 자신도 운동권 출신이라 하지만 그는 한국외대 동문회 사무국장을 역임하면서 당시 동문회장인 '민정당 출신 국회의원'을 보좌했던 사람입니다. 이토록 뒷구멍으로는 별짓을 다 해놓고도 야바위 수법으로 대처하는 것을 보니, 같은 부류인 박영순과 야합도 하고 이용 후 토사구팽도 적절하게 행하는 이기주의적 사고방식의 소유자로 보입니다.

이런 점에서 내년 선거에서 안승남은 재선은커녕 출마도 못하는 사태가 도출될 것이니, 시류에 따라 행동하는 주구들과 무리들은 더 이상 안승남에게 메리트가 없음을 깨닫고 불쌍한 짓은 삼갈 것을 촉구하는 바입니다.

추가로, 안승남은 최근에 자신이 선거법, 직무유기, 직권남용, 배임죄 등이 해당되어 공수처로 사건이 이첩되면 자신을 변론한 변호사가 공수처 차장(여인국)으로 임명되어 끄떡없다고 혓바닥을 놀리고 다니나, 필자는 가까운 시일 내에 공수처에서 담판을 지을 예정입니다.

공수처 차장은 분명히 안승남을 변론하고 현재 대가성(代價

性)으로 구리시청 법률고문 변호사로 위촉되었기 때문에 이 역시 문제가 아닐 수 없습니다.

　다음 편에서 "안승남 고발 건과 공수처 문제"는 계속 연재하도록 하겠습니다.

　　■ 이 사건은 개인 명예훼손이 아닌 시민의 알권리 차원에서 공익적으로 작성한 것임을 분명히 말씀드립니다.

2021.02.22.
필자 : 박수천

오늘 안승남의 수사가 시작되고,
토평지구 '묻지 마' 제2의 사기극이 시작되었다!!
그러나 이제는 무지 때문에 망가지는 일만 남았다.
안승남의 진심은 이미 파악되어 OUT 되는 길만 남았다.

■ 안승남 수사가 시작되었다고 합니다

　SBS방송은 2월 25일 경기북부경찰청이 구리시 시장 안승남(이하 안승남)과 관련된 시민단체 고발장을 접수하고 수사를 시작했다고 보도했습니다.

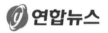

경기북부경찰 "구리시장 관련 시민단체 고발장 접수해 수사"

2021-02-25 18:25

요약   가가   공유   댓글

(의정부=연합뉴스) 최재훈 기자 = 경기북부지방경찰청은 안승남 구리시장과 관련한 시민단체의 고발장을 접수해 수사를 시작했다고 25일 밝혔다.

구리시장 관련 시민단체 고발 건(제공: 연합뉴스)

또한, 경기북부경찰청장도 검찰에서도 이 사건을 '경찰 수사'와 별개로 '청탁금지법' 관련 고발이 접수돼 수사 중인 것을 알고 있지만 경찰에서도 나름대로 「반부패수사대」에서 수사를 하겠다는 것입니다.

한편, 안승남은 자신은 떳떳하다며 빠져나갈 방법을 구사하고자 야바위 수법을 동원하여 감사원(監査院)에 스스로 감사를 청구했으나, 이는 정치적 행위에 불과한 행위라 할 수 있습니다.

즉, 전후 사정이야 어찌 되었던 안승남은 박영순과 야합(野合)하여 분명히 「GWDC」 재추진을 빙자하며 사기극을 펼쳐 시장(市長)직을 쟁취한 것은 사실이고 선거법 재판에서도 소송 사기를 행하고 무죄를 받은 것도 사실입니다.

그런데, 박영순은 안승남이 2심 재판에서 자신을 배신할 것을 감지하고도 설마 하다가 결국 토사구팽을 당하다 보니 박영순 입장에서 볼 때 이것은 자다 가도 벌떡 일어날 지경이 된 것입니다.

한마디로 자신이 키운 제자에게 배신과 뒤통수를 맞다 보니 괘씸하고 억울하여 급기야 한 번도 하지 않은 시민운동을 하겠다며 지인들 동원하여 시민단체라는 것을 태동시켜 오로지 「GWDC」와 관련된 부분만 물어뜯다 보니, 안승남이 행하는 제2의 사기극이 정말 가관이라는 것을 파악하고 모든 정보를 취하여 여론전과 고소, 고발로 대처하고 있었던 것입니다.

아울러 박영순이 이끄는 시민단체에서 지적하며 고발한 것은 「GWDC」 부분만 빼면 대부분이 사실일 가능성이 농후합니다. 안승남 참모들은 대부분이 박영순 무리였기에 그쪽 정보는 80%가 사실이라 보아도 무리는 없다고 할 것입니다.

안승남 구리시장 　부동산 개발업자 김 씨　 A 건설사 임원　 B 건설사 임원

나이트라인 (제공 : SBS 방송)

그렇다면, 골프장 문제도 63빌딩 고급 음식 제공도 모두가 사실이고, 이때 동행한 자들 또한 안승남 선거운동 때부터 거짓말과 행각을 벌이며 선거운동을 행한 자들이었습니다.

그러므로 안승남 고발 건은 박영순 진영의 시민단체라는 곳에서 행했기 때문에 선거운동 한 무리와 구리시청에서 승진하고자 환장한 공무원들의 인사비리 문제는 필자 역시 추가로 고발할 것이며, '검·경수사'는 물론 '감사원 감사'도 원만히 처리할 수 있도록 적극 협조할 것입니다.

■ 안승남은 구리 토평지구 장난하고, 민주당 시의원들은 이
를 묵인했습니다

안승남은 2월 25일 한강변 도시개발사업 사업단과 공동 협
약을 체결했다고 합니다.

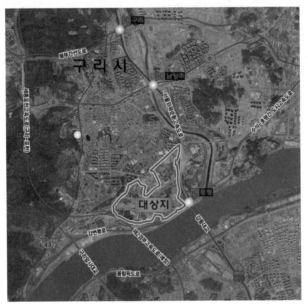

구리시 한강변 도시개발사업 위치도 (제공 : 구리시청)

한편, 구리시 민주당 시의원들은 2014. 5. 8. 이후 2번째로
구리시민들이 배임행위(背任行爲)를 당한 것을 지켜보았고, 「국
민의 힘」 의원들이 '조사특위'를 하자고 함에도 불구하고 강 건
너 불구경만 하며 직무유기를 행하고 있습니다.

안승남은 공모 결과에 따라 KDB 등이 선정되어, 시민이 참

여하는 진정한 스마트도시가 되기 위해 소비와 생산이 동시에 이루어지는 원도심과 상생하는 AI 등의 각종 정보통신 기술과 디지털 등 국내 대표적인 스마트 시티를 건설하겠다며 대리인인 '구리도시공사' 김재남 사장을 시켜 공동 사업 협약을 체결했으나, 이는 무리수를 둔 것이고 이 협약은 법률적으로 무효 처리가 될 것이며 다행히 구리시는 책임질 사안도 안 될 것입니다.

그러나 이 협약에서 안승남이 첫 번째로 넘어야 할 산은 공교롭게도 이곳에서 2등한 KDB가 「남양주시 양정역사 개발부지」도 2등에서 1등으로 건너뛰어 계약을 쟁취한 것과 토평지구 묻지 마 개발 역시 2등이 1등으로 둔갑했던 과정입니다. 이 뒤에는 인근 지역 정치인이 KDB에서 정기적으로 돈을 수령 받고 있어, 아마 수사 기관의 수사를 넘지 못하면 곤란한 처지가 될 것입니다.

필자는 안승남의 잔꾀를 이미 30년 전부터 지켜보았습니다. 그의 최대 적(敵)은 자신의 입이고, 행동입니다. 그가 행하는 행위를 살피면 어떤 짓을 행한 것인지는 바로 읽을 수 있습니다.

또한 안승남은 한강변에 도시개발사업으로 스마트 시티를 운운하며 2027년까지 개발제한구역법에 따라 해제한다고 했으나 이는 황당한 주장이 아닐 수 없습니다.

작금, 자신이 저지른 행태 때문에 내년 선거에 출마할지, 재

수 없어 그 전에 잘못되어 국립호텔이라도 갈지 모르는 안승남 같은 사람이 허무맹랑한 주장을 하고 있는 것입니다.

결국, 안승남이 토평지구「묻지 마 개발」을 2027년으로 잡은 것은 시장직을 3번 하겠다고 발톱을 노출시킨 것이고, 이는 박영순에게 사기극을 전수받은 것을 응용하겠다는 것입니다만, 많은 시민들이 이를 확인하게 될 때는 택도 없는 일을 겪을 것입니다.

안승남은 개발제한구역법에 따라 이곳을 해제한다고 하지만 이는 금방 되는 것이 아닙니다. 이 법 제11조(개발제한구역 관리계획수립 등) 제4호에는 분명히 이 사업을 시행하려면「국토이용 및 이용에 관한법률」제2조 제7호 도·시·군 계획시설은 개발제한구역 관리계획을 수립해야만 할 수 있고 이를 수립하자면「국토교통부 중앙도시계획위원회」심의에서 통과되어야만 추진할 수 있는 것임에도 불구하고 이러한 맹랑한 짓을 서슴없이 행한 것입니다.

즉, 박영순이 16년을 우려먹고도 못했는데 안승남이 또다시 뻔뻔하게 우려먹겠다고 포석을 놓은 것입니다.

안승남은 어디에서 귀동냥을 했는지 인공지능(AI) 운운하며 토평지구에 스마트 시티를 조성한다고 했습니다. 하지만 현재로서 인공지능을 이용하여 개발할 수 있는 분야는 없기 때문에 이는 인공지능을 개발할 인공지능 대학을 설치해야 하나 구리시는 수도권 정비법 때문에 곤란하고, 스마트 시티 조성사업 또한 스마트 사업이 무엇인지도 모르고 날뛰고 있다고 보면 될 것입니다.

개발제한구역법은 도시의 무질서한 확산을 방지하고 도시 주변의 자연환경을 보전하여 "도시민의 건전한 생활환경을 확보하는 것이 목적이기 때문에「도시민의 건전한 생활환경을 확보」하고 개발제한구역의 보전과 관리에 도움이 될 수 있는 도시농업공원 같은 경우는 설치할 수 있도록 관련 법령에 명시되어 있습니다.

구리시 힐리언스 도시농원공원 (제공 : news-i)

더구나 이러한 도시농업공원에 스마트 팜(SMART FARM)을 설치하여 주민들이 힐링과 농촌 체험학습을 할 수 있도록 허가권자인 구리시장이 국토부와 협의하면, 일자리도 창출하고 주민들에게도 도움이 되고 개발제한구역 역시 보전과 관리에 도움이 되는 시설이므로, 상급 기관이나 인근 지자체에서 자문받아 처리하면 되는 것입니다.

스마트 팜 활용 사례 (제공 : news-i)

하지만 안승남은 필자가 관여되었다고 하여 수도권 최초로 설치하려는 스마트 팜 조성사업을 불허가하였는데, 이제 와 스마트 사업을 운운하는 모습을 보노라면 무지의 극치라고 말할 수밖에 없습니다.

이토록 무지한 자가 시장으로 재직하고 있으니 '과연 구리시가 발전될 수 있겠는가?' 하는 의문이 듭니다.

결국 이 사건은 현재 행정 소송 중에 있으며, 황당한 것은 구리시는 이 지역에 수목장(묘지공원)은 가능하다며 국토교통부 승인까지 받아주면서 정작 필요한 주민들의 힐링과 농촌 체험학습은 불허가를 한 것입니다.

그러나 대법원 판례는 행정 주체가 행정 계획을 입안·결정함에 있어서 이익형량을 전혀 행하지 않거나 이익형량의 고려 대상에 마땅히 포함시켜야 할 사항을 누락한 경우 또는 이익형량을 하였으나 정당성·객관성이 결여된 경우에는 그 행정계획 결정은 재량권을 일탈·남용한 것으로서 위법하다는 판례가 있기 때문에, 결국 이 사건 처분은 묘지공원 설치와 관련하여 비교하여 볼 때 그 정당성 및 객관성이 결여되어 재량권 일탈·남용의 위법이 있으므로 승소를 할 수 있을 것입니다.

따라서 안승남이 지금은 시 집행권자로서 무식한 자신의 당시의원을 가지고 놀면서 일방적으로 법률을 착각하고 배임행위를 집행한 부분 때문에 결국 내년 선거에서 시민들에게 배은망덕한 민주당 시의원들(5명)은 모두 살아남지 못할 것으로 봅니다.

이토록 모르쇠로 대처하는 시의원들은 단 한 명도 살려놔서는 시민의 체면이 말이 아니므로 반드시 낙선운동을 다 함께 추진해야 할 것입니다.

중앙정보부 창설 (제공 : 중앙일보 joins)

외람된 이야기지만, 중앙정보부는 박정희 정권 시절에 김종 필 전 총리가 박정희 대통령 지시를 받고 설립했으나 이를 설 치한 김종필 전 총리는 이곳에 끌려가 고초를 당했습니다.

그렇다면 공수처는 윤호중 국회의원(이하 윤호중)이 문재인 대 통령 지시에 의하여 설치 책임을 받은데 결국 날치기로 설치하 고 공수처 오픈식에 참여하여 테이프 커팅까지 했습니다.

아마도 윤호중이 만든 공수처도 안승남과 함께 공수처에 방 문해야 할 날이 도래되고 있으니 준비하셔야 할 것 같습니다. (이 부분은 언론에 공개되는 날 꼭 시청하십시오.)

일단 필자는 '안승남 인사비리 및 토평지구 비리 문제'에 대 하여 최선을 다하여 총력으로 매진할 것입니다.

2021. 2. 25.
필자 : 박수천

어제는 102주년(1919년) 삼일절이었다

대한독립을 위하여 희생하신 순국선열들을 기리기 위하여 시민사회 단체는 물론 국가 및 지자체들도 그 뜻을 기리는 기념행사를 했다.

기록에는 삼일 만세(1919년) 이전에도 국민들은 대한 독립을 위한 마음을 가슴에 담고 있었던 것 같다.

지금의 구리시(九里市)는 양주군 구지면(龜志面)이었으나 1914년에 일본 놈들이 통치 수단 차원에서 구지면(龜旨面, 九旨面 / 출처: 조선시대 지리서인 『신증동국여지승람』, 1530년 조선 중기 발간)을 구리면(九里面)으로 지명 변경을 했고 변경 시기는 1914년이었다. 이토록 일본 놈들이 지명을 가지고 장난한 배경은 따로 있었다.

즉, 일본 놈들은 대한제국을 침입하고 군대를 강제 해산시켰다.

군대 강제 해산 후 의병 활동 (제공 : 동아일보)

그러자 전국 각 지방에서는 의병들이 모여 창의군(倡義軍)을 창설하기로 했고, 급기야 전국 13도에서 모인 의병들은 1906. 12. 06. 양주군 수택리에서 모여 창의군을 창설했다.

그 후 창의군은 창설을 마치고 수도 장안으로 들어가 일본 놈들을 내쫓자면서 1차 척후병(개척자) 300명을 선출하여 탐색부대를 파견했으나, 이 정보가 누설되어 망우산 고개에서 선발대 창의군 의병들은 참변을 당했다. 지금이나 예전이나 자신만 혼자 살기 위한 밀정(密偵)은 있었다.

또한 당시 창의군 대장은 '허위 장군'(許蔿, 경북 구미 출신, 1855~1908)이었고, 호는 '왕산'(旺山)이었다.

이를 기리기 위하여 정부는 「동대문~ 청량리」 구간 도로명을 「왕산로」 지정했다.

서대문 형무소 1호 사형수, 왕산 허위 선생 초상화(제공 : 세계일보)

270

이토록 일본 놈들은 통치 수단으로 구리시 수택동에서 창설한 창의군 창설 흔적을 지우기 위하여 아예 구지면(龜旨面, 九旨面) 지명을 구리면(九里面)으로 바꾸었다고 한다.

그런데 구리시는 뚜렷한 태극기 뜻을 제시하지 못하면서 그냥 「태극기 도시 구리시」라고만 주장하고 있다.

조성일 작품, 구리시 태극기 사진 공모전 금상 (제공 : 구리시청)

지금이라도 태극기의 뜻을 살리려면 전국 13도에서 의병들이 나라를 찾기 위해 모여서 구리시 수택동에서 창의군을 창설하고 일본 놈들을 내쫓자며 서울로 진격한 동네이기 때문에, 이를 살려 홍보하면 여타 국민들은 태극기의 도시를 더욱 이해할 수 있을 것이다.

나아가 지금의 중랑교는 예전에 구지면(龜志面)이었기에 서울 중랑교에서 왕숙천교까지를 망우로가 아닌 창의군로(路)라고 하면 「태극기의 도시」로서의 면모도 갖추고 뜻과 명분도 찾을 수 있을 것이다.

하여튼 우리가 살고 있는 구리시는 1919년 3·1운동보다 더 빠른 시기인 1906년 나라를 찾기 위한 의병 조직인 창의군을 창설한 지역이고, 동네 지명까지 강제로 바꾸는 수난을 겪은 곳이기 때문에 그 뜻은 보존하여야 한다. 구리시가 왜 태극기 도시인지를 모든 국민에게 반드시 알려야 할 것이다. 삼일절을 맞이해서 뜨거운 마음을 많은 분들과 나누고 싶다.

2021.03.02.
필자 : 박수천

* 상기 칼럼은 본지의 편집 방향과 일치하지 않을 수도 있습니다.

| 언론보도 |

구리시 박수천, '매니페스토는 정의를 팔아먹는 단체' 비난 성명.

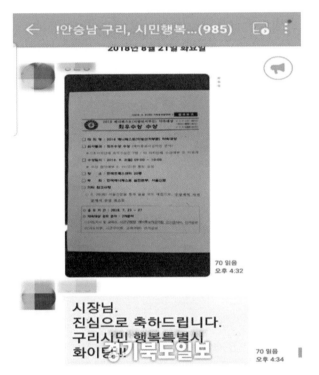

안승남 구리시장의 매니페스토 최우수상 수상과 관련해 사전 정보유출 문제가
되고 있는 안 시장 공식 밴드(제공 : 구리월드범공위) © GNNet

경기 구리시 '구리월드 실체규명 범시민공동위원회(공동위원장 박수천, 김상철 / 이하 구리월드 범공위)'는 5일, 한국 매니페스토 실천본부(이하 매니페스토)의 안승남 시장에 대한 최우수상 수상과 관련해 성명서를 발표했다.

성명서에는 "매니페스토는 정의를 팔아먹고 사는 단체로 전락했다."라며 더 이상 '반부패, 청렴' 용어는 사용하지 말 것을 피력하고, 안승남 시장에 대해서는 선거법 위반 혐의 수사에 적극적인 협조를 요구해 귀추가 주목된다.

성명서에 의하면 매니페스토는 지난 7월 23일부터 27일까지 '2018 지방선거 약속대상 2개 분야(단체장 및 시·군·구의원들 예비후보자 공약집, 선거공약서, 선거공보)를 공모했다.

관련해 수상자 발표는 지난 8월 28일 서울신문을 통해 수상자를 일괄보도 예정이었으며, 수상내역을 사전에 공개 시 수상을 취소하겠다고 발표한 바 있다.

그러나 안승남 시장은 매니페스토 공모에 예비후보자 선거공약집을 응모한 결과 그 분야에서 최우수상을 받았다며 지난 8월 21일 시청 기획홍보 담당관 명의로 결과보고를 발표했다.

이에 N인터넷 신문사 취재 결과(8월 27일자), 이는 매니페스토가 '2018 약속대상 수상자를 사전 유출(구리시 최우수상)했고, 구리시도 최우수상 수상 내부문서를 안 시장 인터넷 밴드에 공개함으로써 사전유출 시킨 것으로 보아 규정을 어겼다고 보도했다.

더불어 '구리월드 범공위'는, 매니페스토에 이 건이 수상자 사전유출 시의 수상취소 규정에 위배되었고, 안 시장은 예비선거공보물과 선거공보물에 허위사실을 기재 유포한 혐의로 구리경찰서에서 사건을 수사 중에 있다는 내용을 알렸다고 주장했다.

그러나 매니페스토는 자신들이 만든 규정을 스스로 위반하고 이를 모르쇠로 대처하며 안승남 시장에게 2018년 예비후보 공약분야 최우수상을 수상했다고 꼬집었다.

또한 매니페스토가 안승남 시장의 최우수상 수상에 대해 이는 법원의 선거법 위반 혐의가 결정되지 않았기 때문에 수상자로 선정했다고 변명하고 있다고 밝혔다.

따라서 매니페스토는 정의를 팔아먹고 사는 단체로 전락하지 않았다고 변명하기 곤란한 행위를 하고 만 것이니 앞으로 '반부패, 청렴' 용어는 사용하지 말아야 할 것이라고 피력했다.

끝으로 '구리월드 범공위'는 "안 시장이 자신의 영리와 관련한 문제들은 정보를 유출하는 여유까지 가지고 있으면서 선거법 위반(선거공보물 허위사실) 혐의 수사에는 시간이 없다며 협조하지 않고 있다."라며 선거법 위반에 대한 수사에 적극 임해 줄 것을 촉구했다.

— GNNet (2018/09/05)

구리시 안승남 시장 직권남용 했다 '고발'
박수천, 탄원서에 공무원, 관변단체 동원 '의혹'

18일 경기 구리시 월드디자인시티실체규명 범시민공동위원회 공동대표인 박수천이 안승남 시장을 성명 불상의 대상자들, 공무원과 유관기관을 동원 불법탄원서를 받아 직권을 남용했다는 의혹이 있다며 의정부 검찰청에 고발했다.

박 공동 대표는 보도자료를 통해 "안 시장은 지난 6.14 지방선거에 경기연정 1호 사업이라고 홍보하여 선관위에 고발당해 재판 중에 있다."라고 했다.

박 공동 대표는 또, "검찰의 항소로 2심이 진행 중이고 안 시장에게 결코 유리하게 돌아가지 않자 직위를 남용 자신이 승진시킨 공무원들과 관계 부처에 취업시킨 사람들, 그리고 관변단체들과 납품업체들까지 동원해 불법으로 탄원서를 받았다."라고 주장했다.

이어 박 공동대표는 "시정자문위원들에게도 모 식당에서 임시회를 개최해 탄원서 서명을 받고 타 기관 단체도 회의를 통해 이와 유사한 서명을 받도록 했다."라고 주장하고 있다.

박 공동대표는 "이런 이유로 안 시장을 고발하게 됐으며 검찰 측에서도 이와 유사한 의견서를 재판부에 제출한 것으로 알고 있다."라고 덧붙였다.

– 오민석 기자 (2019/10/18)

[데스크 칼럼]
구리시의 공인된 1세대 시민운동가, 박수천에 대한 소고(小考)

구리시민 1세대 시민운동가를 자처하며 기성 정치권과 시정, 의정에 대해 거침없는 일침을 가해온 박수천이 국민의 힘 중앙당에서 입당이 수락됨과 동시에 윤석열 대통령 후보 선거대책위원장에 임명되면서 그의 활동에 대해 기대가 모아지고 있다.

정치인, 시청, 시의원, 전직 시장, 정당의 고위 당직자, 심지어 언론들까지… 어떤 두려움도 없이 시퍼런 칼날로 아픈 곳을 마구 후벼 파버리는 그 누군가가 있기 때문에 그나마 구리시가 돌아간다는 말이 지역정가와 지역사회에 만연하다.

또한 그의 SNS가 날아오는 숫자가 늘어날수록 시민들은 억눌려 있던 해방의 쾌감에 상상 못 할 대리만족도 느낀다.

이 정도만 거론해도 누군지 다 알만한 인물… 요즘 답답하기 그지없는 구리시의 뻥! 사이다가 되고 있는 박수천이다.

시민운동가 1세대를 스스로 자처하고 나서도 누구 하나 이의를 달지 못할 정도로 척박하고 어려운 시기에 천박하지만 걸쭉한, 그러면서도 서민을 위한 진심이 담긴 입담만으로 많은 일들을 처리해 왔다는 사람임을 알기 때문에 이의를 달 수도 없고 이의를 달아서도 안 된다는 것을 만인들이 인지하고 있기 때문일 것이 이유인 것 같다.

또한 시민들이 그의 다듬어지지 않고 투박한 좌충우돌, 이해하기 어려운 글에 대해 광적으로 찬사를 보내는 것은 그가 가진 정보력이 어마무시한 파괴력을 가지고 있고, 결코 허무맹랑한 헛소리도 아닌 근거에 입각한 일리가 있는 말들이라는 점이며 대상도 정당, 전·현직 고위 공직자, 시의원, 국회의원, 재갈이 물려 있는 언론인들까지도 가차 없이 난도질해대고 치욕스러운 단어들을 사용해 모욕을 주고 있음에도 "내 말에 잘못 있으면… ○○○는 나를 고소하라."라는 선전 포고에도 그 누구도 고소는 고사하고 변변한 항의조차 하지 못한다는 점 때문이다.

그런 그가 뜬금없이 국민의 힘, 중앙당 영입의 명분을 갖추고 윤석열 대통령 후보 구리시 선거대책위원장이라는 임명장을 받아들고 구리시당에 입성했다.

아마도 오랫동안 시민운동을 함께 해오며 친분을 이어온 민주화운동의 대부 장기표 선생과 김문수 (전)경기도지사와의 동지동맹이 만들어 낸 결과인 것 같다.

박수천은 SNS를 통해 대통령 후보 선거대책위원장을 맡은 이유에 대해 "군소정당에서 어렵고 힘들게 싸웠지만 한계를 느껴, 국민의 힘에서 더 큰 일을 하기 위해 입당했다."라고 밝히고 있다.

박수천은 입당하는 데까지 적지 않은 방해와 고통이 있었노라고 어제, 늦은 저녁에는 일부 언론들에, 그리고 20일 오전 일찍에는 자신의 SNS를 통해 일반 시민들에게도 국민의 힘 입당 사실을 알렸으며 이에 대한 반응은 찬사와 격려 일색이었다.

박수천의 국민의 힘 입당은 시사하는 바가 너무나 크다. 우선은 그의 말대로 배신 정치, 패거리 정치가 판을 치는 야바위 지역정치판에 적지 않은 변화가 올 것이다.

"들러리 서줄 일 있냐?"라며 다수당의 꼬임에 놀아나 행정사무 감사마저 포기해 시정 꽃놀이에 레드 카펫까지 깔아주는 무능한 시의원들은 가슴을 치는 통곡을 해야 할 수도 있다.

그동안 뒷방 늙은이들의 공천장사에 줄만 잘 서면 되는 묻지마 공천도 이제는 자취를 감출 수 있다.

시청과 시의회, 정치인, 언론이 독점한 정보도 시민들에게 여과 없이 전달되어 스스로 판단하고 생각하는 입장을 취할 수 있어 시정의 발전을 도모할 수도 있다.

박수천은 그동안 길들여지지 않은, 길들일 수 없는 야수의 길을 걸으며 그의 말대로 외롭고 힘든 싸움을 했다. 그의 먹잇감이 되었던 자들은 폄하하고 훼손하며 그를 억지로 깎아내려 내심은 피해 달아나면서도 겉으로는 무식한 X과는 상대하지 않겠다는 입장을 취하며 스스로를 위로했다. 하지만 이제는 정면승부 하지 않으면 안 될 만한 위치에 박수천이 서 있어 피하고 싶은 두려운 존재로 등극했다.

박수천은 최근 무차별한 정보들의 저격 융단 폭격으로 구리시의 혁신과 정의의 아이콘이 됐다. 그런 그가 국민의 힘으로 들어갔으니 당 이름만 빼고 모조리 바꿔야 하는 현실에 놓인 구리시지역위원회는 혁신의 물결이 쓰나미처럼 밀어닥칠 것이 분명하다.

마침 올해가 검은 호랑이 해이니 길들여지지 않는 야수에서 날개까지 단 호랑이가 얼마나 지역정치판을 바꾸어놓을지 지켜보겠다는 생각만으로도 흥분된다.

– 오민석 기자 (2022/01/20)

구리 시민단체, 시의회 등 지역정가에 쓴소리
이대로 그냥 가는 건가?

구리시의 한 시민단체가 구리시의회 의원들을 향해 패거리 정치 등을 거론하며 거세게 비난하고 나섰다.

더욱이 국민의 힘 소속 2명의 시의원은 야당 의원으로서 본분마저 포기한 정치인이기에 "시민의 올바른 판단이 필요하다."라며 퇴출론을 상기시켰다.

구리시 경제개발촉진위원회 박수천 위원장은 18일 SNS를 통해 '구리시 정치권은 이제 각성하고 반성할 때'라고 지역정가를 향해 거칠게 질타하는 장문의 글을 올렸다.

박 위원장은 "시장을 비롯해 구리시의원 7명 중 5명이 민주당 소속이다 보니 패거리 정치를 일삼는 탓에 피해를 보는 것은 시민"이라고 주장한 뒤 "믿었던 야당 의원마저 의회를 보이콧 하거나 쟁점인 시정질문을 포기하는 등 의원 본분마저 망각하고 있다."라고 성토했다.

이와 함께 국민의 힘 당협위원회의 '무용론'도 제기했다.

박 위원장은 "경기도 31개 시군에 설치 운영 중인 당협위원회 중 유일하게 사무국장이 존재하지 않는 곳이 구리시다. 그런데도 이를 개선하고 진두지휘해야 할 위원장의 존재감이 부실해 리더의 역할이 아쉽다."라고 지적했다.

이어 시의원들의 직무처리도 딴지를 걸었다.

첫째, 안승남 시장이 GWDC로 당선되어 선거법 재판에서 무죄를 받기 위해 탄원서를 받을 때 성명서는커녕 침묵했으며 둘째, GWDC 구상권 대상자 중 여당 시의원이 있어 청구를 포기한 사례. 셋째, 토평지구 개발사건이 많은 문제점이 있는데도 손을 놓은 점. 넷째, 락스 사건이 편법으로 수사됐는데도 방치한 점. 다섯째, 부당하게 처리된 구리랜드마크 사업 침묵. 여섯째, 인허가가 부당하게 처리되어 서민들이 길거리로 내몰렸는데도 모르쇠로 일관한 인창동 세영아파트 건. 일곱 번째, 이러한 사건들 외에도 수많은 부당한 사례 존재 등 8대 구리시의회 임기 동안 실책을 나열했다.

박 위원장은 "위와 같은 실책은 의원들이 공부를 하지 않았기 때문"이라고 단정한 뒤 "시민은 시민을 대신해 이들에게 연봉 5천만 원 이상을 지급했는데도 본분을 망각하고 있어 내년 선거에서 필히 집으로 보내드려야 한다."라고 질책하고 "특히 구리시민을 기망한 국민의 힘 당협은 환골탈태할 것"을 주문했다.

– NWS방송 한승목 기자 (2021년 12월 17일(금))

구리월드실체규명 범시민공동위원회 공동대표 박수천

"기고문"과 공개토론 제안

　구리시에서 최대 혜택을 받아야 할 동네는 바로 수택2동이다.

　이런 동네 주민을 보호해야 할 시장이라는 사람은 주민들이야 죽든 말든 내년 선거에서 재선(再選)을 위하여 눈에 불을 켜고 날뛰고, 이를 추진하는 무리는 오로지 한탕 노리고 자신의 이익을 위하여 날뛰고, 돈에 눈이 먼 업자들은 부위별로 포식(飽食)하고자 뒷돈 대고 먹이사슬로 얽혀 있으니 과연 주민들이 죽지 않고 살아날 수 있는 방법이 있겠는가? 묻고 싶다. 이 이야기는 다름 아닌 수택 2동(이하, 동네)에서 벌어지고 있는 재개발 사업이다. 주민들은 50여 년 거주하다 보니 주택이 낙후되어 재개발도 하고 싶었고 정책적으로 지원하는 뉴타운 사업도 하고 싶었지만 지식이 짧아 그동안 장난꾼들 훼방으로 눈이 가려 기회를 놓쳤다. 한편, 필자(박수천)는 이 지역의 제1세대 시민운동가로 정치인들이 못하고 하지 않은 일들을 주민들과 함께 풀어 왔던 사람으로서 작금 이 동네에서 진행하는 재개발사업을 묵인하고 그냥 넘어가면 죄가 될 것 같아 이의를 제기하면서 대안을 제시하고자 한다. 재개발사업은 뉴타운이 제일 으뜸 사업이었다. 그러나 공교롭게 방해했던 사람들이 이 동네 재개발 사업을 추진하며 도와주겠다며, 주민들을 속이는 꼬라지를 보자니 정말 가관이다. 즉, 구리시 뉴타운 사업을 망친 사람은 바로 현 시장인 안승남(이하 안승남)과 뉴타운 비상대책위원회(장)를 조직하여 반대했던 허현수였다. 이들 두 사람은 뉴타운은 잘못된 법이고 주민들을 죽이는 법이라며 합창한 사람인데 작금 이들은 뉴타운보다 못한 재개발사업을 하겠다 하니 황당할 뿐이다. 하여 그들이 반대했던 뉴타운 사업과 재개발사업에 대하여 비교 분석하고자 한다.

더더구나 재개발을 추진하는 이들이 이토록 비교분석도 없이 단순하게 "헌 집 주고 새 집 받자"라는 이슈로 주민들을 홀리고 있으나 이 주장은 황당한 것이다. 참고로 필자(박수천)는 예전에 정부에서 추진한다는 뉴타운 사업을 할 수 있도록 당시 이 동네 출신인 도의회 의장인 양태홍 의장님과 경기 도백인 김문수 지사에게 건의하여 경기도에서 뉴타운 사업을 제1차로 구리시에서 추진할 수 있도록 오더를 받아 왔다. 그런데 당시 도의원인 안승남과 허현수는 줄기차게 뉴타운 사업을 반대함으로써 구리시 뉴타운 사업은 12개 사업지구 중 단지 2개만 성공하고 모두 해산하였고 결국 구리시는 낙후된 도시로 전락한 것이다. 그런 그들이 이제는 입을 맞추고 뉴타운 사업보다 못한 재개발을 하겠다니 황당하지 않을 수 없다는 것이다. 더욱이 그 뒤에는 비밀리에 작심하고 밀어붙이는 먹이 사냥꾼과 하이에나 떼가 득실거리며 조종하고 있다는 것을 파악했기 때문에, 이 사업은 사전에 분명히 오픈하고 짚고 넘어가지 않으면 악마가 될지 천사가 될지 모르는 상황에 처할 수 있다고 보는 것이 정답일 것이다. 이 지역 주민들은 필히 재개발들을 하고 싶어 한다. 그런 주민들 심정을 알고 있는 재개발꾼들은 "헌 집 주고 새 집 받자"라는 구호로 주민들을 홀리다 보니 주민들은 마치 부담금 없이 마무리되는 줄로 알고 있어 참으로 안타깝다는 것이다. 그래서 실제 구리시에서 발생된 뉴타운 사업과 재개발 문제점을 지적하지 않을 수 없어 먼저 짚어 보고자 한다. 뉴타운의 재정비촉진지구는 「도시재정비촉진을 위한 특별법」에 근거한다. 도시의 낙후된 지역에 대한 주거환경개선과 기반시설의 확충 및 도시기능의 회복을 광역적으로 계획하고 체계적이고 효율적으로 추진하기 위하여 지정되는 곳이고 구리시에선 재정비촉진사업으로 불린다. 장점으론 도로, 공원, 학교, 공공시설은 정부에서 지원하기 때문에 주민들은 그다지 큰 부담이 없이 효율적으로 처리할 수 있는 사업이다. 재개발, 재건축 사업(지구단위계획구역)은 국토의 계획 및 이용에 관한 법률에 근거하며 건폐율과 용적률을 완화해서 큰 개발을 하는 구역이며 구리시에선 도시재정비사업으로 불린다. 참고 : 구리시 재개발에 관한 정보 (구리시 공식 홈페이지)https://www.guri.go.kr/main/newtown재개발과 뉴타운 모두 1종 주거지의 비율에 따라 용적률이 낮아진다. 재개발정비사업(2종주거지)의 경우 최대 용적률 250%, 도시재정비 촉진구역(뉴타운)의 경우 최대 용적률 300%를 승인받을 수 있다. 두 개의 사업 주거지 용적률이 50%가량 차이가 난다. 그리고 뉴타운은 상업지 용적률이 따로 지정되어 있어 상업지 개발로 인한 사업의 수익성이 일반 재개발사업보다 더 높다. 구리시에서 최초 수택 C구역, D구역, F구역을 나눠 뉴타운 사업으로 진행하려던 이유는 용적률을 높이기 위함이었다. 이는 곧 용적률이란 돈과 연결이 되기 때문에 용적률 50%는 상상할 수 없는 차이가 있으며 재개발사업으로 진행할 때는 뉴타운 사업과 달리 도로, 공원, 학교, 공공시설은 정부에서 지원하지 않고 주민들이 스스로 부담해야 하는 사업이다. 그런데도 당시 뉴타운을 반대했던 안승남과 하현수는 이러한 사안을 덮은 채 재개발사업을 하겠다며 주민들을 우롱하고 있으니 가관이라고밖에 볼 수 없는 것이다.

그렇다면 차선책은 무엇일까? 뉴타운 사업이 안 된다면 이 사업은 조합방식과 신탁방식이 있다. 조합방식은 조합 위주로 운영되는 사업이지만 신탁방식은 조합과 신탁회사 간 상호 견제하며 투명하게 운영하는 방식이기 때문에 투명성, 공사비 절감, 빠른 사업 진행, 토건비리, 토착비리 등을 차단하는 효과가 있다.즉, 신탁방식의 경우 투명성으로 인해 조합비리가 사라지고, 공사비가 평균 10% 이상 절감되고, 신속성은 조합방식에 비해 입주 시기를 단축할 수 있다. 또한 성공사례 하나가 있는데 대전 용운주공 신탁방식 정비사업 변경 전후를 살피면, 1평당 공사비에서 변경 전에는 377만 원이었으나, 변경 후에는 327만 원으로 절감되었고 비례율은 104.05%에서 120.37%로 상향되어 조합원들이 효율적인 이익을 득한 사례가 있었다. 이토록 투명하고 공사비를 절감하고 신속성이 보장되는 신탁사업을 마다하고 조합방식을 고집한다면 이는 뒤에 무언가가 도사리며 상호 주민들의 고혈을 빨겠다는 무리가 있기 때문일 것이다. 선택은 조합원들에게 있다는 점 명시한다. 특히 안승남과 허현수는 구리시 뉴타운을 저지한 장본인으로서 뉴타운 사업을 왜곡한 점에 대하여 구리시민들에게 사과하고 뉴타운 사업보다 못한 수택2동 재개발사업은 철회하는 것이 마땅하다고 본다.

구리시 뉴타운 사업은 구리시청에서 우리들의 혈세 100억 원을 들여 만든 자료가 존재하고 있기 때문에 이 부분에서 거짓말은 할 필요가 없다는 점 참고하고, 그래도 이 부분에서 할 말이 있다면 공개토론으로 승부를 제안한다. 공개토론 장소는 구리시청 대회의실, 일시·장소는 시청과 허현수 자유. 주제는 ① 뉴타운과 재개발의 문제점 및 비교 ② 조합방식과 신탁방식 등 합의하여 재개발과 조합방식을 선호하는 측 대표는 안승남과 허현수, 반대론자는 필자(박수천)와 김명수 전 시의원으로 하여 공개토론을 제안한다. 구리시청에서는 뉴타운 사업을 하기 위하여 우리의 혈세 100억 원을 들여 종합계획서를 만들어 제시했고 이때 주민부담금이 비싸다는 이유로 줄기차게 뉴타운 사업을 반대했던 사람이 수택2동 재개발사업을 한다는 것이 충격이 아닐 수 없다. 그렇다면 수택2동에서 현재 추진하고 있는 재개발사업은 뉴타운 사업과 비교하며 용적률과 건폐율 그리고 주민부담금은 얼마가 들어간다는 사실을 주민들에게 공표해 주어야 하는 것이 투명하게 진행할 수 있는 으뜸 조건이다.

하지만 지금 추진하고 있는 수택2동 재개발사업에 대하여는 추후 주민들이 부담해야 할 부담금 등에 대하여는 답이 없이 훗날 불협화음이 발생하고 주민들이 이용당하지 않아야 응원이나 지지를 받을 수 있는 것 아닌가 싶다. 따라서 정비업체는 사업승인 후 추진위원회가 발족한 후 들어와야 하는데 이곳에는 깍두기들이 벌써 동원되어 반대하는 주민들과 이를 바로잡고자 하는 주민 사무실에 무단 침입하여 공갈 협박을 하고, 부당한 내용을 홍보하기 위하여 가가호호 방문하여 이미 받아놓은 유인물을 회수하는 황당한 짓을 하는 걸 볼 때 이는 도저히 이해할 수 없는 행태라고밖에 할 수 없다. 그러므로 재개발은 분명히 주민들에게 그 방법론과 주민들이 부담해야 할 금원을 알리고 방법론을 선택하도록 해야 한다는 것이다. 이 부분에서 더욱 황당한 것은 구리시장이다. 명색이 시장이라면 주민들의 재산을 보호하는 데 총력을 기울여야 하는데, 시장이라는 사람이 추후 대책도 없이 주민 보호보다 자신의 무리와 업자 편이 되어 있다는 것은 심히 유감이 아닌가 싶다. 일단 공개토론을 제안했으니 시민운동 출신이라면 정정당당하게 상호 간 모두 발언과 의제를 놓고 토론을 받아줄 것을 촉구하며 글을 마친다.

2021. 12. 29.
필자 : 박수천

1) 구리월드실체규명 범시민공동위원회 공동대표
2) 구리시 경제개발촉진위원회 위원장

구리시 박수천이
걸어온 삶

■ **박수천(朴洙天)**

호 적 : 1956년 09월 27일

■ 본 적 : 전라북도 정읍시 신태인읍 (리) 213번지

거주지 : 경기도 딸기원로 94-30 (교문동)

사무실 : 경기도 구리시 아차산로 510 (교문동) 삼흥빌딩 3층

연락처 : 031-567-5789

휴대폰 : 010-4241-7545

● 민주화와 노동자를 위하여

전국자동차노련 서울택시지부 조직부 간사

전국택시노련설립/추진위 조직위원장(전국 1,400개 단위조직)

가톨릭노동사목/구리노동 상담소 지도위원

지학순 주교 기념사업회 운영위원

원진레이온 직업병 은폐규명 범국민대책위원회 집행위원장

경기북부 민족민주운동연합 공동의장

전국민주화운동유가족협의회 후원회 운영위원 노동관계 및

쟁의조정법 등 구속/수배 5차례(대법 2회 무죄)

구리시내로 주거제한 조치

전교조 사건으로 대법에서 무죄판결

● 지역발전과 주민을 위하여

경기동북부 민주시민운동 실천협의회(민실협) 의장

무료법률상담교실 운영(91년/개설 고문변호사 직접상담)

『서울－구리』시내버스/구간요금 거부운동대책위원장

구리 특고압선/철탑이설 범시민공동대책위원장

동서울터미널(강변역) 시내버스 노선/신설 추진위원장

살기 좋은 구리시 만들기(실구) 문화센터 이사장

구리 교문2단지 대중교통 대란 수습위원장

경기동부환경운동협의회 지도위원

경기개혁포럼 공동대표

구리~판교 간 구리IC 통행료인하투쟁위(위원장 김재한) 지도위원

구리 인창고등학교 야구단/후원회 회장

교문 초·중, 인창고등학교 운영위원장(위원)

구리시 국제영어/과학 아카데미(사회교육원) 설립준비위원장

구리 뉴타운 세입자 구제 범시민공동대책위원회 위원장

구리월드(GWDC) 실체규명 범시민공동위원회 상임대표(현)

구리시 경제개발 촉진위원회 위원장(현)

● **기타 활동**

1995년 8월15일 특별사면복권

국회의원 출마(군소/정당)

구리시장 보궐선거(2016년) 출마(무소속)

신문명 정책연구원(원장 장기표) 운영위원

대장동 특검추진 천만인 서명본부(상임대표 장기표) 경기북부 총책 (현)

제20대 대통령 윤석열 후보 중앙선대위 조직통합본부 행정자치지원본부

구리시 선거대책위원장 (현)

제20대 대통령 선거 국민의 힘 윤석열 후보 경기도 선대위 지방자치 특위

구리시 선대본부장 (현)

- 가족

    부인 : 손서영(동양화 화가)

    　　　　중앙대학교 예술대학 회화학과

    아들 : 박재민

    　　　　미국 조지워싱턴 대학교 경영학부

- 지역활동 및 주민들과 함께 풀어온 문제들

    ◇ **원진레이온/직업병 문제처리**(공장/폐쇄)

    　　처리결과 : 요구사항 관철/원진녹색병원 설립추진

    ◇ **「구리 – 서울」 시내버스 구간요금 거부운동**

    　　처리결과 : 시계 외 구간요금 폐지(서울~금곡/덕소까지)

    ◇ **무료법률/상담교실 운영** (고문변호사 손광운/김영일/정성호/신장수 등)

    　　처리결과 : '92년부터 1천 건 이상 상담 및 무료변론 추진

    ◇ **두산(동현)아파트/임대아파트**(434세대) **조기분양 투쟁**

    　　처리결과 : 조기분양 대신 조정합의(세대당 4,820만 원 분양)

    ◇ **구리시내 통과 특고압선**(154,000V) **철탑 이설투쟁**

    　　처리결과 : 전국 최초 시외곽 이설(32억 원 투입/합의)

    ◇ **인창택지개발지구/세입자&자영업자 대책사건**

    　　처리결과 : 세입자/아파트 입주권, 자영업자/리맥스 상가

    　　　　　　　부지 획득

◇ 동서울터미널(강변역) 시내버스 노선 신설추진

　　처리결과 : 건설교통부 재결(대안제시)로 버스노선 신설시킴

◇ 수택/교문지구 택지개발만 하고 교통대책 부재로 교통대란 발생

　　처리결과 : 수택/교문 2동 버스노선 80회 신설 운영시킴

◇ 구리시 마을버스 추진

　　처리결과 : 구리시 전 지역 3개 회사 노선신설 운영시킴

◇ 구리~판교 간 구리IC 통행료 인하 투쟁

　　처리결과 : 1,200원 ▶ 800원으로 인하합의

◇ 인창고등학교야구단 후원회 설립 (16년 회장/역임)

　　처리결과 : 창단 1년 6개월 만에 봉황대기 준우승시킴

◇ 구리시 뉴타운 경기도 최초(1차) 추진(당시 시장 박영순)

　　처리결과: 양태흥 도 의장과 함께 김문수 지사에게 건의
　　　　　　하여 발표됨

◇ 구리시 고구려 대장간 마을(박물관) 추진 (당시 시장 박영순)

　　처리결과 : 양태흥 도 의장과 함께 김문수 지사에게 건의
　　　　　　도비 10억 원 지원

◇ 삼육재단 지원사업 추진/결과
　　○ 삼육고등학교(교장 한인택) 기숙사, 급식소, 잔디구장, 학
　　　교진입로 확장

ㅇ 삼육대학교(총장 김상래) 후문 확장 공사 시공완료

　경기도 10억 원(김문수 지사), 남양주시 10억 원(이석우 시장)

　지원

◇ **이문한 저수지 매립저지 공원화 추진**

　처리결과 : 토지주인 통일교, 대법에서 매립 승소했으나

　　　　　설득하여 시에서 매입성사 합의시킴(통일교 대표

　　　　　이상보, 시 대표 김성환 국장)

　※ 안승남 시장 당시 현장 두세 번 다녀갔을 뿐 개입하지

　　않았음

◇ **토평지구 구리월드(GWDC) 부지 52만 평 개발제한구역 해제물량 확보**

　처리결과: 김문수 지사에게 도(道) 물량 건의함

　건의자료 작성: 당시 도시과장 박충기, 팀장 채희광, 주무

　　　　　관 김영수 건네줌

◇ **구리월드디자인시티(GWDC) 실체규명**

　처리결과: GWDC 구리시 민주당 사기극 연출/확인(결국 폐

　　　　　기선언)

　　　　　그곳에 대장동 벤치마킹하여 한강변 도시개발

　　　　　추진(반대투쟁)

◇ **토평동 한강변 개발문제 구리시민 여러분에게 "대안제시"**

에필로그

지금까지의 내 삶을 이끌어 온 것은 절대 나 혼자만의 힘이 아니었다.

도저히 감당하지 못할 것 같던 일들도 '박수천'이란 이름 석 자를 믿고 항상 응원하고 지지해 준 사람들이 있었기에 가능한 일이었다.

그들이 있었기에 오늘의 내가 있는 것이다.

이 자리를 빌려 그들에게 가슴 깊이 감사의 인사를 전한다.

내 앞에는 이제 또 다른 운명의 길이 펼쳐져 있다.

그 길이 과연 어떤 길이 될지는 누구도 알 수 없다.

넓고 평탄한 길일 수도 있고 가파르고 험난한 길일 수도 있다.

다만 한 가지 약속할 수 있는 것은 그 길이 어떤 길이든 나는 피하거나 돌아가지 않을 것이고, 쉬운 길보다는 옳은 길을 향해 달려갈 것이라는 점이다.

그렇게 초심을 잃지 않으며 내 꿈이 이루어지는 그날까지 도전하고 또 도전할 것이다.

이것이야말로 나의 의무이자 책임이라고 생각하기 때문이다.

끝으로 이 책을 읽는 여러분에게도 부탁하고 싶다.

세상이 아무리 변한다 해도 지켜야 할 것은 지키자.

나만 지키고 너만 지켜서는 안 된다.

나와 너가 합쳐진 '우리'를 지켜야 한다.

그래야 더 오래 갈 수 있고 그래야 더 값진 승리를 쟁취할 수 있다.

혼자가 아닌 여럿이 함께 걷는 세상, 이보다 더 아름다운 세상이 있을까!

한 글자 한 글자 나의 진심과 열정을 담아 써 내려간 이 책 『구리시민의 힘 박수천의 도전』을, 그동안 나를 믿고 신뢰해 준 시민 여러분과 어려운 시국에도 "정의는 반드시 승리한다"라고 믿는 이 땅의 모든 사람에게 바친다.

2022년 2월

값진 승리

박수천

안달복달하지 마라.
당장 잘 풀리지 않는다고
조급함으로 경기를 망쳐서는 안 된다.

흔들리지 마라.
가끔 실책이 나와도
얼마든지 만회할 기회는 온다.

타협하지 마라.
부디 뛰고 있는 선수를 믿고
섣부른 교체로 흐름을 끊어서는 안 된다.

포기하지 마라.
지금 승산이 없어 보여도
종료 휘슬이 울리기 전까진 끝난 것이 아니다.

값진 승리란
결과와 상관없이 모든 최선을 다하고
패배 후에도 언제든 다시 도전할 수 있는 용기이리니.

백절불굴의
주민 숙원사업의 해결사!

권선복
(도서출판 행복에너지 대표이사)

 이 책의 저자 박수천은 민주화와 노동자, 구리 지역발전과 주민을 위해 평생을 현장에서 투쟁하며 반드시 목적한 바를 쟁취해 낸 제1세대 시민운동가이다.

 나는 그를 만날 때마다 '백절불굴(百折不屈)'이란 사자성어가 떠오른다. 백 번 꺾일지라도 휘어지지 않으며 실패를 거듭해도 뜻을 꺾지 않는 사람, 그가 바로 박수천이기 때문이다.

그의 이름 앞에는 여러 가지 수식어가 따라붙는다.

서민 대신 몸 바쳐 일해 온 의지의 한국인, 경기도 최초 시민운동가, 서민에게 꿈을 주는 구리의 참일꾼, 껍데기는 없고 알맹이만 있는 사람, 주민 숙원사업의 해결사 등등.

화려한 수식어 못지않게 그가 이루어낸 지역 활동의 성과 또한 눈부시다.

원진녹색병원 설립추진, 1992년부터 1천 건 이상 상담 및 무료변론 추진, 인창택지개발지구 세입자/아파트 입주권, 자영업자/리맥스 상가부지 획득, 동서울터미널(강변역) 시내버스 노선 신설, 수택/교문 2동 버스노선 80회 신설 운영, 구리시 전 지역 3개 회사 노선 신설 운영, 삼육재단 지원사업 추진, 이문한 저수지 매립저지 공원화 추진, 토평지구 구리월드(GWDC) 부지 52만 평 개발제한구역 해제물량 확보, 토평동 한강변 개발문제 대안제시 등등.

권모술수가 난무하는 정치판에서도 그는 불의와 타협하지 않고 주민 숙원사업의 해결사를 자청하며 현장을 발로 뛰어다녔고, 그렇게 한 걸음 한 걸음씩 전진하여 세상을 바꾸는 일에 열과 성을 다하였다. 남들이 보기엔 어리석은 일처럼 보이지만 어떤 일이든 포기하지 않고 우직하게 끝까지 밀고 나간 그의 두둑한 뱃심 덕택이었다.

그는 오늘 이 시간에도 현장에서 몸 바쳐 일하면서 확실한 기획과 끈질긴 발의로 말로만이 아닌 실제로 시민들에게 도움 주는 일에 동분서주하고 있다.

한 사람의 열 걸음보다 열 사람의 한 걸음이 더 큰 의미와 가치가 있다고 했다.

박수천, 그가 내딛는 열 걸음은 열 사람의 한 걸음을 이끌기 위함이라고 나는 확신한다. 자신의 안위보다 시민의 권익을 위해 평생 투쟁해 온 그이기에 가능한 일이리라.

아무도 알아주지 않아도 백절불굴의 정신으로 모두가 행복한 세상을 만들기 위해 자신의 소명을 다하는 그와 같은 이들이 이 땅에 더 많아지길 소망하며, 이 책 『구리시민의 힘, 박수천의 도전』을 통하여 여러분 모두 행복에너지가 팡팡팡 샘솟기를 기원 드린다.

'행복에너지'의 해피 대한민국 프로젝트!

〈모교 책 보내기 운동〉

대한민국의 뿌리, 대한민국의 미래 **청소년·청년**들에게 **책**을 보내주세요.

많은 학교의 도서관이 가난해지고 있습니다. 그만큼 많은 학생들의 마음 또한 가난해지고 있습니다. 학교 도서관에는 색이 바래고 찢어진 책들이 나뒹굽니다. 더럽고 먼지만 앉은 책을 과연 누가 읽고 싶어 할까요? 게임과 스마트폰에 중독된 초·중고생들. 입시의 문턱 앞에서 문제집에만 매달리는 고등학생들. 험난한 취업 준비에 책 읽을 시간조차 없는 대학생들. 아무런 꿈도 없이 정해진 길을 따라서만 가는 젊은이들이 과연 대한민국을 이끌 수 있을까요?

한 권의 책은 한 사람의 인생을 바꾸는 힘을 가지고 있습니다. 한 사람의 인생이 바뀌면 한 나라의 국운이 바뀝니다. **저희 행복에너지에서는 베스트셀러와 각종 기관에서 우수도서로 선정된 도서를 중심으로 〈모교 책 보내기 운동〉을 펼치고 있습니다.** 대한민국의 미래, 젊은이들에게 좋은 책을 보내주십시오. 독자 여러분의 자랑스러운 모교에 보내진 한 권의 책은 더 크게 성장할 대한민국의 발판이 될 것입니다.

도서출판 행복에너지를 성원해주시는 독자 여러분의 많은 관심과 참여 부탁드리겠습니다.

도서출판 **행복에너지** 임직원 일동

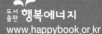

하루 5분, 나를 바꾸는 긍정훈련
행복에너지

'긍정훈련' 당신의 삶을
행복으로 인도할
최고의, 최후의 '멘토'

'행복에너지
권선복 대표이사'가 전하는
행복과 긍정의 에너지,
그 삶의 이야기!

인터파크
자기계발 분야 주간
베스트 1위

권선복 지음 | 20,000원

권선복

도서출판 행복에너지 대표
영상고등학교 운영위원장
대통령직속 지역발전위원회
문화복지 전문위원
새마을문고 서울시 강서구 회장
전) 팔팔컴퓨터 전산학원장
전) 강서구의회(도시건설위원장)
아주대학교 공공정책대학원 졸업
충남 논산 출생

책 『하루 5분, 나를 바꾸는 긍정훈련 - 행복에너지』는 '긍정훈련' 과정을 통해 삶을 업
그레이드하고 행복을 찾아 나설 것을 독자에게 독려한다.
긍정훈련 과정은 [예행연습] [워밍업] [실전] [강화] [숨고르기] [마무리] 등 총
6단계로 나뉘어 각 단계별 사례를 바탕으로 독자 스스로가 느끼고 배운 것을 직접
실천할 수 있게 하는 데 그 목적을 두고 있다.
그동안 우리가 숱하게 '긍정하는 방법'에 대해 배워왔으면서도 정작 삶에 적용시키
지 못했던 것은, 머리로만 이해하고 실천으로는 옮기지 않았기 때문이다. 이제
삶을 행복하고 아름답게 가꿀 긍정과의 여정, 그 시작을 책과 함께해 보자.

『하루 5분, 나를 바꾸는 긍정훈련 - 행복에너지』